闻一多说唐诗

唐诗宋词细品慢讲

闻一多 著 蒙木 编

文津出版社

图书在版编目（CIP）数据

闻一多说唐诗 / 闻一多著；蒙木编. — 北京：文津出版社，2017.7
（唐诗宋词细品慢讲）
ISBN 978-7-80554-658-2

Ⅰ.①闻… Ⅱ.①闻…②蒙… Ⅲ.①唐诗—诗歌评论 Ⅳ.①I207.22

中国版本图书馆CIP数据核字（2017）第085737号

·唐诗宋词细品慢讲·

闻一多说唐诗
WENYIDUO SHUO TANGSHI

闻一多 著　　蒙木 编

*

文 津 出 版 社 出 版
（北京北三环中路6号）
邮政编码：100120
网　址：www.bph.com.cn
北 京 出 版 集 团 公 司 总 发 行
新 华 书 店 经 销
大厂回族自治县益利印刷有限公司

*

880毫米×1230毫米　32开本　10.375印张　199千字
2017年7月第1版　2017年7月第1次印刷
ISBN 978-7-80554-658-2
定价：36.00元
质量监督电话：010-58572393

目　录

第一编　唐诗杂记

类书与诗 …………………………………… （ 3 ）
宫体诗的自赎 ……………………………… （ 13 ）
四杰 ………………………………………… （ 27 ）
陈子昂 ……………………………………… （ 36 ）
孟浩然 ……………………………………… （ 62 ）
英译李太白诗 ……………………………… （ 69 ）
杜甫 ………………………………………… （ 80 ）
贾岛 ………………………………………… （ 97 ）
诗的唐朝 …………………………………… （104）
唐诗要略 …………………………………… （108）

第二编　闻一多诗论四篇

律诗底研究 ………………………………… （151）
诗歌节奏的研究 …………………………… （206）
诗的格律 …………………………………… （215）
诗与批评 …………………………………… （225）

第三编　西南联大唐诗专题课

- 诗的唐朝 …………………………………（235）
- 王绩 ………………………………………（241）
- 初唐诗 ……………………………………（245）
- 陈子昂 ……………………………………（257）
- 盛唐诗 ……………………………………（271）
- 孟浩然 ……………………………………（284）
- 王昌龄 ……………………………………（295）
- 王维　李白　杜甫 ………………………（300）
- 大历十才子 ………………………………（304）
- 孟郊 ………………………………………（322）

第一编 唐诗杂记

类书与诗

检讨的范围是唐代开国后约略五十年，从高祖受禅（618）起，到高宗武后交割政权（660）止。靠近那五十年的尾上，上官仪伏诛，算是强制的把"江左余风"收束了，同时新时代的先驱，四杰及杜审言，刚刚走进创作的年华，沈宋与陈子昂也先后诞生了，唐代文学这才扯开六朝的罩纱，露出自家的面目。所以我们要谈的这五十年，说是唐的头，倒不如说是六朝的尾。

寻常我们提起六朝，只记得它的文学，不知道那时期对于学术的兴趣更加浓厚。唐初五十年所以像六朝，也正在这一点。这时期如果在文学史上占有任何位置，不是因为它在文学本身上有多少价值，而是因为它对于文学的研究特别热心，一方面把文学当作学术来研究，同时又用一种偏向于文学的观点来研究其余的学术。给前一方面举个例，便是曹宪、李善等的"选学"（这回文学的研究真是在学术中正式的分占了一席。）后一方面的例，最好举史学。许是因为他们有种特殊的文学观念（即《文选》所代表文学观念），唐初的人们对于《汉书》的爱好，远在爱好《史记》之上，在研究《汉书》时，他们的对象不仅是历史，而且是记载历史的文字。便拿李善来讲，他是注过《文选》的，也撰过一部《汉书辨惑》，《文选》与《汉书》，在李善眼里，恐怕真是同样性质，具有同样功用的物件，都是给文学家供驱使的材料。他这态度可以代表那整个时代。这种现象在修史上也不是例外。只把姚思廉除开，当时修史的人们谁不是借作史书的机会来叫卖他们的文藻——尤其是《晋书》的著者！至于音韵学与文学的姻缘，更是显著，不用多讲了。

当时的著述物中，还有一个可以称为第三种性质的东西，那便是类书，它既不全是文学，又不全是学术，而是介乎二者之间的一种东西，或是说兼有二者的混合体。这种畸形的产物，最足以代表唐初的那种太像文学的学术，和太像学术的文学了。所以我们若要明白唐初五十年的文学，最好的方法也是拿文学和类书排在一起打量。

现存的类书，如《北堂书钞》和《艺文类聚》，在当时所制造的这类出品中，只占极小部分。此外，太宗时编的，还有一千卷的《文思博要》，后来从龙朔到开元，中间又有官修的《累璧》六百三十卷、《瑶山玉彩》五百卷、《三教珠英》一千三百卷（《增广皇览》及《文思博要》）、《芳树要览》三百卷、《事类》一百三十卷、《初学记》三十卷、《文府》二十卷，私撰的《碧玉芳林》四百五十卷、《玉藻琼林》一百卷、《笔海》十卷。这里除《初学记》之外，如今都不存在。内中是否有分类的总集,像《文馆词林》似的,我们不知道。但是《文馆词林》的性质,离《北堂书钞》虽较远,离《艺文类聚》却接近些了。欧阳询在《艺文类聚·序》里说是嫌"《流别》《文选》,专取其文,《皇览》《遍略》,直书其事"的办法不妥,他们(《艺文类聚》的编者不只他一人)才采取了"事居其前,文列于后"的体例。这可见《艺文类聚》是兼有总集(《流别》《文选》)与类书(《皇览》《遍略》)的性质,也可见他们看待总集与看待类书的态度差不多。《文馆词林》是和《流别》《文选》一类的书,在他们眼里,当然也和《皇览》《遍略》差不多了。再退一步讲,《文馆词林》的性质与《艺文类聚》一半相同,后者既是类书,前者起码也有一半类书的资格。

上面所举的书名,不过是就新旧《唐书》和《唐会要》等书中随便摘下来的,也许还有遗漏。但只看这里所列的,已足令人惊诧了。特别是官修的占大多数,真令人不解。如果它们是《通典》一类的,或《大英百科全书》一类的性质,也许我们还会嫌它们的数量太小。但它们不过是《兔园册子》的后身,充其量也不过是规模较大质量较高的《兔园册子》。一个国家的政府从百忙中抽调出许多第一流人才来编了那许多的"兔园册子"(太宗时,房玄龄、魏徵、岑文本、许敬宗等都参与过这种工作),这用现代人的眼光看来,岂不滑稽?不,这正是唐太宗提倡文学的方法,而他所谓的文学,用这样的方法提倡,也是很对的。沉思翰藻谓之文的主张，由来已久，加之六朝以来有文学嗜好的帝王特别多，文学要求其与帝王们的身份相称，自然觉得沉思翰藻的主义最适合他们的条件了。文学由太宗来提倡，更不能不出于这一途。本来这种专在词藻的量上逞能的作风，需用学力比需用性灵的机会多，这实在已经是文学的实际化了。南朝的文学既已经在实际化的过程中，隋统一后，又和北方的极端实际的学术正面接触了，于是依照"水流湿，火就燥"的物理的原则，已经实际化了的文学便不能不愈加实际化，以至到了唐初，再经太宗的怂恿，便终于被学术同化了。

文学被学术同化的结果，可分三方面来说。一方面是章句的研究，可以李善为代表；另一方面是类书的编纂，可以号称博学的《兔园册子》与《北堂书钞》的编者虞世南为代表。第三方面便是文学本身的堆砌性，这方面很难推出一个代表来，因为当时一般文学者的体干似乎是一样高矮，挑不出一个特别魁梧的例子来。没有办法，我们只好举唐太宗。并不是说太宗堆砌的成绩比别人精，或是他堆砌得比别人更甚，不过以一个帝王的地位，他的影响定不是一般人所能比的，而且他也曾经很明白的为这种文体张目过（这证据我们不久就要提出）。我们现在且把章句的研究、类书的纂辑，与夫文学本身的堆砌性三方面的关系谈一谈。

李善绰号"书簏"，因为，据史书说，他是一个"淹贯古今，不能属辞"的人。史书又说他始初注《文选》，"释事而忘意"，经他儿子李邕补益一次，才做到"附事以见义"的地步。李善这种只顾"事"，不顾"意"的态度，其实是与类书家一样的。章句家是书簏，类书家也是书簏，章句家是"释事而忘意"，类书家便是"采事而忘意"了。我这种说法并不苛刻。只消举出《群书治要》来和《北堂书钞》或《艺文类聚》比一比，你便明白。同是钞书，同是一个时代的产物，但拿来和《治要》的"主意"的质素一比，《书钞》《类聚》"主事"的质素便显著格外分明了。章句家与类书家的态度，根本相同，创作家又何尝两样？假如选出五种书，把它们排成下面这样的次第：

《文选注》，《北堂书钞》，《艺文类聚》，《初学记》，初唐某家的诗集。

我们便看出一首初唐诗在构成程序中的几个阶段。劈头是"书簏"，收尾是一首唐初五十年间的诗，中间是从较散漫、较零星的"事"，逐渐的整齐化与分化。五种书同是"事"（文家称为词藻）的征集与排比，同是一种机械的工作，其间只有工作精粗的程度差别，没有性质的悬殊。这里《初学记》虽是开元间的产物，但实足以代表较早的一个时期的态度。在我们讨论的范围内，这部书的体裁，看来最有趣。每一项题目下，最初是"叙事"，其次"事对"，最后便是成篇的诗赋或文。其实这三项中减去"事对",就等于《艺文类聚》,再减去诗赋文便等于《北堂书钞》。所以我们由《书钞》看到《初学记》,便看出了一部类书的进化史,而在这类书的进化中,一首初唐诗的构成程序也就完全暴露出来了。你想,一首诗做到有了"事对"的程度,岂不是已经成功了一半吗?余剩的工作,无非是将"事对"装潢成五个字一幅的更完整的对联,拼上韵脚,再安上一头一尾罢了。(五言律是当时最风行的体裁,但这里,我没有把调平仄算进去,因为当时的诗,平仄多半是不调的)这样看来,若说唐初五十年间的类书是较粗糙的诗,他们的诗是较精密的类书,许不算强词夺理吧?

《旧唐书·文苑传》里所收的作家,虽有着不少的诗人,但除了崔信明的一句"枫落吴江冷"是类书的范围所容纳不下的,其余作家的产品不干脆就是变相的书类吗?唐太宗之不如隋炀帝,不仅在没有作过一篇《饮马长城窟行》而已,便拿那"南化"了的隋炀帝,和"南化"了的唐太宗打比,像前者的:

> 暮江平不动,春花满正开。
> 流波将月去,潮水带星来。

甚至:

> 鸟击初移树,鱼寒不隐苔。①

又何尝是后者有过的?不但如此,据说炀帝为妒嫉"空梁落燕泥"和"庭草无人随意绿"两句诗,曾经谋害过两条性命。"枫落吴江冷"比起前面那两只名句如何?不知道崔信明之所以能保天年,是因为太宗的度量比炀帝大呢,还是他的眼力比炀帝低。这不是说笑话。假如我们能回答这问题,那么太宗统治下的诗作的质量之高低,便可以判定了。归真的讲,崔信明这人,恐怕太宗根本就不知道,所以他并没有留给我们那样测验他的度量或眼力的机会。但这更足以证明太宗对于好诗的认识力很差。假如他是有眼力的话,恐怕当日撑持诗坛的台面的,是崔信明、王绩,甚至王梵志,而不是虞世南、李百药一流人了。

讲到这里,我们许要想到前面所引时人批评李善"释事而忘意",和我批评类书家"采事而忘意"两句话。现在我若给那些作家也加上一句"用事而忘意"的案语,我想读者们必不以为过分。拿虞世南、李百药来和崔信明、王绩、王梵志比,不简直是"事"与"意"的比照吗?我们因此想到魏徵的《述怀》,颇被人认作这时期中的一首了不得的诗,《述怀》在唐代开国时的诗中所占的地位,据说有如魏徵本人在那时期政治上的地位一般的优越。这意见未免有点可笑,而替唐诗设想,居然留下生这意见的余地,也就太可怜了。平心说,《述怀》是一首平庸的诗,只因这作者不像一般的作者，他还不曾忘记那"诗言志"的古训，所以结果虽平庸而仍不失为"诗"。选家们搜出魏徵来代表初唐诗，足见那一个时代的贫乏。太宗和虞世南、李百药，以及当时成群的词臣，做了几十年的诗，到头还要靠这诗坛的局外人魏徵，来维持一点较清醒的诗的意识，这简直是他们的耻辱！

不怕太宗和他率领下的人们为诗干的多热闹，究竟他们所热闹的，与其说是诗，毋宁说是学术。关于修辞立诚四个字，即算他们做到了修辞（但这仍然是疑问），那立诚的观念，在他们的诗里可说整个不存在。唐初人的诗，离诗的真谛是这样远，所以，我若说唐初是个大规模征集词藻的时期。我所谓征集词藻者，实在不但指类书的纂辑，连诗的制造也是应属于那个范围里的。

上述的情形，太宗当然要负大部分的责任。我们曾经说到太宗为堆砌式的文体张目过，不错，看他亲撰的《晋书·陆机传论》便知道：

> 观夫陆机、陆云，实荆衡之杞梓，挺珪璋于秀实，驰英华于早年。风鉴澄爽，神情俊迈；文藻宏丽，独步当时；言论慷慨，冠乎终古。高词迥映，如朗月之悬光；叠意回舒，若重岩之积秀。千条析理，则电拆霜开；一绪连文，则珠流璧合。其词则深而雅，其义则博而显。故足远超枚马，高蹑王刘，百代文宗，一

人而已。

因为他崇拜的陆机，是"文藻宏丽"，与夫"叠意回舒，若重岩之积秀"，"一绪连文，则珠流璧合"的陆机，所以太宗于他的群臣中就最钦佩虞世南。褚亮在《十八学士赞》中，是这样赞虞世南的：

笃行扬声，雕文绝世；网罗百家，并包六艺。

两《唐书·虞世南传》都说，他与兄世基同入长安，时人比作晋之二陆，《新传》又品评这两弟兄说：

世基辞章清劲过世南，而赡博不及也。

这样的虞世南，难怪太宗要认为是"与我犹一体"，并且在世南死后，还有"锺子期死，伯牙不复鼓琴"之叹。这虞世南，我们要记住，便是《兔园册子》和《北堂书钞》的著者。这一点极其重要。这不啻明白的告诉我们，太宗所鼓励的诗，是"类书家"的诗，也便是"类书式"的诗。总之，太宗毕竟是一个重实际的事业中人；诗的真谛，他并没有，恐怕也不能参透。他对于诗的了解，毕竟是个实际的人的了解。他所追求的只是文藻，是浮华，不，是一种文辞上的浮肿，也就是文学的一种皮肤病。这种病症，到了上官仪的"六对""八对"，便严重到极点，几乎有危害到诗的生命的可能,于是因察觉了险象而愤激的少年"四杰",便不得不大声急呼,抢上来施以针砭了。

(原载《大公报·文艺副刊》第五十二期)

---

① 《隋遗录》所载炀帝诸诗皆明秀可诵,然系唐人伪托;《铁围山丛话》引佚句"寒鸦飞数点,流水绕孤村",亦伪。

宫体诗的自赎

宫体诗就是宫廷的,或以宫廷为中心的艳情诗,它是个有历史性的名词,所以严格地讲,宫体诗又当指以梁简文帝为太子时的东宫,及陈后主、隋炀帝、唐太宗等几个宫廷为中心的艳情诗。我们该记得从梁简文帝当太子到唐太宗晏驾中间一段时期,正是谢朓已死,陈子昂未生之间一段时期。这其间没有出过一个第一流的诗人。那是一个以声律的发明与批评的勃兴为人所推重,但论到诗的本身,则为人所诟病的时期。没有第一流诗人,甚至没有任何诗人,不是一桩罪过。那只是一个消极的缺憾。但这时期却犯了一桩积极的罪。它不是一个空白,而是一个污点,就因为他们制造了些有如下面这样的宫体诗:

> 长筵广未同,上客娇难逼。
> 还杯了不顾,回身正颜色。 (高爽《咏酌酒人》)
> 众中俱不笑,座上莫相撩。
>
> (邓鉴《奉和夜听妓声》)

这里所反映的上客们的态度,便代表他们那整个宫廷内外的气氛。人人眼角里是淫荡:

> 上客徒留目,不见正横陈。
>
> （鲍泉《敬酬刘长史咏名士悦倾城》）

人人心中怀着鬼胎:

> 春风别有意,密处也寻香。　　（李义府《堂词》）

对姬妾娼妓如此,对自己的结发妻亦然（刘孝威《都县寓见人织率尔赠妇》便是一例）。于是发妻也就成了倡家。徐悱写得出《对房前桃树咏佳期赠内》那样一首诗,他的夫人刘令娴为什么不可以写一首《光宅寺》来赛过他?索性大家都揭开了:

> 知君亦荡子,贱妾自倡家。
>
> （吴均《鼓瑟曲有所思》）

因为也许她明白她自己的秘诀是什么:

> 自知心所爱,出入仕秦宫。
> 谁言连屈尹,更是莫遨通?
>
> （简文帝《艳歌篇》十八韵）

简文帝对此并不诧异，说不定这对他，正是件称心的消息。堕落是没有止境的。从一种变态到另一种变态往往是个极短的距离，所以现在像简文帝《娈童》、吴均《咏少年》、刘孝绰《咏小儿采莲》、刘遵《繁华应令》，以及陆厥《中山王孺子妾歌》一类作品，也不足令人惊奇了。变态的又一类型是以物代人为求满足的对象。于是绣领、袙腹、履、枕、席、卧具……全有了生命，而成为被玷污者。推而广之，以至灯烛、玉阶、梁尘，也莫不踊跃地助他们集中意念到那个荒唐的焦点，不用说，有机生物如花草莺蝶等更都是可人的同情者：

> 罗荐已擘鸳鸯被，绮衣复有葡萄带。
> 残红艳粉映帘中，戏蝶流莺聚窗外。
>
> （上官仪《八咏应制》）

看看以上的情形，我们真要疑心，那是作诗，还是在一种伪装下的无耻中求满足。在那种情形之下，你怎能希望有好诗！所以常常是那套褪色的陈词滥调，诗的本身并不能比题目给人以更深的印象。实在有时他们真不像是在作诗，而只是制题。这都是惨淡经营的结果：《咏人聘妾仍逐琴心》（伏知道），《为寒床妇赠夫》（王胄）。特别是后一例，尽有"闺情""秋思""寄远"一类的题面可用，然而作者偏要标出这样五个字来，不知是何居心。如果初期作者常用的"古意""拟古"一类暧昧的题面,是一种遮羞的手法,那么现在这些人是根本没有羞耻了!这由意识到文词,由文词到标题,逐步的鲜明化,是否可算作一种文字的裎裸狂,我不知道。反正赞叹事实的"诗"变成了标明事类的"题"之附庸,这趋势去《游仙窟》一流作品,以记事文为主,以诗副之的形式,已很近了。形式很近,内容又何尝远?《游仙窟》正是宫体诗必然的下场。

我还得补充一下宫体诗在它那中途丢掉的一个自新的机会。这专以在昏淫的沉迷中作践文字为务的宫体诗,本是衰老的,贫血的南朝宫廷生活的产物,只有北方那些新兴民族的热与力才能拯救它。因此我们不能不庆幸庾信等之入周与被留,因为只有这样,宫体诗才能更稳固地移植在北方,而得到它所需要的营养。果然被留后的庾信的《乌夜啼》《春别诗》等篇,比从前在老家作的同类作品,气色强多了。移植后的第二三代本应不成问题。谁知那些北人骨子里和南人一样,也是脆弱的,禁不起南方那美丽的毒素的引诱,他们马上又屈服了。除薛道衡《昔昔盐》《人日思归》,隋炀帝《春江花月夜》三两首诗外,他们没有表现过一点抵抗力。炀帝晚年可算热忱的效忠于南方文化了。文艺的唐太宗,出人意料之外,比炀帝还要热忱。于是庾信的北渡完全白费了。宫体诗在唐初,依然是简文帝时那没筋骨、没心肝的宫体诗。不同的只是现在词藻来得更细致,声调更流利,整个的外表显得更乖巧、更酥软罢了。说唐初宫体诗的内容和简文帝时完全一样，也不对。因为除了搬出那僵尸"横陈"二字外，他们在诗里也并没有讲出什么。这又教人疑心这辈子人已失去了积极犯罪的心情。恐怕只是词藻和声调的试验给他们羁縻着一点作这种诗的兴趣（词藻声调与宫体有着先天与历史的联系）。宫体诗在当时可说是一种不自主的、虚伪的存在。原来从虞世南到上官仪是连堕落的诚意都没有了。此真所谓"萎靡不振"！

但是堕落毕竟到了尽头，转机也来了。

在窒息的阴霾中，四面是细弱的虫吟，虚空而疲倦，忽然一声霹雳，接着的是狂风暴雨！虫吟听不见了，这样便是卢照邻《长安古意》的出现。这首诗在当时的成功不是偶然的。放开了粗豪而圆润的嗓子，他这样开始：

> 长安大道连狭斜，青牛白马七香车。
> 玉辇纵横过主第，金鞭络绎向侯家！
> 龙衔宝盖承朝日，凤吐流苏带晚霞。
> 百丈游丝争绕树，一群娇鸟共啼花。
> ……

这生龙活虎般腾踔的节奏，首先已够教人们如大梦初醒而心花怒放了。然后如云的车骑，载着长安中各色人物 panorama 式的一幕幕出现，通过"五剧三条"的"弱柳青槐"来"共宿娼家桃李蹊"。诚然这不是一场美丽的热闹。但这

颠狂中有战栗,堕落中有灵性:

>得成比目何辞死,愿作鸳鸯不羡仙。

比起以前那光是病态的无耻:

>相看气息望君怜,谁能含羞不肯前!
>
>（简文帝《乌栖曲》）

如今这是什么气魄!对于时人那虚弱的感情,这真有起死回生的力量。最后:

>节物风光不相待,桑田碧海须臾改。
>昔时金阶白玉堂,即今惟见青松在!

似有"劝百讽一"之嫌。对了,讽刺,宫体诗中讲讽刺,多么生疏的一个消息!我几乎要问《长安古意》究竟能否算宫体诗?从前我们所知道的宫体诗,自萧氏君臣以下都是作者自身下流意识的口供,那些作者只在诗里。这回卢照邻却是在诗里,又在诗外,因此他能让人人以一个清醒的旁观的自我,来给另一自我一声警告。这两种态度相差多远!

>寂寂寥寥杨子居,年年岁岁一床书。
>独有南山桂花发,飞来飞去袭人裾。

这篇末四句有点突兀,在诗的结构上既嫌蛇足,而且这样说话,也不免暴露了自己态度的褊狭,因而在本篇里似乎有些反作用之嫌。可是对于人性的清醒方面,这四句究不失为一个保障与安慰。一点点艺术的失败,并不妨碍《长安古意》在思想上的成功。他是宫体诗中一个破天荒的大转变。一手挽住衰老了的颓废,教给他如何回到健全的欲望;一手又指给他欲望的幻灭。这诗中善与恶都是积极的,所以二者似相反而相成。我敢说《长安古意》的恶的方面比善的方面还有用。不要问卢照邻如何成功,只看庾信是如何失败的。欲望本身不是什么坏东西。如果它走入了歧途,只有疏导一法可以挽救,壅塞是无效的。庾信对于宫体诗的态度,是一味地矫正,他仿佛是要以非宫体代宫体。反之,卢照邻只要以更有力的宫体诗救宫体诗,他所争的是有力没有力,不是宫体不宫体。甚至你说他的方法是以毒攻毒也行,反正他是胜利了。有效的方法不就是对的方法吗?

矛盾就是人性,诗人作诗本不必对自己的行为负责。原来《长安古意》的"年年岁岁一床书",只是一句诗而已,即令作诗时事实如此,大概不久以后,情形就完全变了,骆宾王的《艳情代郭氏答卢照邻》便是铁证。故事是这样的:照邻在蜀中有一个情妇郭氏,正当她有孕时,照邻因事要回洛阳去,临行相约不久回来正式成婚。谁知他一去两年不返,而且在三川有了新人。这时她望他的音信既望不到，孩子也丢了。"悲鸣五里无人问，肠断三声谁为续！"除了骆宾王给寄首诗去替她申一回冤，这悲剧又能有什么更适合的收场呢？一个生成哀艳的传奇故事，可惜骆宾王没赶上蒋防、李公佐的时代。我的意思是：故事最适宜于小说，而作者手头却只有一个诗的形式可供采用。这试验也未尝不可作，然而他偏偏又忘记了《孔雀东南飞》的典型。凭一枝作判词的笔锋（这是他的当行），他只草就了一封韵语的书札而已。然而是试验，就值得钦佩。骆宾王的失败，不比李百药的成功有价值吗？他至少也替《秦妇吟》垫过路。

　　这以"一抔之土未干，六尺之孤何托"，教历史上第一位英威的女性破胆的文士，天生一副侠骨，专喜欢管闲事，打抱不平、杀人报仇、革命、帮痴心女子打负心汉，都是他干的。《代女道士王灵妃赠道士李荣》里没讲出具体的故事来，但我们猜得到一半，还不是卢郭公案那一类的纠葛？李荣是个有才名道士。（见《旧唐书·儒学·罗道琮传》，卢照邻也有过诗给他。）故事还是发生在蜀中，李荣往长安去了，也是许久不回来，王灵妃急了，又该骆宾王给去信促驾了。不过这回的信却写得比较像首诗。其所以然，倒不在——

　　　　梅花如雪柳如丝，年去年来不自持。
　　　　初言别在寒偏在，何悟春来春更思。

一类响亮句子,而是那一气到底而又缠绵往复的旋律之中,有着欣欣向荣的情绪。《代女道士王灵妃赠道士李荣》的成功,仅次于《长安古意》。

和卢照邻一样,骆宾王的成功,有不少成分是仗着他那篇幅的。上文所举过的二人的作品,都是宫体诗中的云冈造像,而宾王尤其好大成癖(这可以他那以赋为诗的《帝京篇》《畴昔篇》为证)。从五言四句的《自君之出矣》,扩充到卢、骆二人洋洋洒洒的巨篇,这也是宫体诗的一个剧变。仅仅篇幅大,没有什么。要紧的是背面有厚积的力量撑持着。这力量,前人谓之"气势",其实就是感情。有真实感情,所以卢、骆的来到,能使人们麻痹了百余年的心灵复活。有感情,所以卢、骆的作品,正如杜甫所预言的,"不废江河万古流"。

从来没有暴风雨能够持久的。果然持久了,我们也吃不消,所以我们要它适可而止。因为,它究竟只是一个手段,打破郁闷烦躁的手段;也只是一个过程,达到雨过天晴的过程。手段的作用是有时效的,过程的时间也不宜太长,所以在宫体诗的园地上,我们很侥幸地碰见了卢、骆,可也很愿意能早点离开他们,——为的是好和刘希夷会面。

古来容光人所羡,况复今日遥相见?
愿作轻罗著细腰,愿为明镜分娇面。(《公子行》)

这不是什么十分华贵的修辞，在刘希夷也不算最高的造诣；但在宫体诗里，我们还没听见过这类的痴情话。我们也知道他的来源是《同声诗》和《闲情赋》。但我们要记得，这类越过齐梁，直向汉晋人借贷灵感，在将近百年以来的宫体诗里也很少人干过呢！

> 与君相向转相亲，与君双栖共一身。
> 愿作贞松千岁古，谁论芳槿一朝新！
> 百年同谢西山日，千秋万古北邙尘。（《公子行》）

这连同它的前身——杨方《合欢诗》，也不过是常态的，健康的爱情中，极平凡、极自然的思念，谁知道在宫体诗中也成为了不得的稀世的珍宝。回返常态确乎是刘希夷的一个主要特质，孙翌编《正声集》时把刘希夷列在卷首，便已看出这一点来了。看他即便哀艳到如：

> 自怜妖艳姿，妆成独见时。
> 愁心伴杨柳，春尽乱如丝。（《春女行》）
> 携笼长叹息，逶迤恋春色。
> 看花若有情，倚树疑无力。
> 薄暮思悠悠，使君南陌头。
> 相逢不相识，归去梦青楼。（《采桑》）

也从没有不归于正的时候。感情返到正常状态是宫体诗的又一重大阶段。惟其如此，所以烦躁与紧张都消失了，只剩下一片晶莹的宁静。就在此刻，恋人才变成诗人，憬悟到万象的和谐，与那一水一石一草一木的神秘的不可抵抗的美，而不禁受创似的哀叫出来：

可怜杨柳伤心树！可怜桃李断肠花！（《公子行》）

但正当他们叫着"伤心树""断肠花"时，他已从美的暂促性中认识了那玄学家所谓的"永恒"——一个最缥缈，又最实在；令人惊喜，又令人震怖的存在。在它面前一切都变渺小了，一切都没有了。自然认识了那无上的智慧，就在那彻悟的一刹那间，恋人也就变成哲人了：

洛阳城东桃李花，飞来飞去落谁家？
洛阳女儿好颜色，坐见落花长叹息：
今年花落颜色改，明年花开复谁在！
……
古人无复洛城东，今人还对落花风。
年年岁岁花相似，岁岁年年人不同。

（《代悲白头翁》）

相传刘希夷吟到"今年花落……"二句时，吃一惊，吟到"年年岁岁……"二句，又吃一惊。后来诗被宋之问看到，硬要让给他，诗人不肯，就生生地被宋之问给用土囊压死了。于是诗谶就算验了。编故事的人的意思,自然是说,刘希夷泄露了天机,论理该遭天谴。这是中国式的文艺批评,隽永而正确,我们在千载之下,不能,也不必改动它半点。不过我们可以用现代语替它诠释一遍,所谓泄露天机者,便是悟到宇宙意识之谓。从蜣螂转丸式的宫体诗一跃而到庄严的宇宙意识,这可太远了,太惊人了!这时的刘希夷实已跨近了张若虚半步,而离绝顶不远了。

如果刘希夷是卢、骆的狂风暴雨后宁静爽朗的黄昏,张若虚便是风雨后更宁静、更爽朗的月夜。《春江花月夜》本用不着介绍,但我们还是忍不住要谈谈。就宫体诗发展的观点看,这首诗尤有大谈的必要:

春江潮水连海平,海上明月共潮生。
激滟随波千万里,何处春江无月明!
江流宛转绕芳甸,月照花林皆似霰。
空里流霜不觉飞,汀上白沙看不见。

在这种诗面前,一切的赞叹是饶舌,几乎是亵渎。它超过了一切的宫体诗有多少路程的距离,读者们自己也知道。我认为用得着一点诠明的倒是下面这几句:

江畔何人初见月?江月何年初照人?
人生代代无穷已,江月年年只相似。

不知江月待何人，但见长江送流水！

更复绝的宇宙意识！一个更深沉、更寥廓、更宁静的境界！在神奇的永恒前面，作者只有错愕，没有憧憬，没有悲伤。从前卢照邻指点出"昔时金阶白玉堂，即今惟见青松在"时，或另一个初唐诗人——寒山子更尖酸地吟着"未必长如此，芙蓉不耐寒"时，那都是站在本体旁边凌视现实。那态度我以为太冷酷、太傲慢，或者如果你愿意，也可以带点狐假虎威的神气。在相反的方向，刘希夷又一味凝视着"以有涯随无涯"的徒劳，而徒劳地为它哀毁着，那又未免太萎靡、太怯懦了。只张若虚这态度不亢不卑，冲融和易才是最纯正的，"有限"与"无限"，"有情"与"无情"——诗人与"永恒"猝然相遇，一见如故，于是谈开了——"江畔何人初见月？江月何年初照人？……江月年年只相似，不知江月待何人？"对每一问题，他得到的仿佛是一个更神秘的、更渊默的微笑，他更迷惘了，然而也满足了。于是他又把自己的秘密倾吐给那缄默的对方：

　　白云一片去悠悠，青枫浦上不胜愁。

因为他想到她了，那"妆镜台"边的"离人"。他分明听见她的叹喟：

　　此时相望不相闻，愿逐月华流照君！

他说自己很懊悔,这飘荡的生涯究竟到几时为止!

> 昨夜闲潭梦落花,可怜春半不还家。
> 江水流春去欲尽,江潭落月复西斜!

他在怅惘中,忽然记起飘荡的许不只他一人,对此清景,大概旁人,也只得徒唤奈何罢?

> 斜月沉沉藏海雾,碣石潇湘无限路。
> 不知乘月几人归,落月摇情满江树!

这里一番神秘而又亲切的,如梦境的晤谈,有的是强烈的宇宙意识,被宇宙意识升华过的纯洁的爱情,又由爱情辐射出来的同情心,这是诗中的诗,顶峰上的顶峰。从这边回头一望,连刘希夷都是过程了,不用说卢照邻和他的配角骆宾王,更是过程的过程。至于那一百年间梁、陈、隋、唐四代宫廷所遗下了那分最黑暗的罪孽,有了《春江花月夜》这样一首宫体诗,不也就洗净了吗?向前替宫体诗赎清了百年的罪,因此,向后也就和另一个顶峰陈子昂分工合作,清除了盛唐的路,——张若虚的功绩是无从估计的。

卅年八月二十二日陈家营

(原载《当代评论》第十期)

四杰

继承北朝系统而立国的唐朝的最初五十年代，本是一个尚质的时期，王杨卢骆都是文章家，"四杰"这徽号，如果不是专为评文而设的，至少它的主要意义是指他们的赋和四六文。谈诗而称四杰，虽是很早的事，究竟只能算借用。是借用，就难免有"削足适履"和"挂一漏万"的毛病了。

按通常的了解，诗中的四杰是唐诗开创期中负起了时代使命的四位作家，他们都年少而才高，官小而名大，行为都相当浪漫，遭遇尤其悲惨（四人中三人死于非命）——因为行为浪漫，所以受尽了人间的唾骂；因为遭遇悲惨，所以也赢得了不少的同情。依这样一个概括、简明，也就是肤廓的了解，"四杰"这徽号是满可以适用的，但这也就是它的适用性的最大限度。超过了这限度，假如我们还问到：这四人集团中每个单元的个别情形，和相互关系，尤其他们在唐诗发展的路线网里，究竟代表着那一条，或数条线，和这线在网的整个体系中所担负的任务——假如问到这些方面，"四杰"这徽号的功用与适合性，马上就成问题了。因为诗中的四杰，并非一个单纯的、统一的宗派，而是一个大宗中包孕着两个小宗，而两小宗之间，同点恐怕还不如异点多，因之，在讨论问题时，"四杰"这名词所能给我们的方便，恐怕也不如纠葛多。数字是个很方便的东西，也是个很麻烦的东西。既在某一观点下凑成了一个数目，就不能由你在另一观点下随便拆开它。不能拆开，又不能废弃它，所以就麻烦了。"四杰"这徽号，我们不能，也不想废弃，可是我承认我是抱着"息事宁人"的苦衷来接受它的。

四杰无论在人的方面，或诗的方面，都天然形成两组或两派。先从人的方面讲起。

将四人的姓氏排成"王杨卢骆"这特定的顺序，据说寓有品第文章的意义，这是我们熟知的事实。但除这人为的顺序外，好像还有一个自然的顺序，也常被人采用——那便是序齿的顺序。我们疑心张说《裴公神道碑》"在选曹见骆宾王、卢照邻、王勃、杨炯"，和郗云卿《骆丞集序》"与卢照邻、王勃、杨炯文词齐名"，乃至杜诗"纵使卢王操翰墨"等语中的顺序，都属于这一类。严格的序齿应该是卢骆王杨，其间卢骆一组，王杨一组，前者比后者平均大了十岁的光景。然则卢骆的顺序，在上揭张郗二文里为什么都颠倒了呢？郗序是为了行文的方便，不用讲。张碑，我想是为了心理的缘故，因为骆与裴（行俭）交情特别深，为裴作碑，自然首先想起骆来。也许骆赴选曹本在先，所以裴也先见到他。果然如此,则先骆后卢,是采用了另一事实作标准。但无论依哪个标准说,要紧的还是在张郗两文里,前二人(骆卢)与后二人(王杨)之间的一道鸿沟(即平均十岁左右的差别)依然存在。所以即使张碑完全用的另一事实——赴选的先后作为标准,我们依然可以说,王杨赴选在卢骆之后,也正说明了他们年龄小了许多。实在,卢骆与王杨简直可算作两辈子人。据《唐会要》卷八二,"显庆二年,诏征太白山人孙思邈入京,卢照邻、宋令文、孟诜皆执师贽之礼"。令文是宋之问的父亲,而之问是杨炯同寮的好友。卢与之问的父亲同辈,而杨与之问本人同辈,那么卢与杨岂不是不能同辈了吗?明白了这一层,杨炯所谓"愧在卢前,耻居王后",便有了确解。杨年纪比卢小得多,名字反在卢前,有愧不敢当之感,所以说"愧在卢前";反之,他与王多分是同年,名字在王后,说"耻居王后",正是不甘心的意思。

比年龄的距离更重要的一点,便是性格的差异。在性格上四杰也天然形成两种类型,卢骆一类,王杨一类。诚然,四人都是历史上著名的"浮躁浅露"不能"致远"的殷鉴,每人"丑行"的事例,都被谨慎的保存在史乘里了,这里也毋庸赘述。但所谓"浮躁浅露"者,也有程度深浅的不同。杨炯,相传据裴行俭说,比较"沉静"。其实王勃,除擅杀官奴那不幸事件外(杀奴在当时社会上并非一件太不平常的事),也不能算过分的"浮躁"。一个人在短

短二十八年的生命里,已经完成了这样多方面的一大堆著述:

《舟中纂序》五卷,《周易发挥》五卷,《次论语》十卷,《汉书指瑕》十卷,《大唐千岁历》若干卷,《黄帝八十一难经注》若干卷,《合论》十卷,《续文中子书序诗序》若干篇,《玄经传》若干卷,《文集》三十卷。

能够浮躁到哪里去呢?同王勃一样,杨炯也是文人而兼有学者倾向的,这满可以从他的《天文大象赋》和《驳孙茂道苏知几冕服议》中看出。由此看来,王杨的性格确乎相近。相应的,卢骆也同属于另一类型,一种在某项观点下真可目为"浮躁"的类型。久历边塞而屡次下狱的博徒革命家骆宾王不用讲了,看《穷鱼赋》和《狱中学骚体》,卢照邻也不像是一个安分的分子。骆宾王在《艳情代郭氏答卢照邻》里,便控告过他的薄幸。然而按骆宾王自己的口供:

但使封侯龙额贵,讵随中妇凤楼寒?

他原也是在英雄气概的烟幕下实行薄幸而已。看《忆蜀地佳人》一类诗,他并没有少给自己制造薄幸的机会。在这类事上,卢骆恐怕还是一丘之貉。最后,卢照邻那悲剧型的自杀,和骆宾王的慷慨就义,不也还是一样?同是用不平凡的方式自动的结束了不平凡的一生,只是一悱恻,一悲壮，各有各的姿态罢了。

这几乎是不可避免的发展；由年龄的两辈，和性格的两类型，到友谊的两个集团。果然，卢骆二人交情，可凭骆的《艳情代郭氏答卢照邻》诗来坐实；而王杨的契合，则有王的《秋日饯别序》和杨的《王勃集序》可证。反之，卢或骆与王或杨之间，就看不出这样紧凑的关系来。就现存各家集中所可考见的说，卢王有两首同题分韵的诗，卢杨有一首同题同韵的诗，可见他们两辈人确乎在文酒之会中常常见面。可是太深的交情，恐怕谈不到。他们绝少在作品里互相提到彼此的名字。有之，只杨在《王勃集序》中说到一次"薛令公朝右文宗，托末契而推一变；卢照邻人间才杰，览清规而辍九攻"，这反足以证明卢骆与王杨属于两个壁垒，虽则是两个对立而仍不失为友军的壁垒。

于是，我们便可谈到他们——卢骆与王杨——另一方面的不同了。年龄的不同辈，性格的不同类型，友谊的不同集团，和作风的不同派，这些不也正是一贯的现象吗？其实，不待知道"人"方面的不同，我们早就应该发觉"诗"方面的不同了。假如不受传统名词的蒙蔽，我们早就该惊讶，为什么还非维持这"四"字不可，而不仿"前七子""后七子"的例，称卢骆为"前二杰"，王杨为"后二杰"？难道那许多迹象，还不足以证明他们两派的不同吗？

首先，卢骆擅长七言歌行，王杨专工五律，这是两派选择形式的不同。当然卢骆也作五律，甚至大部分篇什还是五律，而王杨一派中至少王勃也有些歌行流传下来，但他们的长处决不在这些方面。像卢集中的：

　　风摇十洲影，日乱九江文。（《赠李荣道士》）
　　川光摇水箭，山气上云梯。（《山庄休沐》）

和骆集中这样的发端：

　　故人无与晤，安步涉山椒。（《冬日野望》）

在那贫乏的时代，何尝不是些夺目的珍宝？无奈这些有句无章的篇什，除声调的成功外，还是没有超过齐梁的水准。骆比较有些"完璧"，如《在狱咏蝉》之类，可是又略无警策。同样，王的歌行，除《滕王阁歌》外，也毫不足观。便说《滕王阁歌》，和他那典丽凝重，与凄情流动的五律比起来，又算得了什么呢！

　　杜甫《戏为六绝句》第三首说"纵使卢王操翰墨，劣于汉魏近《风》《骚》"。这里是以卢代表卢骆，王代表王杨，大概不成问题。至于"劣于汉魏近《风》《骚》"，假如可以解作王杨"劣于汉魏"，卢骆"近《风》《骚》"，倒也有它的妙处。因为卢骆那用赋的手法写成的粗线条的宫体诗，确乎是《风》《骚》的余响；而王杨的五言，虽不及汉魏，却越过齐梁，直接上晋宋了。这未必是杜诗的原意，但我们不妨借它的启示来阐明一个真理。

卢骆与王杨选择形式不同，是由于他们两派的使命不同。卢骆的歌行，是用铺张扬厉的赋法膨胀过了的乐府新曲，而乐府新曲又是宫体诗的一种新发展，所以卢骆实际上是宫体诗的改造者。他们都曾经是两京和成都市中的轻薄子，他们的使命是以市井的放纵改造宫庭的堕落，以大胆代替羞怯，以自由代替局缩，所以他们的歌声需要大开大阖的节奏，他们必需以赋为诗。正如宫体诗在卢骆手里是由宫庭走到市井，五律到王杨的时代是从台阁移至江山与塞漠。台阁上只有仪式的应制，有"缔句绘章，揣合低卬"。到了江山与塞漠，才有低徊与怅惘，严肃与激昂，例如王的《别薛升华》《送杜少府之任蜀州》和杨的《从军行》《紫骝马》一类的抒情诗。抒情的形式，本无须太长，五言八句似乎恰到好处。前乎王杨，尤其应制的作品，五言长律用的还相当多。这是该注意的！五言八句的五律，到王杨才正式成为定型，同时完整的真正唐音的抒情诗也是这时才出现的。

将卢骆与王杨对照着看，真是一个说不尽的话题。我在旁处曾说明过从卢骆到刘（希夷）张（若虚）是一贯的发展，现在还要点醒，王杨与沈宋也是一脉相承。李商隐早无意的道着了秘密：

> 沈宋裁辞矜变律，王杨落笔得良朋。
> 当时自谓宗师妙，今日惟观属对能。（《漫成章》）

以沈宋与王杨并举，实在是最自然、最合理的看法。"律"之"变"，本来在王杨手里已经完成了，而沈宋也是"落笔得良朋"的妙手。并且我们已经提过，杨炯和宋之问是好朋友。如果我们再知道他们是好到如之问《祭杨盈川文》所说的那程度，我们便更能了然于王杨与沈宋所以是一脉相承之故。老实说，就奠定五律基础的观点看，王杨与沈宋未尝不可视为一个集团，因此也有资格承受四杰的徽号；而卢骆与刘张也同样有理由，在改良宫体诗的观点下，被称为另一组四杰。一定要墨守着先入为主的传统观点，只看见"王杨卢骆"之为四杰，而抹杀了一切其他的观点，那只是拘泥、顽冥，甘心上传统名词的当罢了。

将卢骆与王杨分别的划归了刘张与沈宋两个集团后，再比较一下刘张与沈宋在唐诗中的地位，便也更能了解卢骆与王杨的地位了。五律无疑是唐诗最主要的形式，在那时人心目中，五律才是诗的正宗。沈宋之被人推重，理由便在此。按时人安排的顺序，王杨的名字列在卢骆之上，也正因他们的贡献在五律，何况王杨的五律是完全成熟了的五律，而卢骆的歌行还不免于草率、粗俗的"轻薄为文"呢？论内在价值，当然王杨比卢骆高。然而，我们不要忘记卢骆曾用以毒攻毒的手段，凭他们那新式宫体诗，一举摧毁了旧式的"江左余风"的宫体诗，因而给歌行芟除了芜秽，开出一条坦途来。若没有卢骆，哪会有刘张，哪会有《长恨歌》《琵琶行》《连昌宫词》和《秦妇吟》，甚至于李杜高岑呢？看来，在文学史上，卢骆的功绩并不亚于王杨。后者是建设，前者是破坏，他们各有各的使命。负破坏使命的，本身就得牺牲，所以失败就是他们的成功。人们都以成败论事，我却愿向失败的英雄们多寄予点同情。

（原载《世界学生》二卷七期）

陈子昂[①]

（六六一——七〇二）

"上拂云霄，下瞰涪江"的金华山，是唐时梓州射洪县的第一名胜。

> 涪右众山内，金华紫崔嵬，上有蔚蓝天，垂光抱琼台。

这是宝应初（七六二）杜甫来游时所得的印象。"琼台"指梁时所筑的庄严瑰丽的玉京观。那是为纪念东晋一位道士陈勋而建筑的。但到唐大历中鲜于（后改姓李）叔明来做东川节度使，又给这山上的历史遗迹添了一个标记。这标记没玉京观那样的夸大与煊赫，只是一块石碑，上面刻的，除碑文外，便是这样一道颇为冗长的篆额：

> 大唐剑南东川节度观察处置等使户部尚书兼御史大夫梓州刺史鲜于公为故拾遗陈公建旌德之碑

碑所纪念的是玉京观后面一所早已圮废了的房子——陈子

昂的读书处。

陈子昂，字伯玉，本州著名富豪陈元敬的长子。据说本是个"驰侠使气"的无赖子，直到十七八岁时，和一群赌棍闯进乡校，不知受了个什么刺激，这才慨然的离开县北里许武东山下的家庭，跑到这金华山上，闭户谢客，好好的读了几年书。这时一个颇负才名的诗人王适来到蜀中，看见子昂的诗作，大为惊叹，说道："此子必为文宗矣！"大概受了这番鼓励，子昂便在二十一岁时，即开耀元年（六八一）入京应举。但是王适的激扬似乎还不够，这次应举失败了。

长安东市一家乐器店前，麕集着许多豪贵的顾客，正在传观一把胡琴。一把胡琴，价值百万，好处究竟在哪里呢？大家正在纳闷。②

▲ "千金子"

《宿空舲峡青树村浦》："忆作千金子，宁知九逝魂。"

《万州晓发放舟乘涨还寄蜀中亲友》："寄谢千金子，江海事多违。"

《度峡口山赠乔补阙知之王二无竞》："之子黄金躯，如何此荒域。"

父元敬，弱冠以豪侠闻。家故多赀，属岁饥，出粟万石赈乡里，邦人翕然归之。六世祖太乐，当齐时兄弟三人为郡豪杰。梁武帝命为郡司马。

本传："圣历初还乡里，……县令段简贪暴，闻其富，欲害之。家人纳钱廿万缗，简薄其赂，捕送狱中，忧愤而卒。"

在京师以千缗买胡琴。见《独异记》。

《旌德碑》："……祖辩，为郡豪杰。辩生元敬，瑰伟倜傥，弱冠以豪侠闻。属乡人阻饥，一朝散粟万斛，以赈贫者，而不求报。"

卢藏用《陈子昂别传》："世为豪族。父元敬，瑰玮倜傥，年二十以豪侠闻。属乡人阻饥，一朝散万钟之粟，而不求报。于是远近归之，若龟鱼之赴渊也。"

《别传》："属本县令段简，贪暴残忍，闻其家有财，乃附会文法，将欲害之。子昂荒惧，使家人纳线二十万。而简意未塞，数舆曳就吏。"

▲子昂多病

《新唐书》本传："子昂多病。"

《感遇诗三十八首》第十三："林居病时久。"

《同王员外雨后登开元寺南楼因酬晖上人独坐山亭有赠》："宁知人世里，疲病得攀缘。"

《喜遇冀侍御珪崔司议泰之二使》："谢病南山下，幽卧不知春。"

《感遇诗》第三十三："疲痾苦沦世，忧瘼日侵淄。"

《秋园卧病呈晖上人》："疲疴澹无豫，独坐泛瑶瑟。怀挟万古情，忧虞百年疾。"

《卧病家园》："卧病谁能问，闲居空物华。"

《别传》："子昂体弱多病""子昂素羸疾"。

▲子昂之死

从刘敬同征突厥，……迁右拾遗，……从武攸宜讨契丹，……谢病归家。县令段简诬系，死狱中，年四十三。（《郡斋读书志》第十七引沈亚之说云，其当为武承嗣所杀。）

▲子昂之作

集十卷（《全唐诗》编二卷）。赵儋《碑》云："有《正声集》十卷。"又云："拾遗之文，四海之内，家藏一本。"《别传》："尝恨国史芜杂，乃自汉孝武之后以迄于唐，为《后史记》。纲纪粗立，笔削未终，钟文林府君忧，其书中废。"

▲道教的家风

《文林郎墓志铭》："（公）性英雄而志尚玄默。"

《观荆玉篇序》："予家世好服食，昔尝饵之（仙人杖）。"

赵儋《陈公旌德碑》："五世祖方庆好道，得墨子五形秘书、白虎七变，隐于郡武东山。"

同上："元敬……属青龙末，天后居摄，遂山栖饵术，殆十八年。元图大象无不达。"

卢藏用《陈子昂别传》："五（原作"四"）世祖方庆，得墨翟秘书，隐于武东山，……父无敬，……究览坟籍，居家园以求其志。饵地骨，炼云膏，四十余年。"

《别传》："子昂晚爱黄老之言，尤耽味《易》象，往往精诣。"

《文林郎陈公墓志铭》："方庆好道，得墨子五行秘书、白虎七变法，遂隐于郡武东山。"

同上："青龙癸未，唐历云微。公乃山栖绝谷，放息人事，饵云母以怡其神。居十八年，元图天象，无所不达。"

《居士陈君碑》："曾祖方庆，好道不乐为仕，得墨子五行秘书，而隐于武东山。"

▲子昂与"纵横"

《赠严仓曹乞推命录》："少学纵横术，游楚复游燕。"

《卧病家园》："纵横策已弃，寂寞道为家。"

《感遇诗三十八首》第十一："吾爱鬼谷子，青溪无垢氛。囊括经世道，遗身在白云。七雄方龙斗，天下久无君。浮荣不足贵，遵养晦时文。舒可弥宇宙，卷之不盈分。岂徒山木寿，空与麋鹿群。"

《赠赵六贞固二首》其二："赤螭媚其彩，婉娈苍梧泉。昔者瑯琊子，躬耕亦慨然。……道心固微密，神用无留连。

舒可弥宇宙，揽之不盈拳……。"

《答韩使同在边》："雨雪颜容改，纵横才位孤。"

（以上二诗等于自述）

《答洛阳主人》："平生白云志，早爱赤松游。事亲恨未立，从宦此中州。主人亦何问，旅客非悠悠。方谒明天子，清宴奉良筹。再取莲城璧，三陟平津侯。不然拂衣去，归从海上鸥。宁随当代子，倾侧且沈浮。"

《赠别冀侍御崔司议》诗序："夫达则以公济天下，穷则以大道理身，嗟乎子昂，岂敢负古人哉。"

《还至张掖古城闻东军告捷赠韦五虚己》："纵横未得意，寂寞寡相迎。"

《旌德碑》："契丹以营州叛，建安郡王武攸宜亲总戎律。……公参谋帷幕。军次渔洋，前军王孝杰等相次陷没，三军震慑。公乃进谏，感激忠义，料敌决策，请分麾下万人以为前驱，奋不顾身，上报于建安。遇安愎谏，礼谢绝之，但署以军曹掌记而已。"

卢藏用《陈子昂别传》："始以豪家子，驰侠使气，至年十七八未知书。尝从博徒入乡学，慨然立志，因谢绝门客，专精坟典。"

▲子昂之孤寂感

《感遇诗三十八首》二十二："登山望宇宙，白日已西暝，云海方荡潏，孤鳞安得宁。"

同上二十五："玄蝉号白露，兹岁已蹉跎，群物从大化，孤英将奈何。"

同上三十八："仲尼探元化，幽鸿顺阳和。大运自盈缩，春秋递来过，盲飙忽号怒，万物相纷劇，溟海皆震荡，孤凤其如何?"

同上二十："一绳将何系，忧醉不能持。"

《喜马参军相遇醉歌》："孤愤遐吟，谁知我心。"

《南山家园林木交映盛夏五月幽然清凉独坐思远率成十韵》："寂寥守寒巷，幽独卧空林。松竹生虚白，阶庭横古今。"

《秋园卧病呈晖上人》："幽寂旷日遥，林园转清密。"

《卧病家园》："纵横策已弃，寂寞道为家。"

《感遇诗三十八首》其二："兰若生春夏，芊蔚何青青，幽独空林色，朱蕤冒紫茎。"

《度峡口山赠乔补阙知之王二无竞》："逦迤忽而尽，泱漭平不息，之子黄金躯，如何此荒域。"

《答韩使同在边》："雨雪容颜改，纵横才位孤。"

《度荆门望楚》："今日狂歌客，谁知入楚来。"

《宿空舲峡青树村浦》："忆作千金子，宁知九逝魂。"

《赠别冀侍御崔司议》诗序："可以散孤愤。"

▲子昂之"玄感"（元化）

《感遇诗三十八首》其六："古之得仙道，信与元化并，玄感非象识,谁能测沈冥?世人拘目见,酣酒笑丹经。"

同上其七:"茫茫吾何思,林卧观无始。"

同上其十:"深居观元化。"

同上十三:"闲卧观物化,悠悠念无生。"

同上十七:"幽居观天运,悠悠念群生,终古代兴没,豪圣莫能争。"

同上二十五:"群物从大化。"

同上三十六:"探元观群化。"

同上三十八:"仲尼探元化。"(《论语·子罕篇》:"子在川上曰:'逝者如斯夫,不舍昼夜。'")

《夏日晖上人房别李参军崇嗣》:"四十九变化,一十三死生。翁忽玄黄里,驱驰风雨情。是非纷妄作,宠辱坐相惊。"

《南山家园林木交映盛夏五月幽然清凉独坐思远率成十韵》:"坐观万象化,方见百年侵。"

《登泽州城北楼谦》:"观化久无穷。"

《春台引》:"怀宇宙以伤远,登高台而写忧。"

《登幽州台歌》:"前不见古人,后不见来者,念天地之悠悠,独怆然而泣下。"

《岘山怀古》:"丘陵徒自出,贤圣几凋枯。"

《秋园卧病呈晖上人》:"怀挟万古情。"

《薛大夫山亭宴序》:"谈高趣逸,体静心闲,神眇眇而临云,思飘飘而遇物。林轩寂寞,星汉纵横,思欲垂汗漫而群游，与真精而合契。欢穷兴洽，乐往悲来，怅鸾鹤之不存，哀鹪鸠之久没。徘徊永叹，慷慨长怀。东方明而毕昴升，北阁曙而天云静。悲夫！向之所得，已失于无何，今之所游，复羁于有物。诗言志也，可得闻乎？"

《续唐故中岳体元先生潘尊师碑颂》："观元化兮求古之列仙。"

《别中岳二三真人序》："夫爱名山，歌长往，世有之矣，放身霄岭，宴景云林，卑俗不可得而闻，时士不可得而见，则吾欲高视终古，一笑昔人。嵩山有二仙人，自浮邱公王子晋上朝玉帝，遗迹金坛，凤箫悠悠，千载无响。吾每以是临霞永慨，抚膺叹息，常谓烟驾不逢，羽人长往。去嚣世，走青云，登玉女之峰，窥石人之庙，见司马子微冯太和，霓裳眇然，冥壑独立。直朋羽会，金浆玉液，则有杨仙翁元默洞天，贾上士幽栖牝谷，玉笙吟凤，瑶衣驻鹤，方且迷轩辕之驾，期汗漫之游。吾亦何人，躬接兹赏。实欲执青节，从白蜺，陪饮昆仑之庭，观化元元之府，宿心遂矣，冥骨甘焉。岂知琼都命浅，金格道微，攀倒景而迷途，顾中峰而失路，尘萦俗累，复汨吾和，仙人真侣，永幽灵契，翳青芝而延伫，遥会何期，结丹桂而徘徊，远心空绝。紫烟去，黄庭极，仰寥廓而无光，视环区而寡色。悠悠何往，白头名利之交，咄咄谁嗟，元运盛衰之感。始知杨朱歧路，墨翟素丝，尚平辞家而不归，鲍焦抱木而枯死，可以痛，可以悲，古人之心，吾今得之矣。"

《堂弟孜墓志铭》："大圆苍苍，大方茫茫，贤圣同此，尔之何伤。"

《上殇高氏墓志铭》："我观颢元，机化出入，夭寿之数，荣落之原，皆一受而不易者也。""来不可遏，去不可止，唯死与生，由生以死。"

卢藏用《宋主簿鸣皋梦赵六予未及报而陈子云亡今追为此诗答宋兼贻平昔旧游》："陈生富清理，卓荦兼文史……幽居探元化，立言见千祀。"

卫玠初欲过江，形神惨悴，语左右曰：见此芒芒，不觉百感交集，苟未免有情，亦复谁能遣此。

桓温北征，经金城，见前为琅琊时种柳，皆已十围，慨然曰：木犹如此，人何以堪！攀条执枝，泫然流泪。

庾信《枯树赋》："昔年种柳，依依汉南，今逢摇落，凄怆江潭。树犹如此，人何以堪！"

▲初唐诸家诗摘钞

（1）陈子昂：《感遇诗》其二："兰若生春夏，芊蔚何青青。幽独空林色，朱蕤冒紫茎。迟迟白日晚，袅袅秋风生。岁华尽摇落，芳意竟何成！"

其四："乐羊为魏将，食子殉军功。骨肉且相薄，他人安得忠，吾闻中山相，乃属放麑翁。孤兽犹不忍，况以奉君终。"

其五："市人矜巧智，于道若童蒙。倾夺相夸侈，不知身所终。曷见玄真子,观世玉壶中?窅然遗天地,乘化入无穷。"

其六:"吾观龙变化,乃知至阳精。石林何冥密,幽洞无留行。古之得仙道,信与元化并。玄感非象识,谁能测沈冥,世人拘目见,酣酒笑丹经。昆仑有瑶树,安得采其英。"

(2)卢照邻:《行路难》:"人生贵贱无终始,倏忽须臾难久恃。谁家能驻西山日?谁家能堰东流水?"

《长安古意》:"节物风光不相待,桑田碧海须臾改,昔时金阶白玉堂,即今唯见青松在。"

《释疾文三歌》其二:"岁去忧来兮东流水,地久天长兮人共死。"

(3)王勃:《滕王阁歌》:"闲云潭影日悠悠,物换星移几度秋。阁中帝子今何在?槛外长江空自流。"

(4)李峤:《汾阴引》:"山川满目泪沾衣,富贵荣华能几时?不见只今汾水上,唯有年年秋雁飞。"

(5)刘希夷:《代白头翁》:"今年花落颜色改,明年花开复谁在。"

同上:"年年岁岁花相似,岁岁年年人不同。"

(6)王绩:《石竹咏》:"上天布甘雨,万物咸均平。自顾微且贱,亦得蒙滋荣。③萋萋结绿枝,晔晔垂朱英。常恐零露降,不得全其生。叹息聊自思,此生岂我情。昔我未生时,谁者令我萌?弃置勿重陈,委化何足惊!"

《古意六首》（略）

《独坐》断句："寄身千载下，聊游万物初，欲令无作有，翻觉实成虚。"

《食后》："田家无所有，晚食遂为常。菜剪三秋绿，飧炊百日黄。胡麻山麸样，楚豆野糜方。始暴松皮脯，新添杜若浆。葛花消酒毒，荬蒂发羹香。鼓腹聊乘兴，宁知逢世昌。"

（7）王梵志："我昔未生时，冥冥无所知。天公强生我，生我复何为。无衣使我寒，无食使我饥。还你天公我，还我未生时。"（皎然《诗式》引《道情诗》。案：酷似王绩《石竹咏》）

"草屋足风尘，床无破毡卧，客来且唤入，地铺稿荐坐。家里元无炭，柳麻且吹火，白酒瓦钵藏，铛子两脚破，鹿脯三四条，石盐五六颗（原作"课"）。看客只宁馨，从你痛笑我。"（郑印《梵志诗拾遗》）

"共受虚假身，共禀太虚气，死去虽更生，回来尽不记。以此好寻思，万事淡无味，不如慰俗心，时时一倒醉。"（《梵志诗拾遗》）

"我见那汉死，肚里热如火。不是惜那汉，恐畏还到我。"（同上）

"世无百年人，强作千年调。打铁作门限，鬼见拍手笑。"（《梁溪漫志》一〇引）

"城外土馒头，馅草在城里。一人吃一个，莫嫌没滋

味。"（同上引黄庭坚引）

（8）寒山子④

▲评论

杜甫："位下何足伤，所贵者圣贤。""终古立忠义，感遇有遗编。"（《陈拾遗故宅》）"陈公读书堂，石柱仄青苔，悲风为我起，激烈伤雄才。"（《冬到金华山观……》）"遇害陈公殒，于今蜀道怜，君行射洪县，为我一潸然。"（《送梓州李使君之任》）

《新唐书》本传赞："荐圭璧于房闼，以脂泽污漫之。"

《四库提要》："譬之荡姬佚女，以色艺冠世，而不可以礼法绳之者也。"

卢藏用《宋主簿鸣皋梦赵六予未及报而陈子云亡，今追为此诗答宋兼贻平昔旧游》："陈生富清理，卓荦兼文史。思缛巫山云，调逸岷江水。铿锵哀忠义，感激怀知己。负剑登蓟门，孤游入燕市。浩歌去京国，归守西山趾。幽居探元化，立言见千祀。埋没经济才，良图竟云已。"

王士禛《香祖笔记》曰："子昂五言诗力变齐梁，不须言。其表、序、碑、记等作，沿袭颓波，无可观者。《上大周受命颂表》一篇，《大周受命颂》四章，其辞谄诞不经。又有《请追上太原王帝号表》。太原王者，武士彠也。此与扬雄《剧秦》《美新》无异，殆又过之。其下笔时，不知世有节义廉耻事矣。子昂真无忌惮之小人哉。"

陈沆《诗比兴笺》："射洪著述,斯文中兴,自李、杜推激于前（李阳冰《太白集序》,杜甫《过陈拾遗故宅》诗）,韩、柳服膺于后（韩愈《送孟东野序》《荐士》诗,柳宗元《杨评事文集序》）,于是高步三唐,横扫六代,莫不以为今古之升降,质文之轨辙焉。然逐响则同,知音罕觏,寻其洇郁,亦有端由。自宋子京《唐书》谓'明堂太学'之疏,'荐圭璧于房闼',王士祯《笔记》谓'大周受命'之颂,'甚剧秦而美新',文或訾'崇福观'之记,有孝明帝之称。于是末学随声,百喙一律。不有论世,曷由'阐幽'？请考子昂所立之朝,与同朝之人,并考子昂立朝之节,与去朝之日,而后质之以《感遇》之什,则心迹终始,日月争光矣。

"夫女祸有极,不同浇、浞之朝,独阴不生,终无嬴、马之嗣,是以哀姜再世,篡鲁不成,吕雉十年,安刘反掌。武后僭号,年已六旬,太庙之祭主来移,环丘之配享如故,主器犹然长子,中外不乏老臣,孰不隐忍数载之间,濡俟中兴之日哉？设使陵、平、婴、勃,委身新莽之朝,姚、宋、狄、娄,俯首泚、温之陛,则不得为名教中人矣。诚知仕吕仕周,不同新室、安史,则随例进贺之表,应制颂美之什,诸公亦岂能独无。特一则功业揜文章,偶乏流传之什,一则文章揜忠义,翻遗玷颟之端。然'石淙山侍宴'之诗,狄、姚与二张诸武并列（石刻在河南登封县石淙山,薛曜书）,张燕公铭檄之作,孝明与天册金轮间称（张说

《节愍太子妃墓志》，称孝明高皇后，即武士彠妻也。又为河内王武懿宗露布：'伏惟天册金轮神圣皇帝'），此则今日尚存，亦不闻薰莸同器，燕、许殊科者也。仲尼见楚、越之君，亦必称之为王，惟《春秋》乃可书子。彼宋、狄诸公，当日语言文字，其敢直斥武士彠乎。今既不能议诸公之仕周，乃犹谓仕周而不当从其称谓，其亦舍本而齐末，许浴而禁裸已。

"且夫同仕而异品，同迹而异心者，一辨诸忠佞之从违，二辨诸进退之廉躁。历考武后一朝，惟子昂谏疏屡见。武后欲淫刑，而子昂极陈酷吏之害，武后欲黩兵，而子昂极陈丧败之祸，武后欲歼灭唐宗，而子昂请抚慰宗室，甚至初仕而争山陵之西葬，冒死而讼宗人之冤狱，皆言所难言，如枘入凿。故杜甫《过陈拾遗故宅诗》云：'千古立忠义，《感遇》有遗篇。'其为党附不党附，可不言决矣。武后以官爵笼天下士，或片言取卿相，或四时历青紫。至文学材艺，更所牢笼。沈、宋、杜、薛、阎、苏、二李，或参控鹤奉宸之职，或预《三教珠英》之修，其后神龙之初，并坐二张之党。子昂曾有一于此乎？释褐十载，不过拾遗，自托多病，不乐居职，谏牍则辄遭报罢，参军则屡忤诸武。未及壮年，遽乞归养，父丧庐墓，哀动路人，至以侍从之臣，竟死县令之手。故杜甫诗又云：'位下何足伤，所贵者圣贤，同游英俊人，多秉辅佐权。'其躁进不躁进，又可不言决矣。若谓二端尚未足以明心迹，必如狄公之荐柬之，预谋复兴,姚、宋之相开元,始称晚盖,则试问娄师德、徐有功、魏元忠诸公。谋未参于复兴,身未逮乎开元,其与子昂,又何异同?责备贤者,岂其偏枯。

"矧昔私家之著述,尤征文字之心声。嗣宗醉草'劝笺',而《咏怀》恫忧魏室(《代劝九锡笺》,皆刺嘲之词),子山身食周粟,而词赋惟'哀江南'(庾信仕仇国,不可为训,非仕武后者比也。姑取其不忘梁耳),韩非有忠秦之讥,而争存韩以死狱,苟或有附曹之谤,而争九锡以殉身。君子论人,善善从长,亦观其志之所存而已。乾坤易位之时,狴狳磨牙之日,偶语弃市,道路以目,历考唐人诸集,亦有片言只句,寄怀兴废,如子昂之感愤幽郁,涕泗被面下者乎?故知屈、阮之嗣音,杜陵之先导,心迹与狄、宋同符,文行掩沈、杜而上,岂比《法言》颂安汉之德,可见《美新》之由衷,临刑赋子房之诗,适形叛宋之矫伪哉!"

陈廷经曰:上疏谏武氏,前后五疏,其请兴明堂太学一疏,乃上于高宗之世,何尝有请立武氏九庙之事乎?[5]

▲文学主张

《与东方虬书》:"文章道弊五百年矣。汉魏风骨,晋宋莫传,然而文献有可征者。仆尝暇时观齐梁间诗,彩丽竞繁,而兴寄都绝,每以永叹。窃思古人,常恐逶迤颓靡,风雅不作,以耿耿也。"

《上薛令文章启》："某实鄙能，未窥作者。斐然狂简，虽有劳人之歌，怅然咏怀，曾无阮籍之思。徒恨迹荒淫丽，名陷俳优，长为童子之群，无望壮夫之列。"

赵儋《旌德碑颂》自注："嗟乎，道不可合，运不可谐，遂放言于《感遇》，亦阮公之《咏怀》。已而已而，陈公之微意在斯。"

韩愈《荐士》诗："国朝盛文章，子昂始高蹈。"

卢藏用《右拾遗陈子昂文集序》："……宋、齐之末，盖憔悴矣，逶迤陵颓，流靡忘返，至于徐、庾，天之特丧斯文也。后进之士，若上官仪者，继踵而生，于是《风》《雅》之道，扫地尽矣。……道丧五百岁而得陈君。君……崛起江汉，虎视函夏，卓立千古，横制颓波，天下翕然，质文一变。"

《别传》："时洛中传写其书，市肆间巷，吟讽相属。乃至转相货鬻，飞驰远迩。""于昂有天下大名而不以矜人。"

（何以受王士禛之攻击？）

▲子昂与庄子

钟惺曰："正字深奇，曲江淹密。"

刘熙载曰："曲江之《感遇》出于《骚》，射洪之《感遇》出于庄，缠绵超旷，各有独至。"

诗中用《庄子》：

《感遇》其五："窅然遗天地，乘化入无穷。"

其六:"吾观龙变化,乃知至阳精。"

其七:"林卧观无始。"

其十一:"岂徒山木寿,空与麋鹿群。"

其十三:"闲卧规物化,悠悠念无生。"

其十七:"幽居观天运。"

其二十三:"多材信为累。"

其二十五:"昆仑见玄凤。"

其三十一:"唯应白鸥鸟,可与洗心言。"

其十:"务光让天下。"

其十五:"探他明月珠。"

卢藏用《陈子昂别传》:"尝著《江上丈人论》,将磅礴机化,而与造物者游。"(阮:《大人先生传》)

▲子昂慕邹衍

(大九洲、五德终始)

《蓟丘览古赠卢居士藏用七首———邹衍》:"邹子何寥廓,漫说九瀛垂。"

(空间:孔子登东山而小鲁,登泰山而小天。时间:子在川上曰:"逝者如斯,不舍昼夜。")

▲子昂与建安

建安诗的社会色彩:

曹操:《蒿里行》《苦寒行》《却东西门行》

陈琳：《饮马长城窟行》

王粲：《七哀》

阮瑀：《驾出北郭门》

子昂《感遇》中的社会色彩：

其三："亭堠何摧兀，暴骨无全躯……但见沙场死，谁怜塞下孤。"

其二十九："肉食谋何失，藜藿缅纵横。"

其三十七："咄嗟吾何叹，边人涂草莱。"

其二十六："宫女多怨旷，层城闭蛾眉。"

其十九："奈何穷金玉，雕刻以为尊，云构山林尽，瑶图珠翠烦。"

▲子昂与阮籍

王绩学陶潜，陈子昂学阮籍，王不及陶远甚，陈则超阮而上之。其故有二：

1. 阮质多于文，陈则文质彬彬。

2. 阮以"仙心"寄慨，态度消极，陈游心"玄感"，趣味真醇超脱。

阮公身事乱朝，常恐遇祸，因兹《咏怀》，虽志在讥刺，而文多隐避，百代之下，难以情测。（颜延年）

厥旨渊放，归趣难求。（《诗品》）

正始明道，诗杂仙心……嵇诗清峻，阮旨遥深。（《文心雕龙·明诗》）

阮时代险于陈，压迫太大，摧毁灵性。

阮隐语，陈玄理诗，阮未忘个人，陈融液大我。

陈、阮皆志在用世，遭时混浊，乃退隐而以诗发其感愤。

《晋书·阮籍传》："籍本有济世志，属魏晋之际，名士少有全者。籍由是不与世事，酣饮为常。"

陈处境差胜于阮。

《旌德碑》："大运茫茫，天地悠悠，沙麓气冲，太阴光流，义士食薇，人谁造周。"原注曰："嗟乎，道不可合，运不可谐，遂放言于《感遇》，亦阮公之《咏怀》。已而已而，陈公之微意在斯。"

《大人先生传》《江上丈人论》

▲子昂与李、杜

陈：感慨

李：解脱

杜：愤慨

▲关于古诗

《李攀龙选唐诗序》："唐无五言古诗，而有其古诗。"

王夫之《唐诗评选》："历下谓子昂以其古诗为古诗，非古也。若非古而犹然为诗，亦何妨。风以世移，正字《感遇诗》，似诵、似说、似狱词，似讲义，仍不复似诗，何有于古？故曰，五言古自是而亡。"

魏、薛古诗。陈子昂玄理诗是"其古诗"，亦即"非古"之古诗，亦"非诗"之古诗。

▲子昂诗分三部分

一、感遇：超旷高古。

二、同晖上人诸作：泓峥萧瑟。

三、近体：晶莹爽朗。

旧称子昂之贡献，辄曰古体，曰"变雅正"，此皆失之笼统。实则当时作古体者颇多。如：

魏徵，

薛稷、薛奇童，

包融、贺朝，

……

皆有可观。即

宋之问、崔融，

亦时有古体。此等只相当于子昂之第二类。而子昂之贡献，实在第一类。前之王绩，后之张九龄，皆不能比。即李白亦不完全相同。

卢藏用诗："陈生富清丽。"

又《陈子昂文集序》："至于感激顿挫，显微阐幽，庶几见变化之朕，以接乎天人之际者，则《感遇》之篇焉。"

▲《感遇》之分析

(一)《感遇》曰:"玄感非象识。"《感遇》之重要性,即在其"玄感"。玄感者,即进一步高一层的感慨。

感慨如:卢照邻、王勃、李峤、刘希夷。

然此等皆因人事而发,局于小我。张九龄属此种。此种感慨太主观。又有一种属于漠然无动于中的客观。如:

王梵志、寒山子

等预言家之危言耸听,或:

王绩、李白

之强作解脱,等于自欺欺人。

子昂则严肃的正视,关切的凝思,不太主观,亦不太客观。

(二)庄周与邹衍的诗化——孤寂感与"思乡情调"。

然又非太画面的以致成为幻想的游戏,如:

卢照邻:《赠李荣道士》:"风摇十洲影,日乱九江文。"

李白:

李贺:《梦天》:"黄尘清水三山下,更变千年如走马,遥望齐州九点烟,一泓海水怀中泻。"

(而是)社会意识—人生情调—人道主义,(亦即):高、正始、道、悲天加上宽、建安、儒、悯人。

(三)产生《感遇》的因素:

历史的源——远古、庄子、阮籍。停留于感伤的水准上的两个突出的高峰。陈子昂,第三度出现的高峰——

绝后。

唐诗二大壁垒——佛与道。

门阀贵族的末路——名士：满足的反感（厌饫后的恶心），繁华的幻灭，时代的大荡动增加惊醒的机会，荡动停息后，回味反省，感伤，疲惫，休息，涤清，——田园、山林、禅寂。消极的、颓废的。

新兴士人的姿态——英雄主义：份子的来源：土豪、新贵、边民、异族房姓。性格气质：豪侠（《别传》："刚断强毅而未尝忤物。"）、肉感、享乐，——纵横、神仙。积极的、浪漫的。

▲复杂的人格

（一）纵横家：《别传》："尤重交友之分，意气一合，虽白刃不可夺也。""好施轻财，而不求报。""子昂貌寝寡援，然言王霸大略、君臣之际，甚慷慨焉。"

1. 豪家：《旧唐书》本传："子昂褊躁无威仪。"《新唐书》本传：武后召见金銮殿，"子昂貌柔野而占对慷慨"。豪族子弟（英雄）非士族：六世祖（太乐）以豪右为郡司马，子方庆不仕，子汤（子昂高祖）郡主簿，子通（曾祖）不仕早卒，子辩（祖）不仕，子元敬（父）明经登第文林郎。《文林郎墓志铭》："皇考辩，为郡豪杰。"（文林郎……"穆其清风"）"邦人驯致，如众鸟之从凤也。时有决讼，不取州郡之命，而信公之言。四方豪杰，望风景附，朝廷闻名。或以君为西南大豪,不知深慈恭懿敬让以得也。"《堂弟孜墓志铭》:"皇祖辩,少习儒学,然以豪英刚烈著闻,是以名节为州国所服。"《居士陈君碑》:"子孙避晋不仕,居涪南武东山,与唐胡白赵五姓置立新城郡,剖制二县,而四姓宗之,代为郡长。萧齐之末,有太平者,兄弟三人,为郡豪杰。梁武帝受禅,网罗英豪,拜太平为新城郡守,寻加本州别驾。弟太乐、太蒙。蒙为黎州长史都督护南梁二郡太守,乐为本郡司马。"

2. 博弋:

3. 敢谏:《旌德碑》:"封挚屡抗,矢陈刑辟,匪君伊顺,惟鳞是逆。"

4. 从军:突厥、契丹。(探险的热情——以上三项皆然。壮夫——探险。)

飞翔的力量。

(二)道教信徒(神仙):

1. 道教的家风种植的浪漫的神仙思想——健全的。

2. 读书金华观。

3. 交游。

《别中岳二三真人序》

好奇游戏,择手段悲。

飞翔的机会。

道——李

(三) 儒家：

(实践生活)

飞翔时目光注视尘世。

儒——杜

(四) 佛家：《别传》："军罢，以父老、表乞罢职归侍。……遂于射洪西山构茅宇数十间，种树采药以为养。"

1. 时代、晖上人的影响：

晖上人、独坐山。《旌德碑》："葬于射洪独坐山。"郭延谓《哭陈子昂》："魂逐东流水，坟依独坐山。"《同王员外雨后登开元寺南楼因酬晖上人独坐山亭有赠》。

2. 事业失败。

3. 病。

4. 狱中占卜，败北主义的心理。

掉下来——心中还不忘飞翔的记忆。

佛——王

▲《感遇》、同晖上人诸作、近体

《感遇》：生命情调、宇宙意识与社会意识。"悲天悯人。"纵横家、道家（神仙）（正始之超旷）、混合儒家（建安之热烈）的人本主义。

同晖上人诸作：佛家（太康、陶、谢之恬淡）禅寂。

近体：继承全部遗产（齐、梁）转递与盛唐李白（择不择手段）、杜甫（《感遇》）及王维（韦、柳）（同晖上人诸作及近体)。

(与张若虚比较)⑥

---

①本文属《唐诗杂论》中一篇,据北京图书馆所藏作者手稿照相复印件收入此卷。因原稿颇为杂乱,故整理时稍有移动或删减。可参考本书第三编,"陈子昂"。

②手稿正式行文到此处止,其下则属提纲、材料性质。"

③《唐诗大系》王绩《石竹咏》篇校记:"以《全唐诗补遗》三二补前四句。"

④原稿寒山子名下来附诗。

⑤此段原话见陈沆《诗比兴笺》卷三附陈廷经"总辨阮嗣宗陈正字被谤之诬"条。

⑥原稿最末另附六朝及唐诸家诗钞,此省略正文,仅存篇目如下:薛据《出青门往前山下别业》,刘眘虚《寄阎防》、"道由白云尽"(阙题)、《独漉篇》,张华《壮士篇》《励志诗》(九首录二:"大仪斡运""吉士思秋")、《情诗》《杂诗》二首("暴度随天运""荏苒日月远"),刘伶《北芒客舍诗》,殷仲文《南州桓公九井作》,宗炳《登半石山》,湛方生《帆入南湖》《诸人共讲老子》,谢道韫《登山》,帛道猷《陵峰采药触兴为诗》,陶弘景《诏问山中何所有赋诗以答》,宗夬《荆州乐》三首,梁武帝《天安寺疏圃堂》,周舍《还田舍》,吴均《胡无人行》《答柳恽》《酬周参军》《边城将》《江上酬鲍几》《咏怀》《春咏》,何逊《别沈助教》《学古》《与胡兴安夜别》《慈姥矶》《相送》《九日侍宴乐游苑》《酬范记室云》,萧子显《乌栖曲应令》《春闺思》,刘缓(一作瑗)《新月》,梁元帝《折杨柳》。

孟浩然

（六八九—七四〇）

当年孙润夫家所藏王维画的孟浩然像，据《韵语阳秋》的作者葛立方说，是个很不高明的摹本，连所附的王维自己和陆羽、张洎等三篇题识，据他看，也是一手摹出的。葛氏的鉴定大概是对的，但他并没有否认那"俗工"所据的底本——即张洎亲眼见到的孟浩然像，确是王维的真迹。这幅画，据张洎的题识说：

> 虽轴尘缣古，尚可窥览。观右丞笔迹，穷极神妙。襄阳之状颀而长，峭而瘦，衣白袍，靴帽重戴，乘款段马——一童总角，提书笈负琴而从——风仪落落，凛然如生。

这在今天，差不多不用证明，就可以相信是逼真的孟浩然。并不是说我们知道浩然多病，就可以断定他当瘦。实在经验告诉我们，什九人是当如其诗的。你在孟浩然诗中所意识到的诗人那身影，能不是"颀而长，峭而瘦"的吗？连那件白袍，恐怕都是天造地设，丝毫不可移动的成分。白袍靴帽固然是"布衣"孟浩然分内的装束，尤其是诗人孟浩然必然的扮相。编《孟浩然集》的王士源应是和浩然很熟的人，不错，他在序文里用来开始介绍这位诗人的"骨貌淑清，风神散朗"八字，与夫陶翰《送孟六入蜀序》所谓"精朗奇素"，无一不与画像的精神相合，也无一不与孟浩然的诗境一致。总之，诗如其人，或人就是诗，再没有比孟浩然更具体的例证了。

张祜曾有过"襄阳属浩然"之句，我们却要说：浩然也属于襄阳。也许正惟浩然是属于襄阳的，所以襄阳也属于他。大半辈子岁月在这里度过，大多数诗章是在这地方、因这地方、为这地方而写的。没有第二个襄阳人比孟浩然更忠于襄阳，更爱襄阳的。晚年漫游南北，看过多少名胜，到头还是：

山水观形胜，襄阳美会稽。

实在襄阳的人杰地灵，恐怕比它的山水形胜更值得人赞美。从汉阴丈人到庞德公，多少令人神往的风流人物，我们简直不能想象一部《襄阳耆旧传》，对于少年的孟浩然是何等深厚的一个影响。了解了这一层，我们才可以认识孟浩然的人，孟浩然的诗。

隐居本是那时代普遍的倾向，但在旁人仅仅是一个期望,至多也只是点暂时的调剂,或过期的赔偿,在孟浩然却是一个完完整整的事实。在构成这事实的复杂因素中,家乡的历史地理背景,我想,是很重要的一点。

在一个乱世,例如庞德公的时代,对于某种特别性格的人,入山采药,一去不返,本是唯一的出路。但生在"开元全盛日"的孟浩然,有那必要吗?然则为什么三番两次朋友伸过援引的手来,都被拒绝,甚至最后和本州采访使韩朝宗约好了一同入京,到头还是喝得酩酊大醉,让韩公等烦了,一赌气独自先走了呢?正如当时许多有隐士倾向的读书人,孟浩然原来是为隐居而隐居,为着一个浪漫的理想,为着对古人的一个神圣的默契而隐居。在他这回,无疑的那成立默契的对象便是庞德公。孟浩然当然不能为韩朝宗背弃庞公。鹿门山不许他,他自己家园所在,也就是"庞公栖隐处"的鹿门山,决不许他那样做。

> 鹿门月照开烟树,忽到庞公栖隐处,
> 岩扉松径长寂寥,惟有幽人自来去。

这幽人究竟是谁?庞公的精灵,还是诗人自己?恐怕那时他自己也分辨不出,因为心理上他早与那位先贤同体化了。历史的庞德公给了他启示,地理的鹿门山给了他方便,这两项重要条件具备了,隐居的事实便容易完成得多了。实在,鹿门山的家园早已使隐居成为既成事实,只要念头一转，承认自己是庞公的继承人，此身便俨然是《高士传》中的人物了。总之，是襄阳的历史地理环境促成孟浩然一生老于布衣的。孟浩然毕竟是襄阳的孟浩然。

我们似乎为奖励人性中的矛盾，以保证生活的丰富，几千年来一直让儒道两派思想维持着均势，于是读书人便永远在一种心灵的僵局中折磨自己，巢由与伊皋，江湖与魏阙，永远矛盾着，冲突着，于是生活便永远不谐调，而文艺也便永远不缺少题材。矛盾是常态，愈矛盾则愈常态。今天是伊皋，明天是巢由，后天又是伊皋，这是行为的矛盾。当巢由时向往着伊皋，当了伊皋，又不能忘怀于巢由，这是行为与感情间的矛盾。在这双重矛盾的夹缠中打转，是当时一般的现象。反正用诗一发泄，任何矛盾都注销了。诗是唐人排解感情纠葛的特效剂，说不定他们正因有诗作保障，才敢于放心大胆的制造矛盾，因而那时代的矛盾人格才特别多。自然，反过来说，矛盾愈深愈多，诗的产量也愈大了。孟浩然一生没有功名，除在张九龄的荆州幕中当过一度清客外，也没有半个官职，自然不会发生第一项矛盾问题。但这似乎就是他的一贯性的最高限度。因为虽然身在江湖，他的心并没有完全忘记魏阙。下面不过是许多显明例证中之一：

欲济无舟楫，端居耻圣明。

坐观垂钓者，徒有羡鱼情。

然而"羡鱼"毕竟是人情所难免的,能始终仅仅"临渊羡鱼",而并不"退而结网",实在已经是难得的一贯了。听李白这番热情的赞叹,便知道孟浩然超出他的时代多么远:

> 吾爱孟夫子,风流天下闻。
> 红颜弃轩冕,白首卧松云。
> 醉月频中圣,迷花不事君。
> 高山安可仰,徒此挹清芬。

可是我们不要忘记矛盾与诗的因果关系,许多诗是为给生活的矛盾求统一,求调和而产生的。孟浩然既免除了一部分矛盾,对于他,诗的需要便当减少了。果然,他的诗是不多,量不多,质也不多。量不多,有他的同时人作见证,杜甫讲过的:"吾怜孟浩然……赋诗虽不多,往往凌鲍谢。"质不多,前人似乎也早已见到。苏轼曾经批评他"韵高而才短,如造内法酒手,而无材料"。这话诚如张戒在《岁寒堂诗话》里所承认的,是说尽了孟浩然,但也要看"才"字如何解释。"才"如果是指才情与才学二者而言,那就对了,如果专指才学,还算没有说尽。情当然比学重要得多。说一个人的诗缺少情的深度和厚度,等于说他的诗的质不够高。孟浩然诗中质高的有是有些,数量总是太少。"气蒸云梦泽,波撼岳阳城"式的和"微云淡河汉,疏雨滴梧桐"式的句子,在集中几乎都找不出第二个例子。论前者，质和量当然都不如杜甫，论后者，至少在量上不如王维。甚至"不材明主弃，多病故人疏"，质量都不如刘长卿和"十才子"。这些都不是真正的孟浩然。真孟浩然不是将诗紧紧的筑在一联或一句里，而是将它冲淡了，平均的分散在全篇中：

> 出谷未停午，到家日已曛。
> 回瞻下山路，但见牛羊群。
> 樵子暗相失，草虫寒不闻。
> 衡门犹未掩，伫立望夫君。

甚至淡到令你疑心到底有诗没有：

> 垂钓坐磐石，水清心亦闲。
> 鱼行潭树下，猿挂岛藤间。
> 游女昔解佩，传闻于此山。
> 求之不可得，沼月棹歌还。

淡到看不见诗了，才是真正孟浩然的诗。不，说是孟浩然的诗，倒不如说是诗的孟浩然，更为准确。在许多旁人，诗是人的精华，在孟浩然，诗纵非人的糟粕，也是人的剩余。在最后这首诗里，孟浩然几曾作过诗？他只是谈话而已。甚至要紧的还不是那些话，而是谈话人的那副"风神散朗"的姿态。读到"求之不可得，沼月棹歌还"，我们得到一如张泊从画像所得到的印象,"风仪落落,凛然如生"。得到了像,便可以忘言,得到了"诗的孟浩然"便可以忘掉"孟浩然的诗"了。这是我们前面所提到的"诗如其人"或"人就是诗"的另一解释。

超过了诗也好,够不上诗也好,任凭你从环子的哪一点看起。反正除了孟浩然,古今并没有第二个诗人到过这境界。东坡说他没有才,东坡自己的毛病,就在才太多。

庄子笑曰:"周将处乎材与不材之间。材与不材之间,似之而非也,故未免乎累。"

谁能了解庄子的道理,就能了解孟浩然的诗,当然也得承认那点"累"。至于"似之而非",而又能"免乎累",那除陶渊明,还有谁呢?

(原载《大国民报》)

英译李太白诗

《李白诗集》，小畑薰良译

The Works of LiPo, *The Chinese Poet*. Done into English Verse by Shigeyoshi Obato, E. P. Dutton & Co, New York City, 1922.

小畑薰良先生到了北京，更激动了我们对于他译的《李白诗集》的兴趣。这篇评论披露出来了，我希望小畑薰良先生这件惨淡经营的工作，在中国还要收到更普遍的注意，更正确的欣赏。书中虽然偶尔也短不了一些疏忽的破绽，但是大体上看起来，依然是一件很精密、很有价值的工作。如果还有些不能叫我们十分满意的地方，那许是应该归罪于英文和中文两种文字的性质相差太远了；而且我们应注意译者是从第一种外国文字译到第二种外国文字。打了这几个折扣，再通盘计算起来，我们实在不能不佩服小畑薰良先生的毅力和手腕。

这一本书分成三部分：（一）李白的诗；（二）别的作家同李白唱和的诗，以及同李白有关系的诗；（三）序，传，及参考书目。我把第一部分里面的李白的诗，和译者的序，都很尽心的校阅了，我得到无限的乐趣，我也发生了许多的疑窦。乐趣是应该向译者道谢的，疑窦也不能不和他公开的商榷。

第一我觉得译李白的诗，最要注重鉴别真伪，因为集中有不少的"赝鼎"，有些是唐人伪造的，有些是五代中国人伪造的，有些是宋人伪造的，古来有识的学者和诗人，例如苏轼讲过《草书歌行》《悲歌行》《笑歌行》《姑熟十咏》，都是假的；黄庭坚讲过《长干行》第二首和《去妇词》是假的；萧士赟怀疑过的有七篇，赵翼怀疑过的有两篇；龚自珍更说得可怕——他说李白的真诗只有一百二十二篇，算起来全集中至少有一半是假的了。

我们现在虽不必容纳龚自珍那样极端的主张，但是讲李白集中有一部分的伪作，是很靠得住的。况且李阳冰讲了"当时著作，十丧其九"；刘全白又讲"李君文集，家有之而无定卷"；韩愈又叹道："惜哉传于今，泰山一毫芒。"这三个人之中，阳冰是太白的族叔，不用讲了。刘全白、韩愈都离着太白的时代很近，他们的话应当都是可靠的。但是关于鉴别真伪的一点，译者显然没有留意。例如：《长干行》第二首，他便选进去了。鉴别的工夫，在研究文艺，已然是不可少的，在介绍文艺，尤其不可忽略。不知道译者可承认这一点?

再退一步说,我们若不肯断定某一首诗是真的,某一首是假的,至少好坏要分一分。我们若是认定了某一首是坏诗,就拿坏诗的罪名来淘汰它,也未尝不可以。尤其像李太白这样一位专仗着灵感作诗的诗人,粗率的作品,准是少不了的。所以选诗的人,从严一点,总不会出错儿。依我的见解,《王昭君》《襄阳曲》《沐浴子》《别内赴征》《赠内》《巴女词》,还有那证明李太白是日本人的朋友的《哭晁卿衡》一类的作品,都可以不必翻译。至于《行路难》《饯别校书叔云》《襄阳歌》《扶风豪士歌》《西岳云台歌》《鸣皋歌》《日出入行》等等的大作品,都应该入选,反而都落选了。这不知道译者是用的一种什么标准去选的,也不知道选择的观念到底来过他脑经里没有。

太白最擅场的作品是乐府歌行,而乐府歌行用自由体译起来,又最能得到满意的结果。所以多译些《蜀道难》《梦游天姥吟留别》一类的诗,对于李太白既公道,在译者也最合算。太白在绝句同五律上固然也有他的长处;但是太白的长处正是译者的难关。李太白本是古诗和近体中间的一个关键。他的五律可以说是古诗的灵魂蒙着近体的躯壳,带着近体的藻饰。形式上的秾丽许是可以译的,气势上的浑璞可没法子译了。但是去掉了气势,又等于去掉了李太白。"我来竟何事,高卧沙丘城?城边有古树,日夕连秋声……"这是何等的气势,何等古朴的气势!你看译到英文，成了什么样子？

> Why have I come hither, after all?
> Solitude is my lot at Sand Hill city
> There are old trees by the city wall
> And many voices of autumn, day and night

这还算好的，再看下面的，谁知道那几行字就是译的"人烟寒橘柚，秋色老梧桐"。

> The smoke from the cottages curls
> Up around the citron trees,
> And the hues of late autumn are
> On the green paulownias.

这到底是怎么一回事？怎么中文的"浑金璞玉"，移到英文里来，就变成这样的浅薄，这样的庸琐？我说这毛病不在译者的手腕，是在他的眼光，就像这一类浑然天成的名句，它的好处太玄妙了、太精微了，是禁不起翻译的。你定要翻译它，只有把它毁了完事！譬如一朵五色的灵芝，长在龙爪似的老松根上，你一眼瞥见了，很小心的把它采了下来，供在你的瓶子里，这一下可糟了！从前的瑞彩，从前的仙气，于今都变成了又干又瘪的黑菌。你搔着头，只着急你供养的方法不对。其实不然，压根儿你就不该采它下来，采它就是毁它，"美"是碰不得的，一黏手它就毁了，太白的五律是这样的，太白的绝句也是这样的。

峨眉山月半轮秋，影入平羌江水流，夜发青溪向三峡，思君不见下渝州。

> The autumn moon is half round above Omei Mountain;
> Its pale light falls in and flows with the water of the Pingchang River.
> In-night I leave Chingchi of the limpid stream for the Three Canyons,
> And glides down past Yuchow, thinking of you whom I can not see.

在诗后面译者声明了，这首诗译得太对不起原作了。其实他应该道歉的还多着，岂只这一首吗？并且《静夜思》《玉阶怨》《秋浦歌》《赠汪伦》《山中答问》《清平调》《黄鹤楼送孟浩然之广陵》一类的绝句，恐怕不只小畑薰良先生，实在什么人译完了，都短不了要道歉的。所以要省了道歉的麻烦，这种诗还是少译的好。

我讲到了用自由体译乐府歌行最能得到满意的结果。这个结论是看了好几种用自由体的英译本得来的。读者只要看小畑薰良先生的《蜀道难》便知道了。因为自由体和长短句的乐府歌行，在体裁上相差不远；所以在求文字的达意之外，译者还有余力可以进一步去求音节的仿佛。例如篇中几句"蜀道之难难于上青天"是全篇音节的锁钥，是很重要的。译作"The road to Shu is more difficult to climb than to climb the steep blue heaven"，两个 climb 在一句的中间作一种顿挫，正和两个难字的功效一样的；最巧的"难"同 climb 的声音也差不多。又如"上有六龙回日之高标；下有冲波逆折之洄川"译作：

> Lo, the road mark high above, where the six dragons circle the sun!
>
> The stream far below, winding forth and winding back, breaks into foam.

这里的节奏也几乎是原诗的节奏了。在字句的结构和音节的调度上，本来算韦雷（Arthur Waley）最讲究。小畑薰良先生在《蜀道难》《江上吟》《远别离》《北风行》《庐山谣》几首诗里，对于这两层也不含糊。如果小畑薰良同韦雷注重的是诗里的音乐，陆威尔（Amy Luwell）注重的便是诗里的绘画。陆威尔是一个 imagist，字句的色彩当然最先引起她的注意。只可惜李太白不是一个雕琢字句、刻画词藻的诗人，跌宕的气势——排奡的音节是他的主要的特性。所以译太白与其注重词藻，不如讲究音节了。陆威尔不及小畑薰良只因为这一点；小畑薰良又似乎不及韦雷，也是因为这一点。中国的文字尤其中国诗的文字,是一种紧凑非常——紧凑到了最高限度的文字。像"鸡声茅店月,人迹板桥霜",这种句子连个形容词动词都没有了;不用说那"尸位素餐"的前置词、连读词等等的。这种诗意的美,完全是靠"句法"表现出来的。你读这种诗仿佛是在月光底下看山水似的。一切的都幂在一层银雾里面,只有隐约的形体,没有鲜明的轮廓;你的眼睛看不准一种什么东西,但是你的想象可以告诉你无数的形体。温飞卿只把这一个一个的字排在那里,并不依着文法的规程替它们联络起来,好像新印象派的画家,把颜色一点一点的摆在布上,他的工作完了。画家让颜色和颜色自己去互相融洽,互相辉映——诗人也让字和字自己去互相融洽、互相辉映。这样得来的效力准是特别的丰富。但是这样一来中国诗更不能译了。岂只不能用英文译?你就用中国的语体文来试试,看你会不会把原诗闹得一团糟?

就讲"峨眉山月半轮秋",据小畑薰良先生的译文(参看前面),把那两个 the 一个 is 一个 above 去掉了,就不成英文;不去,又不是李太白的诗了。不过既要译诗,只好在不可能的范围里找出个可能来。那么唯一的办法只是能够不增减原诗的字数,便不增减;能够不移动原诗字句的次序,便不移动。小畑薰良先生关于这一点,确乎没有韦雷细心。那可要可不要的 and、though、while……小畑薰良先生随便就拉来嵌在句子里了。他并且凭空加上一整句，凭空又给拉下一句。例如《乌夜啼》末尾加了一句 for whom I wonder 是毫无必要的。《送汪伦》中间插上一句 It was you and your friends come to bid me farewell 简直是画蛇添足。并且译者怎样知道给李太白送行的，不只汪伦一个人，还有"your friends"呢？李太白并没有告诉我们这一层。《经乱离后天恩流夜郎忆旧游书怀赠江夏韦太守良宰》里有两句"江带峨眉雪，川横三峡流"，他只译作 And lo, the river swelling with the tides of Three Canyons。试问"江带峨眉雪"的"江"字底下的四个字，怎么能删得掉呢？同一首诗里，他还把"君登凤池去，勿弃贾生才"十个字整个儿给拉下来了。这十个字是一个独立的意思，没有同上下文重复。我想定不是译者存心删去的，不过一时眼花了，给看漏了罢了（这是集中最长的一首诗；诗长了，看漏两句准是可能的事）。可惜的只是这两句实在是太白作这一首诗的动机。太白这时贬居在夜郎，正在想法子求人援助。这回他又请求韦太守"勿弃贾生才"。小畑薰良先生偏把他的真正意思给漏掉了；我怕太白知道了，许有点不愿意罢？

　　译者还有一个地方太滥用他的自由了。一首绝句的要害就在三四两句。对于这两句，译者应当格外小心，不要损伤了原作的意味。但是小畑薰良先生常常把它们的次序颠倒过来了。结果，不用说了，英文也许很流利，但是李太白又给挤掉了。谈到这里，我觉得小畑薰良先生的毛病，恐怕根本就在太用心写英文了。死气板脸的把英文写得和英美人写的一样，到头读者也只看见英文，看不见别的了。

虽然小畑薰良先生这一本译诗，看来是一件很细心的工作，但是荒谬的错误依然不少。现在只稍微举几个例子。"石径"决不当译作 stony wall，"章台走马著金鞭"的"著"决不当译作 lightly carried，"风流"决不能译作 wind and stream，"燕山雪大花如席"的"席"也决不能译作 pillow，"青春几何时"怎能译作 Green Spring and what time 呢？扬州的"扬"从"手"，不是杨柳的"杨"，但是他把扬州译成了 willow valley。《月下独酌》里"圣贤既已饮"译作 Both the sages and the wise were drunkers，错了。应该依韦雷的译法——of saint and sage I have long quaffed deep，才对了。考证不正确的例子也有几个。"借问卢耽鹤"卢是姓，耽是名字，译者把"耽鹤"两个字当作名字了。紫微本是星的名字。紫微宫就是未央宫，不能译为 imperial palace of purple。郁金本是一种草，用郁金的汁水酿成的酒名郁金香。所以"兰陵美酒郁金香"译作 The delicious wine of Lanling is of golden hue and flavorous，也不妥当。但是，最大的笑话恐怕是《白纻辞》了。这个错儿同 Ezra Pound 的错儿差不多。Pound 把两首诗抟作一首，把第二首的题目也给抟到正文里去了。小畑薰良先生把第二首诗的第一句割了来，硬接在第一首的尾巴上。

我虽然把小畑薰良先生的错儿整套的都给搬出来了，

但是我希望读者不要误会我只看见小畑薰良先生的错处,不看见他的好处。开章明义我就讲了这本翻译大体上看来是一件很精密,很有价值的工作。一件翻译的作品,也许旁人都以为很好,可是叫原著的作者看了,准是不满意的,叫作者本国的人看了,满意的许有,但是一定不多。Fitzgerald译的Rubazyat在英文读者的眼里,不成问题,是译品中的杰作,如果让一个波斯人看了,也许就要摇头了。再要让莪默自己看了,定要跳起来嚷道:"牛头不对马嘴!"但是翻译当然不是为原著的作者看的,也不是为懂原著的人看的,翻译毕竟是翻译,同原著当然是没有比较的。一件译品要在懂原著的人面前讨好,是不可能的,也是没有必要的。假使小畑薰良先生的这一个译本放在我眼前,我马上就看出了这许多的破绽来,那我不过是同一般懂原文的人一样的不近人情。我盼望读者——特别是英文读者不要上了我的当。

翻译中国诗在西方是一件新的工作(最早的英译在一八八八年),用自由体译中国诗,年代尤其晚。据我所知道的小畑薰良先生是第四个人用自由体译中国诗。所以这种工作还在尝试期中。在尝试期中,我们不应当期望绝对的成功,只能讲相对的满意。可惜限于篇幅,我不能把韦雷、陆威尔的译本录一点下来,同小畑薰良先生的作一个比较。因为要这样我们才能知道小畑薰良先生的翻译同陆威尔比,要高明得多,同韦雷比,超过这位英国人的地方也不少。

这样讲来，小畑薰良先生译的《李白诗集》在同类性质的译本里，所占的位置很高了。再想起他是从第一种外国文字译到第二种外国文字，那么他的成绩更有叫人钦佩的价值了。

(原载《北平晨报》副刊，十五年六月三日)

杜甫

引言

明吕坤曰:"史在天地,如形之景。人皆思其高曾也,皆愿睹其景。至于文儒之士,其思书契以降之古人,尽若是已矣。"数千年来的祖宗,我们听见过他们的名字,他们生平的梗概,我们仿佛也知道一点,但是他们的容貌、声音,他们的性情、思想,他们心灵中的种种隐秘——欢乐和悲哀,神圣的企望,庄严的愤慨,以及可笑亦复可爱的弱点或怪癖……我们全是茫然。我们要追念,追念的对象在哪里?要仰慕,仰慕的目标是什么?要崇拜,向谁施礼?假如我们是肖子肖孙,我们该怎样的悲恸,怎样的心焦!

看不见祖宗的肖像,便将梦魂中迷离恍惚的,捕风捉影,摹拟出来,聊当瞻拜的对象——那也是没有办法的慰情的办法。我给诗人杜甫绘这幅小照,是不自量,是渎亵神圣,我都承认。因此工作开始了,马上又搁下了。一搁搁了三年,依然死不下心去,还要赓续,不为别的,只还是不奈何那一点"思其高曾,愿睹其景"的苦衷罢了。

像我这回掮起的工作,本来应该包括两层步骤,第一是分析,第二是综合。近来某某考证,某某研究,分析的工作做得不少了;关于杜甫,这类的工作,据我知道的却没有十分特出的成绩。我自己在这里偶尔虽有些零星的补充,但是,我承认,也不是什么大发现。我这次简直是跳过了第一步,来迳直做第二步;这样作法,是不会有好结果的,自己也明白。好在这只是初稿,只要那"思其高曾,愿睹其景"的心情不变,永远那样的策励我,横竖以后还可以随时搜罗,随时拼补。目下我决不敢说,这是真正的杜甫,我只说是我个人想象中的"诗圣"。

我们的生活如今真是太放纵了,太夸妄了,太杳小了,太龌龊了。因此我不能忘记杜甫;有个时期,华茨华斯也不能忘记弥尔敦,他喊——

> Milton! Thou shouldst be living at this hour:
> England hath need of thee: she is a fen
> Of stagnant waters: alter sword, and pen,
> Fireside, the heroic wealth of hall and bower,
> Have forfeited their ancient English dower
> Of in ward happiness, we are selfish men;
> O raise us up, return to us again;
> And give us manners virtue freedom power.

一

当中一个雄壮的女子跳舞。四面围满了人山人海的看客。内中有一个四龄童子，许是骑在爸爸肩上，歪着小脖子，看那舞女的手脚和丈长的彩帛渐渐摇起花来了，看着，看着，他也不觉眉飞目舞，仿佛很能领略其间的妙绪。他是从巩县特地赶到郾城来看跳舞的。这一回经验定给了他很深的印象。下面一段是他几十年后的回忆：

㸌如羿射九日落，矫如群帝骖龙翔。
来如雷霆收震怒，罢如江海凝清光。

舞女是当代名满天下的公孙大娘。四岁的看客后来便成为中国有史以来第一个大诗人，四千年文化中最庄严，最瑰丽，最永久的一道光彩。四岁时看的东西，过了五十多年，还能留下那样活跃的印象，公孙大娘的艺术之神妙，可以想见，然而小看客的感受力，也就非凡了。

杜甫，字子美；生于唐睿宗先天元年（七一二）；原籍襄阳，曾祖依艺作河南巩县县令，便在巩县住家了。子美幼时的事迹，我们不大知道。我们知道的，是他母亲死得早，他小时是寄养在姑母家里。他自小就多病。有一天可叫姑母为难了。儿子和侄儿都病着，据女巫说，要病好，病人非睡在东南角的床上不可；但是东南角的床铺只有一张，病人却有两个。老太太居然下了决心，把侄儿安顿在吉利的地方，叫自家的儿子填了侄儿的空子。想不到决心下了，结果就来了。子美长大了，听见老家人讲姑母如何让表兄给他替了死，他一辈子觉得对不起姑母。

　　早慧不算希奇；早慧的诗人尤其多着。只怕很少的诗人开笔开得像我们诗人那样有重大的意义。子美第一次破口歌颂的，不是什么凡物。这"七龄思即壮，开口咏凤凰"的小诗人，可以说，咏的便是他自己。禽族里再没有比凤凰善鸣的，诗国里也没有比杜甫更会唱的。凤凰是禽中之王，杜甫是诗中之圣，咏凤凰简直是诗人自占的预言。从此以后，他便常常以凤凰自比（《凤凰台》《赤凤行》便是最明白的表示）；这种比拟，从现今这开明的时代看去，倒有一种特别恰当的地方。因为谈论到这伟大的人格，伟大的天才，谁不感觉寻常文字的无效？不，无效的还不只文字，你只顾呕尽心血来悬拟，揣测，总归是隔膜，那超人的灵府中的秘密，他的心情，他的思路，像宇宙的谜语一样，决不是寻常的脑筋所能猜透的。你只懂得你能懂的东西；因此，谈到杜甫，只好拿不可思议的比不可思议的。凤凰你知道是神话，是子虚，是不可能。可是杜甫那伟大的人格，伟大的天才，你定神一想，可不是太伟大了，伟大得可疑吗？上下数千年没有第二个杜甫（李白有他的天才，没有他的人格），你敢信杜甫的存在绝对可靠吗？一切的神灵和类似神灵的人物都有人疑过,荷马有人疑过,莎士比亚有人疑过,杜甫失了被疑的资格,只因文献、史迹,种种不容抵赖的铁证,一五一十,都在我们手里。

子美自弱冠以后,直到老死,在四方奔波的时候多,安心求学的机会很少。若不是从小用过一番苦功,这诗人的学力哪得如此的雄厚?生在书香门第,家境即使贫寒,祖藏的书籍总还够他餍饫的。从七八岁到弱冠的期间中,我们想象子美的生活,最主要的,不外作诗,作赋,读书,写擘窠大字……无论如何,闲游的日子总占少数。(从七岁以后,据他自称,四十年中做了一千多首诗文;一千多首作品是要时候作的。)并且多病的身体当不起剧烈的户外生活,读书学文便自然成了唯一的消遣。他的思想成熟得特别早,一半固由于天赋,一半大概也是孤僻的书斋生活酿成的。在书斋里,他自有他的世界。他的世界是时间构成的;沿着时间的航线,上下三四千年,来往的飞翔,他沿路看见的都是圣贤、豪杰、忠臣、孝子、骚人、逸士——都是魁梧奇伟,温馨凄艳的灵魂。久而久之,他定觉得那些庄严灿烂的姓名,和生人一般的实在,而且渐渐活现起来了,于是他看得见古人行动的姿态,听得到古人歌哭的声音。甚至他们还和他揖让周旋,上下议论;他成了他们其间的一员。于是他只觉得自己和寻常的少年不同,他几乎是历史中的人物,他和古人的关系比和今人的关系密切多了。他是在时间里,不是在空间里活着。他为什么不那样想呢？这些古人不是在他心灵里活动，血脉里运行吗？他的身体不是从这些古人的身体分泌出来的吗？是的，那政事、武功、学术震耀一时的儒将杜预便是他的十三世祖；那宣言"吾文章当得屈宋作衙官，吾笔当得王羲之北面"的著名诗人杜审言，便是他的祖父；他的叔父杜升是个为报父仇而杀身的十三岁的孝子；他的外祖母便是张说所称的那为监牢中的父亲"菲屦布衣，往来供馈，徒行悴色，伤动人伦"的孝女；他外祖母的兄弟，崔行芳，曾经要求给二哥代死，没有诏准，就同哥哥一起就刑了，当时称为"死悌"。你看他自己家里，同外家里，事业、文章、孝行、友爱，——立德、立功、立言的人物这样多；他翻开近代的史乘，等于翻开自己的家谱。这样读书，对于一个青年的身心，潜移默化的影响，定是不可限量的。难怪一般的少年，他瞧不上眼。他是一个贵族，不但在族望上，便论德行和智慧，他知道，也应该高人一等。所以他的朋友，除了书本里的古人，就是几个有文名的老前辈。要他同一般行辈相等的庸夫俗子混在一起，是办不到的。看看这一段文字，便可想见当时那不可一世的气概：

性豪业嗜酒，嫉恶怀刚肠。
脱略小时辈，结交皆老苍。
饮酣视八极，俗物皆茫茫。

子美所以有这种抱负,不但因为他的血缘足以使他自豪,也不仅仅是他不甘自暴自弃;这些都是片面的,次要的理由。最要紧的,是他对于自己的成功,如今确有把握了。崔尚、魏启心一般的老前辈都比他作班固、扬雄;他自己仿佛也觉得受之无愧。十四五岁的杜二,在翰墨场中,已经是一个角色了。

这时还有一件事也可以增长一个人的兴致。从小摆不脱病魔的纠缠,如今摆脱了。这件事竟许是最足令人开心的。因为毕竟从前那种幽闭的书斋生活不大自然,只因一个人缺欠了健康,身体失了自由,什么都没有办法。如今健康恢复了,有了办法,便尽量的追回以前的积欠,当然是不妨的,简直是应该的。譬如院子里那几棵枣树,长得比什么树都古怪,都有精神,枝子都那样剑拔弩张的挺着,仿佛全身都是劲。一个人如今身体强了,早起在院子里走走,往往也觉得浑身是劲,忽然看见它们那挑衅的样子,恨不得拣一棵抱上去,和它摔一跤,决个雌雄。但是想想那举动又未免太可笑了。最好是等八月来,枣子熟了,弟妹们只顾要枣子吃;枣子诚然好吃,但是当哥哥的,尤其筋强力壮的哥哥,最得意的,不是吃枣子,是在那给弟妹们不断的供应枣子的任务。用竹篙子打枣子还不算本领。哥哥有本领上树,不信他可以试给他们看看。上树要上到最高的枝子,又得不让枣刺轧伤了手,脚得站稳了,还不许踩断了树枝;然后躲在绿叶里,一把把的洒下来;金黄色的,朱砂色的,红黄参半的枣子,花花刺刺的洒将下来,得让孩子们抢都抢不赢。上树的技术练高了,一天可以上十来次,棵棵树都要上到。最有趣的,是在树顶上站直了,往下一望;离天近,离地远,一切都在脚下,呼吸也轻快了,他忍不住大笑一声;那笑里有妙不可言的胜利的庄严和愉快。便是游戏,一个人的地位也要站得超越一点,才不愧是杜甫。

健康既经恢复了,年龄也渐渐大了,一个人不能老在家乡守着。他得看看世界。并且单为自己创作的前途打算,多少通都广邑,名山大川,也不得不瞻仰瞻仰。

二

大约在二十岁左右,诗人便开始了他的飘流的生活。三十五以前,是快意的游览(仍旧用他自己的比喻),便像羽翮初满的雏凤,乘着灵风,踏着彩云,往蒙蒙的长空飞去。他胁下只觉得一股轻松,到处有竹实,有醴泉,他的世界是清鲜,是自由,是无垠的希望,和薛雷的云雀一般,他是

An unbodied joy whose race is just begun.

三十五以后,风渐渐尖峭了,云渐渐恶毒了,铅铁的

穹窿在他背上逼压着，太阳也不见了，他在风雨雷电中挣扎，血污的翎羽在空中缤纷的旋舞，他长号，他哀呼，唱得越急切，节奏越神奇，最后声嘶力竭，他卸下了生命，他的挫败是胜利的挫败，神圣的挫败。他死了，他在人类的记忆里永远留下了一道不可逼视的白光；他的音乐，或沉雄，或悲壮，或凄凉，或激越，永远，永远是在时间里颤动着。

子美第一次出游是到晋地的郇瑕（今山西猗氏县），在那边结交的人物，我们知道的，有韦之晋。此后，在三十五岁以前，曾有过两次大举的游历：第一次到吴越，第二次到齐赵。两度的游历，是诗人创作生活上最需要的两种精粹而丰富的滋养。在家乡，一切都是单调、平凡，青的天笼盖着黄的地，每隔几里路，绿杨藏着人家，白杨翳着坟地，分布得驿站似的呆板。土人的生活也和他们的背景一样的单调。我们到过中州的人都知道那是个什么样的去处；大概从唐朝到现在是不会有多少进步的。从那样的环境，一旦踏进山明水秀的江南，风流儒雅的江南，你可以想象他是怎样的惊喜。我们还记得当时和六朝，好比今天和昨日；南朝的金粉，王谢的风流，在那里当然还留着够鲜明的痕迹。江南本是六朝文学总汇的中枢，他读过鲍、谢、江、沈、阴、何的诗，如今竟亲历他们歌哭的场所，他能不感动吗？何况重重叠叠的历史的舞台又在他眼前，剑池、虎邱、姑苏台、长洲苑、太伯的遗庙、阖闾的荒冢，以及钱塘、剡溪、鉴湖、天姥——处处都是陈迹、名胜，处处都足以促醒他的回忆，触发他的诗怀。我们虽没有他当时纪游的作品，但是诗人的得意是可以猜到的。美中不足的只是到了姑苏，船也办好了，都没有浮着海。仿佛命数注定了今番只许他看到自然的秀丽，清新的面相；长洲的荷香，镜湖的凉意，和明眸皓齿的耶溪女……都是他今回的眼福；但是那瑰奇雄健的自然，须得等四五年后游齐赵时，才许他见面。

在叙述子美第二次出游以前，有一件事颇有可纪念的价值，虽则诗人自己并不介意。

唐代取士的方法分三种——生徒、贡举、制举。已经在京师各学馆，或州县各学校成业的诸生，送来尚书省受试的，名曰生徒；不从学校出身，而先在州县受试，及第了，到尚书省应试的，名曰贡举。以上两种是选士的常法。此外，每多少年，天子诏行一次，以举非常之士，便是制举。开元二十三年（七三六）子美游吴越回来，挟着那"气劘屈贾垒，目短曹刘墙"的气焰应贡举，县试成功了，在京兆尚书省一试，却失败了。结果没有别的，只是在够高的气焰上又加了一层气焰。功名的纸老虎如今被他戳穿了。果然，他想，真正的学问，真正的人才，是功名所不容的。也许这次下第，不但不能损毁，反足以抬高他的身价。可恨的许只是落第落在名职卑微的考功郎手里，未免叫人丧气。当时士林反对考功郎主试的风潮酝酿得一天比一天紧,在子美"忤下考功第"的明年,果然考功郎吃了举人的辱骂,朝廷从此便改用侍郎主试。

子美下第后八九年之间,是他平生最快意的一个时期,游历了许多名胜,接交了许多名流。可惜那期间是他命运中的朝曦,也是夕照,那几年的经历是射到他生命上的最始和最末的一道金辉;因为从那以后,世乱一天天的纷纭,诗人的生活一天天的潦倒,直到老死,永远闯不出悲哀、恐怖和绝望的环攻。但是末路的悲剧不忙提起,我们的笔墨不妨先在欢笑的时期多留连一会儿,虽则悲惨的下文早晚是要来的。

开元二十四五年之间,子美的父亲——闲——在兖州司马任上,子美去省亲,乘便游历了兖州、齐州一带的名胜,诗人的眼界于是更加开阔了。这地方和家乡平原既不同,和秀丽的吴越也两样。根据书卷里的知识,他常常想见泰山的伟大和庄严,但是真正的岱岳,那"造化钟灵秀,阴阳割昏晓"的奇观,他没有见过。这边的湍流、峻岭、丰草、长林都另有一种他最能了解,却不曾认识过的气魄。在这里看到的,是自然的最庄严的色相。唯有这边自然的气势和风度最合我们诗人的脾胃,因为所有磅礴郁结在他胸中的,自然已经在这景物中说出了;这里一丘一壑,一株树,一朵云,都能引起诗人的共鸣。他在这里勾留了多年,直变成了一个燕赵的健儿;慷慨悲歌、沉郁顿挫的杜甫,如今发现了他的自我。过路的人往往看见一行人马,带着弓箭旗枪，驾着雕鹰，牵着猎狗，望郊野奔去。内中头戴一顶银盔，脑后斗大一颗红缨，全身铠甲，跨在马上的，便是监门胄曹苏预（后来避讳改名源明）。在他左首并辔而行的，装束略微平常，双手横按着长槊，却也是英风爽爽的一个丈夫，便是诗人杜甫。两个少年后来成了极要好的朋友。这回同着打猎的经验，子美永远不能忘记，后来还供给了《壮游》诗一段有声有色的文字：

  春歌丛台上，冬猎青邱旁。
  呼鹰皂枥林，逐兽云雪岗。
  射飞曾纵鞚，引臂落鹜鸧。
  苏侯据鞍喜，忽如携葛强。

原来诗人也学得了一手好武艺！

  这时的子美，是生命的焦点，正午的日耀，是力，是热，是锋棱，是夺目的光芒。他这时所咏的《房兵曹胡马》和《画鹰》恰好都是自身的写照。我们不能不腾出篇幅，把两首诗的全文录下：

  胡马大宛名，锋棱瘦骨成。
  竹批双耳峻，风入四蹄轻。
  所向无空阔，真堪托死生。
  骁腾有如此，万里可横行。（《房兵曹胡马》）

素练风霜起，苍鹰画作殊。
㧐身思狡兔，侧目似愁胡。
绦镟光堪摘，轩楹势可呼。
何当击凡鸟，毛血洒平芜！（《画鹰》）

这两首和稍早的一首《望岳》都是那时期里最重要的代表作品，实在也奠定了诗人全部创作的基础。诗人作风的倾向，似乎是专等这次游历来发现的；齐赵的山水，齐赵的生活，是几天的骄阳接二连三的逼成了诗人天才的成熟。

灵机既经触发了，弦音也已校准了，从此轻拢慢捻，或重挑急抹，信手弹去，都是绝调。艺术一天进步一天，名声也一天大一天。从齐赵回来，在东都（今洛阳）住了两三年，城南首阳山下的一座庄子，排场虽是简陋，门前却常留着达官贵人的车辙马迹。最有趣的是，那一天门前一阵车马的喧声，顿时老苍头跑进来报道贵人来了。子美倒屣出迎；一位道貌盎然的斑白老人向他深深一揖，自道是北海太守李邕，久慕诗人的大名，特地来登门求见。北海太守登门求见，与诗人相干吗？世俗的眼光看来，一个乡贡落第的穷书生家里来了这样一位阔客人，确乎是荣誉，是发迹的吉兆。但是诗人的眼光不同。他知道的李邕，是为追谥韦巨源事，两次驳议太常博士李处，和声援宋璟，弹劾谋反的张昌宗弟兄的名御史李邕——是碑版文字，散满天下，并且为要压倒燕国公的"大手笔"，几乎牺牲了性命的李邕——是重义轻财，卑躬下士的李邕。这样一位客人来登门求见，当然是诗人的荣誉；所以"李邕求识面"可以说是他生平最得意的一句诗。结识李邕在诗人生活中确乎要算一件有关系的事。李邕的交游极广，声名又大，说不定子美后来的许多朋友，例如李白、高适诸人，许是由李邕介绍的。

三

写到这里，我们该当品三通画角，发三通擂鼓，然后提起笔来蘸饱了金墨，大书而特书。因为我们四千年的历史里，除了孔子见老子（假如他们是见过面的）没有比这两人的会面，更重大，更神圣，更可纪念的。我们再逼紧我们的想象，譬如说，青天里太阳和月亮走碰了头，那么，尘世上不知要焚起多少香案，不知有多少人要望天遥拜，说是皇天的祥瑞。如今李白和杜甫——诗中的两曜，劈面走来了，我们看去，不比那天空的异瑞一样的神奇，一样的有重大的意义吗？所以假如我们有法子追究，我们定要把两人行踪的线索，如何拐弯抹角，时合时离，如何越走越近，终于两条路线会合交叉了——统统都记录下来。假如关于这件事，我们能发现到一些翔实的材料，那该是文学史里多么浪漫的一段掌故！可惜关于李杜初次的邂逅，我们知道的一成，不知道的九成。我们知道天宝三载三月，太白得罪了高力士，放出翰林院之后，到过洛阳一次，当时子美也在洛阳。两位诗人初次见面，至迟是在这个当儿，至于见面时的情形，在什么时候，什么地方，也许是李邕的筵席上，也许是洛阳城内一家酒店里，也许……但这都是可能范围里的猜想，真确的情形，恐怕是永远的秘密。

有一件事我们却拿得稳是可靠的。子美初见太白所得的印象，和当时一般人得的，正相吻合。司马子微一见他，称他"有仙风道骨，可与神游八极之表"；贺知章一见，便呼他作"天上谪仙人"。子美集中第一首《赠李白》诗，满纸都是企羡登真度世的话，假定那是第一次的邂逅，第一次的赠诗，那么，当时子美眼中的李十二，不过一个神采趣味与常人不同，有"仙风道骨"的人，一个可与"相期拾瑶草"的侣伴，诗人的李白没有在他脑中镌上什么印象。到第二次赠诗，说"未就丹砂愧葛洪"，回头就带着讥讽的语气问："痛饮狂歌空度日，飞扬跋扈为谁雄？"依然没有谈到文字。约莫一年以后，第三次赠诗，文字谈到了，也只轻轻的两句"李侯有佳句，往往似阴铿"，不是什么了不得的恭维，可是学仙的话一概不提了。或许他们初见时，子美本就对于学仙有了兴味，所以一见了"谪仙人"，便引为同调；或许子美的学仙的观念完全是太白的影响。无论如何，子美当时确是做过那一段梦——虽则是很短的一段；说"苦无大药资，山林迹如扫"；说"未就丹砂愧葛洪"。起码是半真半假的心话。东都本是商贾贵族蜂集的大城，廛市的繁华，人心的机巧，种种城市生活的罪恶，我们明明知道，已经叫子美腻烦，厌恨了；再加上当时炼药求仙的风气正盛，诗人自己又正在富于理想的、如火如荼的浪漫的年华中——在这种情势之下，萌生了出世的观念，是必然的结果。只是杜甫和李白的秉性根本不同：李白的出世，是属于天性的，出世的根性深藏在他骨子里，出世的风神披露在他容貌上；杜甫的出世是环境机会造成的念头，是一时的愤慨。两人的性格根本是冲突的。太白笑"尧舜之事不足惊"，子美始终要"致君尧舜上"。因此两人起先虽觉得志同道合，后来子美的热狂冷了，便渐渐觉得不独自己起先的念头可笑，连太白的那种态度也可笑了；临了，念头完全抛弃，从此绝口不提了。到不提学仙的时候，才提到文字，也可见当初太白的诗不是不足以引起子美的倾心，实在是诗人的李白被仙人的李白掩盖了。

东都的生活果然是不能容忍了，天宝四载夏天，诗人便取道如今开封归德一带，来到济南。在这边，他的东道主，便是北海太守李邕。他们常时集会，宴饮，赋诗；集会的地点往往在历下亭和鹊湖边上的新亭。在座的都是本地的或外来的名士；内中我们知道的还有李邕的从孙李之芳员外，和邑人蹇处士。竟许还有高适，有李白。

是年秋天太白确乎是在济南。当初他们两人是否同来的，我们不晓得；我们晓得他们此刻交情确是很亲密了，所谓"醉眠秋共被，携手日同行"，便是此时的情况。太白有一个朋友范十,是位隐士,住在城北的一个村子上。门前满是酸枣树,架上吊着碧绿的寒瓜,瀚瀚的白云镇天在古城上闲卧着——俨然是一个世外的桃源;主人又殷勤;太白常常带子美到这里喝酒谈天。星光隐约的瓜棚底下,他们往往谈到夜深人静,太白忽然对着星空出神,忽然谈起从前陈留采访使李彦如何答应他介绍给北海高天师学道篆,话说过了许久,如今李彦许早忘记了,他可是等得不耐烦了。子美听到那类的话,只是唯唯否否;直等话头转到时事上来,例如贵妃的骄奢,明皇的昏聩,以及朝里朝外的种种险象,他的感慨才潮水般的涌来。两位诗人谈着话,叹着气,主人只顾忙着筛酒,或许他有意见不肯说出来,或许压根儿没有意见。

(本文未完)

(原载《新月》第一卷第六期,十七年八月十日)

贾岛

（七七九—八四三）

这像是元和长庆间诗坛动态中的三个较有力的新趋势。这边老年的孟郊，正哼着他那沙涩而带芒刺感的五古，恶毒的咒骂世道人心，夹在咒骂声中的，是卢仝、刘叉的"插科打诨"和韩愈的宏亮的嗓音，向佛老挑衅。那边元稹、张籍、王建等，在白居易的改良社会的大纛下，用律动的乐府调子，对社会泣诉着他们那各阶层中病态的小悲剧。同时远远的，在古老的禅房或一个小县的廨署里，贾岛、姚合领着一群青年人作诗，为各人自己的出路，也为着癖好，作一种阴黯情调的五言律诗（阴黯由于癖好，五律为着出路）。

老年中年人忙着挽救人心，改良社会，青年人反不闻不问，只顾躲在幽静的角落里作诗，这现象现在看来不免新奇，其实正是旧中国传统社会制度下的正常状态。不像前两种人，或已"成名"，或已通籍，在权位上有说话做事的机会和责任，这般没功名，没宦籍的青年人，在地位上职业上可说尚在"未成年"时期，种种对国家社会的崇高责任是落不到他们肩上的。越俎代庖的行为是情势所不许的,所以恐怕谁也没想到那头上来。有抱负也好,没有也好,一个读书人生在那时代,总得作诗。作诗才有希望爬过第一层进身的阶梯。诗作到合乎某种程序,如其时运也凑巧,果然溷得一"第",到那时,至少在理论上你才算在社会中"成年"了,才有说话做事的资格。否则万一你的诗做得不及或超过了程式的严限,或诗无问题而时运不济,那你只好作一辈子的诗,为责任作诗以自课,为情绪作诗以自遣。贾岛便是在这古怪制度之下被牺牲,也被玉成了的一个。在这种情形下,你若还怪他没有服膺孟郊到底,或加入白居易的集团,那你也可算不识时务了。

贾岛和他的徒众,为什么在别人忙着救世时,自己只顾做诗,我们已经明白了;但为什么单作五律呢?这也许得再说明一下。孟郊等为便于发议论而作五古,白居易等为讲故事而作乐府,都是为了各自特殊的目的,在当时习惯以外,匠心的采取了各自特殊的工具。贾岛一派人则没有那必要。为他们起见,当时最通行的体裁——五律就够了。一则五律与五言八韵的试帖最近,作五律即等于做功课,二则为拾掇点景物来烘托出一种情调,五律也正是一种标准形式。然而做诗为什么老是那一套阴霾、凛冽、峭硬的情调呢?我们在上文说那是由于癖好,但癖好又是如何形成的呢?这点似乎尤其重要。如果再明白了这点,便明白了整个的贾岛。

我们该记得贾岛曾经一度是僧无本。我们若承认一个人前半辈子的蒲团生涯，不能因一旦返俗，便与他后半辈子完全无关，则现在的贾岛，形貌上虽然是个儒生，骨子里恐怕还有个释子在。所以一切属于人生背面的、消极的、与常情背道而驰的趣味，都可溯源到早年在禅房中的教育背景。早年记忆中"坐学白骨塔"或"三更两鬓几枝雪，一念双峰四祖心"的禅味，不但是：

　　独行潭底影，数息树边身。
　　……
　　月落看心次，云生闭目中。

一类诗境的蓝本，而且是：

　　瀑布五千仞，草堂瀑布边。
　　……
　　孤鸿来夜半，积雪在诸峰。

甚至：

　　怪禽啼旷野，落日恐行人。

的渊源。他目前那时代——一个走上了末路的，荒凉、寂寞、空虚，一切罩在一层铅灰色调中的时代，在某种意义上与他早年记忆中的情调是调和，甚至一致的。惟其这时代的一般情调，基于他早年的经验，可说是先天的与他不但面熟，而且知心，所以他对于时代，不至如孟郊那样愤恨，或白居易那样悲伤，反之，他却能立于一种超然地位，借此温寻他的记忆，端详它，摩挲它，仿佛一件失而复得的心爱的什物样。早年的经验使他在那荒凉得几乎狞恶的"时代相"前面，不变色，也不伤心，只感着一种亲切、融洽而已。于是他爱静，爱瘦，爱冷，也爱这些情调的象征——鹤、石、冰雪。黄昏与秋是传统诗人的时间与季候，但他爱深夜过于黄昏，爱冬过于秋。他甚至爱贫、病、丑和恐怖。他看不出"鹦鹉惊寒夜唤人"句一定比"山雨滴栖鹀"更足以令人关怀；也不觉得"牛羊识僮仆，既夕应传呼"，较之"归吏封宵钥，行蛇入古桐"更为自然。也不能说他爱这些东西。如果是爱，那便太执着而邻于病态了。（由于早年禅院的教育，不执着的道理应该是他早已懂透了的。）他只觉得与它们臭味相投罢了。更说不上好奇。他实在因为那些东西太不奇，太平易近人，才觉得它们"可人"，而喜欢常常注视它们。如同一个三棱镜，毫无主见的准备接受并解析日光中各种层次的色调，无奈"世纪末"的云翳总不给他放晴，因此他最热闹的色调也不过"杏园啼百舌，谁醉在花傍！……身事岂能遂？兰花又已开"和"柳转斜阳过水来"之类。常常是温馨与凄清糅合在一起，"芦苇声兼雨，芰荷香绕灯"，春意留恋在严冬的边缘上，

"旧房山雪在,春草岳阳生"。

他瞥见的"月影"偏偏不在花上而在"蒲根","栖鸟"不在绿杨中而在"棕花上"。是点荒凉感,就逃不脱他的注意,哪怕琐屑到"湿苔粘树瘿"。

以上这些趣味,诚然过去的诗人也偶尔触及到,却没有如今这样大量的,彻底的被发掘过,花样、层次也没有这样丰富。我们简直无法想象他给与当时人的,是如何深刻的一个刺激。不,不是刺激,是一种酣畅的满足。初唐的华贵,盛唐的壮丽,以及最近"十才子"的秀媚,都已腻味了,而且容易引起一种幻灭感。他们需要一点清凉,甚至一点酸涩来换换口味。在多年的热情与感伤中,他们的感情也疲乏了。现在他们要休息。他们所熟习的禅宗与老庄思想也这样开导他们。孟郊、白居易鼓励他们再前进。眼看见前进也是枉然,不要说他们早已声嘶力竭。况且有时在理论上就释道二家的立场说,他们还觉得"退"才是正当办法。正在苦闷中,贾岛来了,他们得救了,他们惊喜得像发现了一个新天地,真的,这整个人生的半面,犹如一日之中有夜,四时中有秋冬,——为什么老被保留着不许窥探?这里确乎是一个理想的休息场所,让感情与思想都睡去,只感官张着眼睛往有清凉色调的地带涉猎去。

叩齿坐明月,撑颐望白云。

休息又休息。对了,惟有休息可以驱除疲惫,恢复气力,以便应付下一场的紧张。休息,这政治思想中的老方案,在文艺态度上可说是第一次被贾岛发现的。这发现的重要性可由它在当时及以后的势力中窥见。由晚唐到五代,学贾岛的诗人不是数字可以计算的,除极少数鲜明的例外,是向着词的意境与词藻移动的,其余一般的诗人大众,也就是大众的诗人,则全属于贾岛。从这观点看,我们不妨称晚唐五代为贾岛时代。①

他居然被崇拜到这地步:

　　李洞……酷慕贾长江,遂铜写岛像,戴之巾中,常持数珠念贾岛佛。人有喜贾岛诗者,洞必手录岛诗赠之,叮咛再四,曰:"此无异佛经,归焚香拜之。"(《唐才子传》九)

　　南唐孙晟……尝画贾岛像,置于屋壁,晨夕事之。(《郡斋读书志》十八)

上面的故事,你尽可解释为那时代人们的神经病的象征,但从贾岛方面看,确乎是中国诗人从未有过的荣誉,连杜甫都不曾那样老实的被偶像化过。你甚至说晚唐五代之崇拜贾岛是他们那一个时代的偏见和冲动,但为什么几乎每个朝代的末叶都有回向贾岛的趋势?宋末的"四灵",明末的锺谭,以至清末的同光派,都是如此。不宁惟是,即宋代江西派在中国诗史上所代表的新阶段,大部分不也是从贾岛那分遗产中得来的赢余吗?可见每个在动乱中灭毁的前夕都需要休息,也都要全部的接受贾岛,而在平时,也未尝不可以部分的接受他,作为一种调剂,贾岛毕竟不单是晚唐五代的贾岛,而是唐以后各时代共同的贾岛。

(原载昆明《中央日报·文艺》第十八期)

---

① 宋方岳《深雪偶谈》:"贾阆仙……同时喻凫、顾非熊,继此张乔、张蠙、李频、刘得仁,凡晚唐诸子,皆于纸上北面,随其所得深浅,皆足以终其身而名后世。"

诗的唐朝[1]

"落红不是无情物,化作春泥更护花。"六代的"落红"到唐初已化作一团污秽的"春泥",但更灿烂的第二度春"花"——盛唐,也快出现了。

江左余风、徐陵——王绩,庙堂与宫禁,《玉台后集》,类书与诗。

庾信——四杰。

盛唐前夕　杜、沈、宋,陈子昂,张说、张九龄,《丹阳集》。

诗化的人格与选举制度的会合——以诗取士。

社会力量变成政治力量,造成唐诗之发达:好诗多在唐,诗之内容与形式至唐至备,宋诗亦备于唐(自古诗只两种:唐、宋)。

进士:唐代文化即进士文化。(政治与文学)

诗的教育,教育即学诗。(宗教、癖狂)

诗才的最大限度之发展。

全面生活的诗化（诗的生活化，生活的诗化）。几乎凡用文字处与夫不须文字处皆用诗：生活的记录——日记，生活的装潢——应酬——社交，生活的消遣——游戏——联句、集句、回文、诗钟、诗令、赌博＝律诗。

中国批评多论技巧，不及思想，与西方观念大异：

西——心灵秘密、思想、内容、性情、严肃、感情的激荡与冲突、戏剧。

中——门面套头、言语、形式、才华、闲雅、感情的排除与解脱（移情、忘情）、音乐。

中西出发点之异：

西——文化事业一部门、教世、改造社会、入世、积极。

中——业余的消闲（最重隐逸）、遗世（终南捷径）、调和社会、出世、以消极为积极。

西方基本态度近儒家。

中国，儒家之反。

反极又趋于正。阮籍、陈子昂道家而严肃，元结《箧中集》。

杜甫复归于儒。诗的儒化。[2]

---

[1] 本文属提纲性质，据北京图书馆藏作者手稿照相复印件收入。参见本书第三编。

②原稿另有关于"王绩""韩愈""李白"三人的几段文字,"李白"此删,"王绩""韩愈"则附录于下:

王绩

靠近汾水入河处,约当今山西河津县南三十里,在隋时,有个地方名万春乡,在乡中的甘泽里里,住着一家姓王的望族。王隆在开皇初,曾以国子博士待诏云龙门,留在京师多年,未被录用。后来补过几次县令的缺,感着没有意思,便在最后一任铜川县满秩后,还乡归隐了。隋末大儒文中子王通,和隐逸诗人东皋子王绩,是这位王府君的七个儿子中最著名的两个。

王绩,《唐才子传》列第一,不列魏徵。

无大影响。

中唐始著——韩愈、刘禹锡、卢仝、刘义。

因态度与时人大异:

华贵(雅)。疏野(俗)。

论作风与初唐格格不入,志尚亦不愿归唐。但与隋亦不合。

然重要作品隋亡以后所作。

唐初五十年,实质上乃江左余风,与唐无涉。在此中,王绩不但不属唐,且不属隋。

从高祖受禅(六一八)到武后初决政事(六六四),将近五十年间,在文学史上可说还没有唐朝。象虞世南、李百药、许敬宗、杨师道、陈子良、崔信明……这类名字,在文学史上究竟该划归陈、隋,还是唐,都是问题。历来就政治观点,因这些人都归唐了,便算作唐人,倒是一个解决的方法。但是王绩则不然。虽迫于生活,做过几次唐朝的小官。但心里却始终怀着反唐的情绪。唐史把他列入"隐逸传",是对的。《唐才子传》请他坐全唐诗人的首席,尊崇了诗人,却冤枉了遗老。政治节操是我们国人一向重视的。即便在今天,而且是在谈文学史,这点政治道德的传统观念还是不应该抹杀的。总之,我们为了习惯的关系,讲唐代文学更仍然不能不讲王绩。但我们要声明,这回在唐代文学史中讲王绩,是用一种追述唐前大势的态度来讲他。换言之,在形式上我们把他算作了一个唐人,在精神上却没有如此。正如他自己虽不愿为唐代的臣民,而实际在李家日月中活了二十几年,并且还喝了他们门下省和太乐署的不少官酒。

韩愈

苏轼《潮州修韩文公庙记》曰:"自东汉以来,道丧文弊。……历唐贞观、开元之盛,辅以房、杜、姚、宋而不能救。独韩文公,……文起八代之衰。"依他的意见,自东汉以后,魏、晋、宋、齐、梁、陈、隋皆是中国文学史上的衰颓时期。

清阮元力反其说。其《揅经室》三集《文言说》《书文选叙后》等篇推尊八代,至谓韩、苏诸家奇偶相生之体,乃经也、史也、子也,不能目之为文。

甚至有人说:"八代之文衰于韩愈。"

这两种极端的意见,谁是谁非,我们先不必管。从东汉至隋,这八代文学自成一段落,至韩氏而大变,这却是事实。

实则八代尚装饰,以后尚表现,二者皆必然经过的阶段。阮氏之说,亦时世使然。

唐诗要略①

初唐（六一八—七一〇）

高祖武德元年至睿宗景云元年，凡九十二年。分前后二期，各四十六年。

一、前期（六一八—六六四），凡四十六年。起武德元年，终高宗麟德元年。

"松柏苍然，梧竹疏秀，荼梅冷淡，荆棘针刺，樗栎臃肿，芝菌灵异，荼蘼浓弱，鹿葱海棠艳，并肩而同生，气之变仕然也。文固难以拘论也。故文必曰如此如此，皆拘之类也。"（李梦阳）

上官仪伏诛，政权移授武后之象征。

新作家年龄——卢照邻二十七，骆宾王二十四，杜审言二十，王勃十五，杨炯十四。

其他大事——玄奘卒。武后始决奏事。女主用事之始。

二、后期（六六五—七一〇），凡四十六年。起麟德二年,终睿宗景云元年。

"自则天久视之后,中宗景龙之际,十数年间,六合清谧。内竣图书之府,外辟修文之馆,搜英猎俊,野无遗才。右职以精学为先,大臣以无文为耻。每豫游宫观,行幸山河②,白云起而帝歌,翠华飞而臣赋。雅颂之盛,与三代同风。岂惟圣后之好文,亦云奥主之协赞者也。"(张说《唐昭容上官氏文集序》)

上官婉儿伏诛,杜审言前一年卒,宋之问后二年卒,沈佺期后三年卒。

杜甫后二年生。

其他大事——韦后弑中宗,临朝称制。临淄王隆基(玄宗)定乱,睿宗即位。女主用事之终。

初唐前期——六朝之余(政治北胜南,文艺南胜北。)

学术时期——非想象,非创作,且无思想。

注疏:

经——孔颖达等《易》《书》《诗》《礼记》《春秋左氏传》注疏,徐彦《公羊注疏》,《穀梁》杨士勋注疏,贾公彦《周礼》《仪礼》注疏。

史——颜师古《汉书注》,章怀太子《汉书注》。

子——尹知章,成玄英。

集——李善《文选注》。

纂录:类书。

编修史书：房玄龄等《晋书》，姚思廉《梁书》《陈书》，李百药《北齐书》，令狐德棻《周书》，魏徵《隋书》，李延寿《南史》《北史》。

文赋的时期——非诗的时期。（Prosaic age）

庸俗的内容加以奢侈的外形——暴发户。

前期诗坛主要人物：

太宗——双层人格：

事功＝北人

文艺＝南人——沈力之发泄，换口味。

（汉高祖好楚辞，吴王濞集聚南方文士，与唐太宗好江左文学如出一辙。③）

文学——陈后主，隋炀帝：

赋：《小池赋》："涌菱花于岸腹，擘莲影于波心。"《小山赋》："新松④翠薄，桂小丹轻……才有力以胜蝶，本无心而引莺。半叶舒而岩暗，一花散而峰明。"

诗："古石衣新苔，新巢封古树。"（《山阁晚秋》）

书法——学王羲之，亦南派。

虞世南（越州永兴人）：

徐陵弟子——陈后主与徐陵＝唐太宗与虞世南。

书法——亦师右军。

上官仪（陕州陕人，家于江都。）

两个隐士——王绩，王宏。

前期作品之分析：

内容⑤：

台阁——喝采（歌功颂德）——官腔（内容空虚——鹦鹉——应制）＝凝重（沈、宋、王、杨）。

香艳——诲淫（宫体诗、《玉台后集》）——妖态＝朗秀（张若虚、卢、骆）。

李百药《妾薄命》："团扇秋风起，长门夜月明。羞闻拊背人，恨说舞腰轻。太常先已醉，刘君恒带醒。横陈每虚设，吉梦竟何成。"《火凤词》："佳人靓晚妆，清唱动兰房。影出含风扇，声飞照日梁。娇嚬眉际敛，逸韵口中香。自有横陈会，应怜秋夜长。"

其他：杨师道《初宵看婚》，郑世翼《看新婚》，李百药《戏赠潘徐城门迎两新妇》，陈子良（一作陈伯材）《七夕看新妇隔巷停车》，褚亮《咏花烛》，陆敬、沈叔安、何仲宣、许敬宗《七夕赋咏成篇》，张文恭《七夕》，许敬宗《奉和七夕宴悬圃应制二首》，胡元范《和李公七夕》⑥、《和长孙秘监七夕》，李义府《题美人》（即《堂堂词》），张文恭《佳人照镜》，郑世翼《见佳人负钱出路》，虞世南

《应诏题⑦司花女》《中妇织流黄》，陈子良《赋得妓》《酬萧侍中春园听妓》（此篇一作李元操诗），陈叔达（一作贾冯吉）《自君之出矣》。

长孙无忌《新曲二首》，杨师道《阙题》，谢偃《踏歌词三首》《乐府新歌应教》，上官仪《八咏应制二首》《和太尉戏赠高阳公》《咏画障》。

外形：

词藻——浮华与浮肿。

音律——未纯熟。

前期秀句：

虞世南《侍宴应诏赋咏⑧得前字》："横空一鸟度，照水百花然。"

褚亮《赠杜侍御》（《诗式》引）："神羊既不触，夕鸟欲依人。"

陈子良《入蜀秋夜宿江渚》："水雾一边起，风林两岸秋。"《于塞北春日思归》："为许羁愁长下泪，那堪春色更伤心。"

杨师道《还山宅》："芳草无行径，空山正落花。"

崔信明："枫落吴江冷。"（《旧书·文苑》本传引）

王绩——一个局外人：

（上虞罗氏唐风楼据孙星衍刻余萧客抄宋本重刊《王无

功集》三卷，补遗二卷。《旧》一九二，《新》一九六，吕才《东皋子集后序》，《唐才子传》一，《全唐诗》二，又补遗。）

字无功，自号东皋子，绛州龙门（今山西河津县西二里）人，文中子通季弟。

道家：

交游——李播、吕才、崔善为（方伎）。仲长子光（隐逸）。

著述——《老子注》，《会心高士传》，并佚。

王度（凝）《古镜记》。

嗜酒：

扬州六合丞——"斗酒学士"——太乐丞与焦革——杜康祠。

《酒经》《酒谱》——《醉乡记》——《五斗先生传》。

王氏兄弟与政治：

王凝弹侯君集忤长孙无忌。

文中子不入《隋书》。

凝私撰《隋书》，绩续未成。

文：

文中子之影响。（郭绍虞《中国文学史批评史》上卷一七四——一八一）

学陶潜、庾信。

《答冯子华处士书》

秀句——"置酒烧枯叶，披书坐落花。"(《杖策寻隐士》)

王宏———一个陌生人（存诗一首）：

济南人，工书。太宗幼与同学，尝问为八体书。及帝位，访于乡人，竟传隐去。（见《龙城录》）

后期概论

四杰——王勃、杨炯、卢照邻、骆宾王。
　　　　上官婉儿。
文章四友——苏味道、李峤、崔融、杜审言。
　　　　苏李（苏李居前，沈宋比肩）。
　　　　刘张——刘希夷、张若虚。
沈宋——沈佺期、宋之问。
　　　　陈张——陈子昂、张九龄。

潮流之分析——三大因素：

卢照邻 骆宾王 刘希夷 张若虚	七古 （七绝）	歌	兴趣（少）	常理　蒋洌 张旭　王翰

续表

王勃 杨炯 杜审言 沈佺期 宋之问 王无竞	五律（排） （七律）	赋	格律（壮）	苏味道 李峤 王 谭 郭元振 贺知章 张说 韦 述 韦承庆 上官婉儿
薛稷 陈子昂 张九龄	五古	文	风骨（老）	包 融 薛奇章

四杰的解放运动：

宣言——杨炯《王勃集序》："尝以龙朔初载，文坛变体，争构纤微，竞为雕刻。糅之以金玉龙凤，乱之以朱紫青黄，影带以徇其功，假对以称其美，骨气都尽，刚健不闻。思革其弊，用光志业。……长风一振，众萌自偃。遂使繁综浅术，无藩篱之固；纷绘小才，失金汤之险。积年绮碎，一朝清廓，翰苑豁如，词林增峻。反诸宏博，君之力焉，矫枉过正，文之权也。"

成功的基础：

年少——青年的呼声。

官小——市井俗调：宫庭官腔。

才高。

浪漫行为——卢照邻：《穷鱼赋序》："余曾有横事被

拘，为群小所使，将致之深议。"骆宾王《艳情代郭氏答卢照邻》。疯疾。自杀。

骆宾王：《旧书》本传："落魄无行，好与博徒游。"助徐敬业反武后（造童谣）。《荡子从军赋》《代女道士王灵妃赠道士李荣》《咏美人在天津桥》《忆蜀地佳人》。

王勃：为虢州参军时，倚才陵籍，为僚吏共嫉。官奴曹达抵罪，匿之，又惧事泄，遂杀之以塞口。杨炯"麒麟楦"之谑。（见《云仙杂记》）张说《赠别杨盈川箴》。

态度的解放：

浪漫精神仍旧——态度革新：

英雄——市井

儿女——青年

前期人物与此精神不融洽，故失败。四杰则放开嗓子说自家话。

方法的解放：

骈文家（享名文高于诗）。

文体较自由，便于驰骋。

诗文体别的抹杀：

骆宾王：《帝京篇》《畴昔篇》全是赋体，但皆五七言句耳。《荡子从军赋》中赋语仅三之一，李攀龙改为歌行。

卢照邻：《五悲文》："旧乡旧国白云边，飞雪飞蓬暗远天。暂辞蓟门千万里，少别昭邱三十年。昔时人物都应谢，闻道城隍今可怜。……洛阳大道何纷纷，荣光休气晓氤氲。

交衢近接东西署,复道遥通南北军。汉帝能拜嵩邱石,陈王巧赋洛川云。河水河桥木兰枻,金闺金谷石榴裙。曾入西城看歌舞,也出东郊送使君;一朝憔悴无气力;暴骸委骨龙门侧。当时相重若鸿钟,今日相轻比蝉翼。"《长安古意》《行路难》,曲终奏雅。(词人之赋丽以淫。)

王勃:《春思赋》。

杨炯。

学庾信:前期与后期——徐陵与庾信。刘熙载《艺概》二:"唐初四子源出子山。观少陵《观为六绝句》专论四子,而第一首起句便云:'庾信文章老更成。'有意无意之间,骊珠已得。"

解放的反应:

张说《赠太尉裴公神道碑》:"在选曹见骆宾王、卢照邻、王勃、杨炯。评曰:炯虽有才名,不过令长,其余华华而不实,鲜克令终。"

老辈的反攻——

裴行俭答李敬玄语云:"士之致远,先器识而后文艺。勃等虽有文才,而浮躁浅露,岂享爵禄之器耶?杨子沈静,应至令长。余得令终为幸。"(《旧·王勃传》《会要》七五、《新·裴行俭传》)

汪师韩《诗学纂闻》:"杜集《戏为六绝句》……次章云:'杨王卢骆当时体,轻薄为文哂未休。'轻薄为文四字,乃后世哂四家之语,非指后生辈为轻薄人也。"多案:谓当时哂四家如此。

《朝野佥载》——杨,点鬼簿:张平子之略谈,陆士衡之所记,潘安仁宜其陋矣,仲长统何足知之;骆,算博士:秦地重关一百二,汉家离宫三十六……(且论三万六千是,宁知四十九年非。)

大众——

说自己话,即说大众话,故受欢迎。

杨《序》:"后进之士,翕然景慕,久倦樊笼,咸思自释,近则面受而心服,远则言发而响应。效之者逾于激电,传之者速于置邮。得其片言,而忽焉高视;假其一气,则邈矣孤骞。窃形骸者,既昭发于枢机;吸精微者,亦潜附于声律。虽雅才之变,亦壮思之雄宗也。"

四杰的贡献:

纪昀曰:装点是四杰本色,然有骨有韵,故虽沿齐梁之格,而能自为唐世之音。

在文方面多。

在诗方面王较大,余人则为消极的、破坏的。

共同之点——气势,即自由精神,("不废江河万古流。"张说曰:"杨盈川文思如悬河注水,酌之不竭。")自动的,为己的,真的。(送礼——自用,送人)

四杰当分两派:

交谊:卢与骆密,王与杨密。

张说《裴公神道碑》："在选曹见骆宾王、卢照邻、王勃、杨炯。"

年龄悬殊——卢长王十二岁，长杨十三岁，骆长王九岁，长杨十岁。杨曰"愧在卢前，耻居王后"，盖幼于卢，故愧在其前；与王年相若，故耻居其后。

作风差异——杨《序》："薛令公朝右文宗，托末契而推一变；卢照邻人间才杰，览清规而辍九攻。"

卢、骆——歌行：滑易。往往似弹词、俗调，（《秦妇吟》）易入俗耳。"轻薄为文"——低级趣味。卢《长安古意》《行路难》，骆《艳情代郭氏答卢照邻》《代女道士王灵妃赠道士李荣》。骆尤伧俗。

王、杨——五言：凝重。李商隐《漫成五章》之一："沈宋裁辞矜变律，王杨落笔得良朋。当时自谓宗师妙，今日惟观对属能。"《新·文艺传论》："……故王、杨为之伯。"《新书·文艺传》："崔融与张说评勃等曰：'勃文章宏放，非常人所及。'"

卢照邻

传略：

字昇之，（作升误）幽州范阳人——邓王府典签——二十九（？）调新都尉（王、杨、骆似并在蜀）——三十五六，因疾归长安——后居东龙门山精舍，益贫病——徙阳翟具茨山下，挛废，豫为墓，卧其中——投颍水死，年四十。道家,《幽忧子》,事孙思邈。

评论:

病后诗不见集中。佳句似中晚人。("风摇"二句开李贺,"城狐"二句开贾岛)然有句无章,故不及王勃。才高于三家,而成就少。秀句三家所无。

《首春贻京邑文士》:"横琴答山水,披卷阅公卿。"《山庄休沐》:"川光摇水箭,山气上云梯。"《赠李荣道士》:"风摇十洲影,日乱九江文。"《春晚山庄率题二首》:"山水弹琴尽,风花酌酒频。"《诗式》引佚句:"城狐尾独束,山鬼面参覃。"

著作:

集二十卷。《幽优子》三卷——《全唐诗》二卷,补遗一首。

《长安古意》——

梁简文帝《乌栖曲》:"青牛丹毂七香车,可怜今夜宿倡家。倡家高树乌欲栖,罗帷翠被任君低。"

庾信《乌夜啼》:"促柱繁弦非《子夜》,歌声舞态异《前溪》。御史府中何处宿,洛阳城头那得栖。弹琴蜀郡卓家女,织锦秦川窦氏妻。讵不自惊长泪落,到头啼乌恒夜啼。"

骆宾王

传略:

婺州义乌人——七岁咏鹅:"鹅鹅鹅,曲项向天歌。白毛浮绿水，红掌拨清波。"——少落魄无行，好与博徒游——为道王府属，使自言所能，不答——麟德后宦游蜀中——武功主簿——上元中为洮州总管裴行俭掌书记——长安主簿——侍御史，上书忤武后，系狱——贬临海丞——助徐敬业举义——讨武后檄——死的传说：被害，赴水，逃逸为僧——"灵隐赋诗"事辨妄。

著作：

集十卷（今七卷）——《百道判集》一卷——《全唐诗》三卷。

评论：

文——皇甫湜讥世人"笔语未有骆宾王一字，已骂宋玉为罪人"。"风生曳鹭之涛……雨湿印龟之岸。"陆时雍称为"风味绝色"。（《蓬莱镇》："白鹭似江涛。"）

诗——《在狱咏蝉》不选。近俗。（"西陆蝉声唱，南冠客思侵。那堪玄鬓影，来对白头吟。露重飞难进，风多响易沈。无人信高洁，谁为表余心。"）字谜——寓意——"兴比说"之谬。

佳句——《冬日野望》："故人无与晤，安步陟山椒。"阮大铖诗："寒山何可陟，落叶满空林。"

《帝京篇》《畴昔篇》。

刘希夷

传略：

一名庭芝，汝州人（一曰字廷芝，颖川人）——上元二年擢进士第，年二十五——宋之问甥，然年长于之问——美姿容，好谈笑，善弹琵琶，饮酒至数斗不醉，落魄不拘常检——死。（《大唐新语》："为奸人所杀。或云宋之问害之。"《刘宾客嘉话录》正载之问杀希夷事。《旧·文苑·乔知之传》："志行不修，为奸人所杀。"）

著作：

集十卷，见《新书·艺文志》《唐才子传》。（《旧志》作三卷，误。）诗四卷。《全唐诗》一卷。

杂论：

继卢、骆之统系而变其体。（哀怨与古调二端是其所变。）

《大唐新语》："好为宫体诗，词旨悲苦，不为时人所重。"《唐才子传》一："特善闺帷之作，词情哀怨，多依古调，体势不与时合，遂不为所重。"《旧书·文苑·乔知之传》："善为从军闺情之诗，词调哀苦，为时人所重。"（案"为"上疑脱"不"字）

孙昱之推扬——昱撰《正声集》，以希夷诗为集中之最，由是大为时人所称。

《代悲白头吟》与宋之问的故事不实：（1）既不为时人所重，之问何须夺之？（2）与之问派别不同，之问未必赏此。（3）借句风气中唐时始盛。（4）因夺句不遂而杀人，不近情理。（5）说部大半不可信。（6）与灵隐续诗事同一心理,皆意在诬之问。

佳句——"鱼鳞可怜紫,鸭毛自然碧。"(《秋日题汝阳潭壁》)设色自然,不假雕琢,可以作刘诗赞语。王士祯所赏。其咏竹有句云:"冉冉紫云盖,翻翻红鹊尾。"自谓不减刘语。然田霢句"柔蓝浮野岸,澹墨上春鳞"(《渔洋诗话》引)似胜王一筹。

《公子行》全似卢、骆。

张若虚

传略:

扬州人——官止兖州兵曹——神龙中,苏味道、崔融、王无竞卒,杜审言、沈佺期、宋之问贬,吴越诸诗人(贺知章、贺朝、万齐融、邢巨、张旭、包融等)咸在京师,声名籍甚——吴中四士(贺知章、包融、张旭及若虚)。

作品:

存诗二首。

《春江花月夜》——

学《西洲曲》:"忆梅下西洲,折梅寄江北。单衫杏子红,双鬟鸦雏色。西洲在何处,两桨桥头渡。日暮伯劳飞,风吹乌桕树。树下即门前,门中露翠钿。开门郎不至,出门采红莲。采莲南塘秋,莲花过人头。低头弄莲子,莲子青如水。置莲怀袖中,莲心彻底红。忆郎郎不至,仰首望飞鸿。飞鸿满西洲,望郎上青楼。楼高望不见,尽日栏干头。栏干十二曲，垂手明如玉。卷帘天自高，海水摇空绿，海水梦悠悠，君愁我亦愁。南风知我意，吹梦到西洲。"（沈德潜曰："似绝句数首，攒簇而成，乐府中又生一体。初唐张若虚、刘希夷七言古，发源于此。"又曰："续续相生，连跗接萼，摇曳无穷，情味愈出。"案刘、张七古，不但句法似，情调尤似。）

宫体诗的顶峰：王闿运曰：孤篇横绝，遂成大家。

作于湖南：青枫浦，潇湘。

王勃

传略：

字子安，绩之从孙——九岁作《汉书指瑕》——与兄勔、勮皆有才藻，杜易简称为"三家三珠树"——十四对策高第——十七举幽素科——沛王府侍读，因檄周王鸡文被斥——客剑南——虢州参军，匿杀官奴，事发当诛，会赦，父坐贬交趾令——上元二年省父，过南昌作《滕王阁序》——渡南海，堕水死，年二十八。

"腹稿"——"心织笔耕"——勔、勮、勃、助、劼、劝皆有才名。

著作：

集三十卷。（蒋清翊《王子安集注》二十卷，罗振玉辑《王子安集佚文》一卷）《舟中纂序》五卷。（《新志》）《周易发挥》五卷。（《旧志》、杨《序》《新志》、新旧《传》）

《次论语》十卷。(《旧传》《旧志》《新志》、杨《序》)《大唐千岁历》,卷亡。(《封氏闻见记》《旧传》《新志》)《黄帝八十一难经注》。(杨《序》)合论十编。(杨《序》)——《全唐诗》二卷。

评论:

遗传。

作风——

雍雅——完整(炼章不炼句)——气(情)——"官知止而神欲行"——悲苦。

杨炯

传略:

华阴人——伯祖虔威武德中右卫将军——十二举神童——崇文馆学士——梓州司法参军——盈川令,严酷。府舍亭台,皆书榜额,为之美名(好名)——倨傲(麒麟楦)——"惟子坚刚,气陵秋霜,行不苟合,言不苟忘。"(宋之问《祭杨盈川文》)"材勿骄吝,政勿苛烦,明神是福,而小人无冤。畏其不[9]畏,存其不存。作诰兹酒,成败之根;勒铭其口,祸福之门。"(张说《赠杨盈川炯箴》)

著作:

集三十卷。(今存十卷)《大象赋》一卷。

评论:

张说曰:"杨盈川文思如悬河注水,酌之不竭。"

雄健——杜诗："或看翡翠兰苕上，未掣鲸鱼碧海中。"

王、杨——皎然《诗式》："要力全而不苦涩，要气足而不怒张。"王力全，杨气足，王不苦涩，杨近怒张。故杨似逊王一间。

杜审言

传略：

字必简，京兆人。（本集《登襄阳城》曰"旅客三秋至"，《春日怀归》曰"桑梓忆秦川"，知襄阳为审言旧望。其居则在长安杜陵也。《唐才子传》云"京兆人"，是也。）——进士登第——隰城（后改西河，即今山西汾阳县治）尉——自洛阳丞贬吉州司户参军，被周季重、郭若讷诬构系狱。子并杀季重报仇，（年十三）审言因免官还东都——著作佐郎——膳部员外郎——坐张易之党流峰州（在今安南北境）——越三年，归为国子监主簿，加修文馆直学士，其年卒。

著作：

集十卷。《全唐诗》编（四十三首）诗一卷。

杂事：

狂放——试判出曰"苏味道必死"——病中对宋之问、武平一言"造化小儿相苦"，又曰："吾在久压公等，今且死，固大慰，但恨不见替人。"——为崔融服缌麻。

工书翰——"吾文章当得屈、宋作衙官，吾笔当得王羲之北面。"

"文章四友"——崔、杜、苏、李。

评论：

"言必得俊，意常通理。其含润也，若和风吹曙，（'云霞出海曙'，'晴光转绿蘋'。）摇露气于春林；其秉艳也，似凉雨半晴。（《夏日过郑七山斋》：'日气含残雨。'）悬日光于秋水。众辙同遵者摈落，群心不际者探拟。"（宋之问《祭杜审言文》）

继王、杨而起，雄厚之中，又加深微。

宋之问

传略：

字延清，一名少连，虢州弘农人。（故城在今河南灵宝县南四十里。）一说汾州人。（《新书》。陈子昂《昭夷子赵氏碣》称"西河宋之问"。案西河即今山西汾阳县。《新书》云之问汾州人，盖得其实。《元和姓纂》作弘农人。）——父令文文词、书翰、勇力称三绝，之问、之悌、之愻各得其一——之问伟仪貌，雄于辩——进士登第——洛阳参军——后坐张易之党贬泷州（故城在今广东罗定县东一百里）参军，逃归洛阳，匿张仲之家。会武三思复用事，阴图篡夺。仲之等谋杀三思，之问令人告密，因丐赎罪，擢鸿胪主簿——初事太平，及安乐用事，又事安乐。太平因发其知贡举时赃事，贬越州长史——睿宗即位，流钦州。先天中赐死桂州——秽名：捧张易之溺器。（据《朝野佥载》记载，张岌伏薛怀义马旁承之上镫，郭霸尝来俊目粪。）恐不实。（弟之愻为三思"五狗"之一。）

"口过"事见《本事诗》。夺刘希夷句事见《刘宾客嘉话》。

著作：

集十卷，（《全唐诗》编诗三卷，补遗二首。）预修《三教珠英》。

杂事：

典选引拔多知名之士——武后游龙门，赋诗夺锦袍——工书。（韦续《续书品》真行二十二人有之问。）

评论：

张说称其文"如良金美玉，无施不可"（见《大唐新语》）。

沈佺期

传略：

字云卿，相州内黄（今河南内黄县）人——及进士第——累迁考功员外郎——坐张易之党流驩州（在今安南北部）——稍迁台州录事参军——神龙三年入为起居郎——终太子少詹事。

著作：

集十卷，（《全唐诗》编诗三卷。）预修《道藏音义目录》一百十三卷。

评论：

"杜审言浑厚有余，宋之问精工不足⑩。沈佺期吞吐含芳，安详合度，亭亭整整，喁喁叮叮，觉其句自能言，字自能语，品之所以为美。苏、李法有余闲，材之不逮远矣。"（陆时雍《诗镜总论》）

李峤

字巨山，赵州赞皇（今河北赞皇县）人——擢进士第——圣历、长安、神龙时三入相——"文章宿老"。

集五十卷，（《全唐诗》编诗五卷。）《杂咏诗》十二卷，《军谋前鉴》十卷。

苏味道

赵州栾城（故城在今河北栾城县北）人——擢进士第——延载、圣历时两入相——或云味道刺眉，一子居焉，即东坡之远祖——"模棱手"。

集十五卷。《全唐诗》编诗一卷（十五首）。

王无竞

字仲烈，东莱（今山东掖县）人——家足于财，负气豪纵，与陈子昂交最厚——坐张易之党，贬广州，仇家矫制榜杀之。

集不传。(《全唐诗》五首。)预修《三教珠英》。

上官婉儿

祖仪。父庭芝伏诛，母郑氏配入掖庭——忤则天，黥面——圣历以后，参决表奏。中宗即位，命掌制命——拜昭容（皇后下有四妃，号夫人；夫人下有九嫔，昭容为九嫔之一），通武三思、崔湜——劝帝广置昭文学士。薛稷、宋之问、杜审言、沈佺期、苏颋、李峤等咸属焉。（大学士：李峤、宗楚客。学士：刘宪、崔湜、岑羲、郑愔、李适、卢藏用、李乂、刘子元、赵彦昭、苏颋、沈佺期。直学士：薛稷、马怀素、宋之问、武平一、杜审言。）——赐游宴，赋诗，代帝后、长宁、安乐二公主，众篇并作。又差第群臣甲乙——帝即婉儿第宅，筑园林，赐宴其间。

集二十卷，今存诗三十二首。

张说《上官昭容集序》。《新书》本传："当时属辞者，大抵虽浮靡，然所得皆有可观，婉儿力也。"

张说

字道济，一字说之。洛阳人——相玄宗——"燕公"——敦气义，重然诺，喜延纳后进。

集三十卷。（今二十五卷）《全唐诗》五卷——谪岳州后，诗益凄惋，人谓得江山之助——"燕许大手笔"（凄惋是其本色，非但谪岳州后始然）——功在提倡——《洪崖先生传》一卷,《才命论》一卷,并佚。张九龄、王翰、韦述、孙逖、王湾,皆说所擢引。(孟浩然?)

(试帖典型之建立者[11]。)

郭元振

名震,以字行。魏州贵乡(故城在今河北大名县东)人——长七尺,美须髯,任侠使气——进士第,通泉尉——召见,上《宝剑篇》——凉州都督——安西大都护——相睿宗、玄宗——"代公"。

集二十卷,(《全唐诗》一卷)《九谏书》一卷,又《定远安邦策》三卷,并佚。

韦承庆

字延休,郑州阳武(今河南阳武县)人——举进士第——相武后——与弟嗣立以学行齐名。(嗣立有句云:"岭云随马足,山鸟向人前。")

集六十卷。(存诗七首)——不以诗名,而诸篇似大历高手。

贺知章

字季真,明州鄮(故城在今浙江鄞县南)人——晋人风度(清谈、旷达)——进士第——秘书监——致仕为道士——"四明狂客"——善书(行草)。

集卷佚，《贺秘监遗书》，冯贞群、张寿镛同编。（在《四明丛书》内）《全唐诗》一卷。（十九首，续补一首）《会稽洞记》一卷，《入道表》一卷，《归乡集》（诗）一卷，并亡。

王諲

进士第——官右补阙——存诗六首。

韦述

京兆人——进士第——家藏书甚富——书府四十年，史职二十年——累迁工部尚书——陷贼，流渝州卒。

《唐春秋》三十卷，《御史台记》十卷，《集贤注记》一卷，《集贤书目》一卷，《开元谱》二十卷，《两京新记》五卷，《两京道里记》三卷。集不传。存诗四首。

薛稷

字嗣通，汾阴人。道衡曾孙，魏徵外甥——进士第——昭文馆学士——终太子少保——工书画。

集三十卷。存诗十四首，文六首。

陈子昂

传略：

字伯玉，梓州射洪人——家富——好博弋，尚气——

买胡琴，进士第——从刘敬同征突厥——右拾遗，从武攸宜讨契丹——谢病归家，县令段简诬系，死狱中，年四十二。（杜甫《送梓州李使君》："遇害陈公殒，于今蜀道怜。君行射洪县，为我一潸然。"）

著作：

集十卷（《全唐诗》编诗二卷）——赵儋《碑》云有《正声集》十卷。（赵云："拾遗之文，四海之内家藏一本。"）

《与东方虬书》："文章道弊五百年矣。汉魏风骨，晋宋莫传，然而文献有可征者。仆尝暇时观齐梁间诗，彩丽竞繁，而兴寄都绝，每以永叹。思古人，常恐逶迤颓靡，风雅不作，以耿耿也。"

《上薛令文章启》："某实鄙能，未窥作者，斐然狂简。虽有劳人之歌，怅尔咏怀，曾无阮籍之思。徒恨迹荒淫丽，名陷俳优，长为童子之群，无望壮夫之列。"

赵儋《旌德碑颂》自注："嗟呼！道不可合，运不可谐，遂放言于《感遇》，亦阮公之《咏怀》。已而已而，陈公之微意在斯。"

《感遇》："云海方荡潏，孤鳞安得宁。""群物从大化，孤英将奈何。""溟海皆震荡，孤凤其如何。"

批评：

《唐书》本传赞："荐圭璧于房闼，以脂泽污漫之。"

《四库提要》："譬诸荡姬佚女，以色艺冠世，而不可以礼法绳之者也。"

卢藏用《序》："道丧五百岁而得陈君。"

韩愈《荐士诗》："国朝盛文章，子昂始高蹈。"

杜甫《过陈拾遗故宅》："位下何足伤，所贵者圣贤。""同游英俊人，多秉辅佐权。""终古立忠义，《感遇》有遗篇。"《冬到金华山观》："陈公读书堂，石柱仄青苔。悲风为我起，激烈伤雄才。"

王士禛《香祖笔记》比之扬雄，陈沆《诗比兴笺》比之阮籍。

（赵执信讥王士禛语：诗特传舍，而字句为过客。）

王夫之《唐诗评选》："历下谓'子昂以其古诗为古诗，非古也'。若非古而犹然为诗，亦何妨。风以世移，正字《感遇》诗似诵、似说、似狱词、似讲义。仍不复似诗，何有于古？故曰五言古诗自是而亡。"

李攀龙《选唐诗序》："唐无五言古诗而有其古诗。"

刘熙载《艺概》："曲江之《感遇》出于《骚》，射洪之《感遇》出于《庄》，缠绵超旷，各有独至。"案：钟惺曰："正字深奇，曲江淹密。"

张九龄

字子寿，韶州曲江人——进士第——开元时入相——张说所擢引，又与通谱系。

同游诗人——孟浩然、綦毋潜、王昌龄、王维、钱起、包融、卢象。

集二十卷。(《全唐诗》三卷。)

杂论——有意学陈子昂。

薛奇章（一作童）

大理司直。（见《国秀集》中）存诗七首。（内一首一作崔国辅诗）

王翰

字子羽，并州晋阳人——进士第——张说所拔——自仙州别驾贬道州司马，卒——豪纵——工书。

集十卷。（存诗十五首。）

盛唐（七一〇—七五五）

睿宗、玄宗两朝，凡四十五年，自睿宗景云元年至玄宗天宝十四载。

分三派：

（一）王维——佛，自然派。（孟浩然、储光羲、刘眘虚、常建、綦毋潜、崔国辅、丘为、卢象。）

（二）李白——道，纵横派。（李颀、王之涣，王昌龄、陶翰、高适、岑参、崔颢、崔曙。此派多长七言诸体。最新之发展。在时代的尖端上。音乐观念。近自然语调。最演化的。最人性的。北方的少年精神。)

（三）杜甫——儒，社会派。　（沈千运、孟云卿、元结。)

（王、李、杜三家实不宜列入某派，以其作品方面甚多，不主一体。兹以为三派之代表者，是就特殊点言之。)

前二派为主潮，后一家为前二者之反响，故其兴起较晚。

张九龄被李林甫排挤后，（《九龄传》：李林甫无学术，见九龄文雅为帝知，内忌之，乃引牛仙客知政事，九龄遂罢——开元二十四年。）无复诗人为冢宰，（以前上官仪、李峤、苏味道、韦承庆、郭元振、张说、苏颋、张九龄等皆宰相。）居台省右职者亦绝少——以前之文学犹是文藻，乃现实生活之工具，以后方是真文学，乃啬于现实生活者之苦闷的象征——前者是邦闲的，后者是追偿的。

第一派否认现实　因追求失望而消极。

第二派追求现实

第三派整顿现实　因追求失望而谋整顿。

（盛极即衰的开端——循环悲剧顶点，自开国至开元六年一百年，至天宝之乱一百三十七年。天宝十三载户部奏户口之数为唐代之极盛。)

物质因素：天宝六载，李林甫建议诏天下通一艺者诣京师，下尚书省试，皆下之。杜甫、元结并下第。元结《谕友》曰："天宝丁亥中，诏征天下士有一艺者，皆得诣京师就选。晋公林甫以草野之士猥多，恐泄露当时之机，议于朝廷曰：举人多卑贱愚聩，不识礼度，恐有俚言，污浊圣听。于是奏待制者悉令尚书长官考试，御史中丞监之。试如常例⑫。已而布衣之士，无有第者。送⑬表贺人主，以为野无遗贤。"杜诗："纨绔不饿死，儒冠多误身。""朝叩富儿门，暮随肥马尘。残杯与冷炙，到处潜悲辛。"——市侩与文士的斗争，夺取都市。

向边塞发展，向山林退却，谋改造现状。（针砭、讽刺、怜悯、诅骂。）

划分时代的困难：

宫体余习犹存，与初唐无明确之分界。摹仿乐府亦初唐之风。

大历诸子乃王维之正统。社会派天宝乱后始发展。（此派或可延入中唐。）

就大体言，盛唐乃初唐之顶点——延续初唐之直线，天宝乱后始折转方向。

本期之特点：

纵横派最重要——道家影响——魏晋以来反抗儒家之余波——唐尊道教是果非因。

形上（系）——近佛（庄）。

形下（系）——颓废、烧炼丹汞、享乐、旷达、浪漫、生活带戏剧性、功名、任侠、冒险、爱自然、爱艺术、无道德观念、有信义而无理智。（老）

成就——较六朝更有生气。（游侠风之追想——实践，宫体——宫怨。）

种族的因素：

异族——蛮性。（唐室、李白。）

至杜甫——浪子还家，放纵后的忏悔，王、孟澈悟。

建安摹拟汉（中原）乐府，开元摹拟南朝乐府。

（先天元年：孟浩然二十四、李颀二十三、王昌龄十五？、綦毋潜二十一、王之涣十八、崔国辅十六、陶翰十二、高适十一、崔颢、刘眘虚、崔曙九、储光羲六？、常建五？、祖咏十四、卢象十五。）

盛唐四对角 $\begin{cases} 储——岑 \\ 孟——王（昌龄）\\ 沈——李（白）\\ 杜——王（维）\end{cases}$

李白

传略：

本西域条支（今新疆境）人，长安元年（七〇一）五岁，随父来居绵州昌隆县（今四川彰明县），改姓李，名白，字太白。（按范《碑》曰："神龙初潜还广汉。"刘《碣》曰：君广汉人。而魏《序》曰：因家于绵。宋人多据杜诗"匡山读书处"在昌明县，属绵州，定白为绵州昌隆人。《新书》又云：还客巴西。——巴西亦属绵州。案：绵州广汉，汉郡地，称广汉者，著其旧望也。）开元十三年出蜀，（时二十六七）循江历游，至扬州。十六年至云梦，娶许氏（许圉师孙女）。二十三年游太原，已而去之齐鲁，寓居任城。（"竹溪六逸"之游在此时。）天宝元年游会稽，以吴筠荐，召至京师。遇贺知章，复荐之。玄宗命供奉翰林院。天宝三载，因高力士、张垍谮，赐金放还。遇杜甫于东都，与甫及高适游梁宋。四载归兖州。（时家在兖。）杜甫同至。间至齐州。从高尊师（如贵）受道箓。晚岁甫西归，白亦南游江东。五年，复在齐州（济南郡）。此后客居大梁至十三载。又游广陵、江宁、宣城。至德元载，自宣城入庐山。永王璘引师东下，胁以偕行。二载，璘兵败，白走彭泽，被系浔阳狱。崔涣、宋若思为之推覆清雪，被释。乾元元年，长流夜郎。二年，入峡，遇赦，还憩江夏。上元元年，年六十，至江左。二年，游金陵，往来宣城、历阳间。宝应元年，李阳冰为当涂令。往依之。十一月卒，年六十二。

乐府——

继承齐梁：（《吴声歌》《西曲歌》。）

仿乐府：（一）《长干行》（长调）。（二）《玉阶怨》《渌水曲》。（小歌）

变乐府：（一）《塞下曲》《紫骝马》《关山月》。（以五律变乐府。）（二）《登金陵凤凰台》。（以七律变乐府。）

超过齐梁：（《独漉篇》："独漉独漉，水深泥浊。泥浊尚可，水深杀我。雍雍双雁，游戏田畔。我欲射雁，念子孤散。翩翩浮萍，得风摇轻。我心何合，与之同并。空床低帏，谁知无人。夜衣锦绣，谁别伪真？刀鸣削中，倚床无施。父冤不报，欲活何为！猛虎斑斑，游戏山间。虎欲啮人，不避豪贤。"）

四言：《独漉篇》《来日大难》。（《善哉行》："来日大难，口燥唇干。今日相乐，皆当喜欢。经历名山，芝草翻翻。仙人王乔，奉药一丸。自惜袖短，内手知寒。惭无灵辄，以报赵宣。月没参横，北斗阑干。亲交在门，饥不及餐。欢日尚少，戚日苦多。以何忘忧，弹筝酒歌。淮南八公，要道不烦。参驾六龙，游戏云端。"）

骚体：《梦游天姥吟留别》《日出入行》《蜀道难》。

李颀

传略：

宋州人（《唐音》），一说河南颍阳人。（本集《与诸公游济渎泛舟》诗曰："我本家颍北，开门见维嵩。"颍北盖即颍阳。又有《不调归东川别业》诗，东川所在未详。崔曙有《颍阳东溪怀古》诗，东川殆即东溪乎？《唐诗品汇》作东川人，盖即据前诗，非别有所本。《唐诗粹选》又云洛阳人。）开元十三年进士第，终新乡尉。（卫州新乡县旧属河南卫辉府，《国秀集》天宝三载编称"新乡尉李颀"。《河岳英灵集》十二载编云："惜其伟才，只到黄绶。"《放歌行》："小来好文耻学武，世上功名不解取。虽沾寸禄已后时，徒欲出身事明主。……由是蹉跎一老夫，养鸡牧豕东城隅。"《留别王、卢二拾遗》。)

集一卷。(《全唐诗》三卷。佚句一则。《千载佳句》引顾《归至旧任酬袁赞府见赠》曰："已路千山秋水上，江村独树夕阳时。")

道家：

王维《赠李颀》诗。本集《寄焦炼师》《谒张果先生》《题卢道士房》《王母歌》《送王道士还山》《送暨道士还玉清观》。

交游：

万齐融、张旭、刘方平、綦毋潜、高适、张諲、王昌龄、崔颢、梁锽、康洽、陈章甫、房琯、卢象、王维、魏万、裴迪、皇甫曾。

位下名高：

《放歌行答从弟墨卿》："徒尔当年声籍籍，滥作词林两京客。"

白居易《放言》诗序，称其"济水自清河自浊，周公大圣接舆狂"（《杂兴》）之句。案：与"大道本无我，青春长与君"（《送暨道士还玉清观》），皆似太白。

高适

传略：

字达夫，渤海蓨人（今河北景县境）——少蓰落，不治生产。（李颀《赠别高三十五》："五十无产业，心轻百万资。屠酤亦与群，不问君是谁。饮酒或垂钓，狂歌兼咏诗。"）家贫，客梁、宋间，以求丐取给（天宝三载与李、杜同游梁、宋）——天宝八载举有道科，中第，调封丘尉——去客河西，哥舒翰辟为掌书记——十四载，拜左拾遗，转监察御史，佐翰守潼关——至德元载，玄宗幸蜀，间道从之——永王璘反，适除扬州长史、淮南节度使，（八年之间自布衣至节度使）诏与他军合讨之。方济师而王败——二载，因李辅国谮，下除太子少詹事——乾元元年，出刺彭州——上元元年，迁蜀州，代崔光远为西川节度使——宝应元年，代严武为成都尹——广德元年，御吐蕃无功，亡松、维二州——二年，召还为刑部侍郎、左散骑常侍——永泰元年正月卒，年六十六。

著作：

集二十卷。（今存十卷。《全唐诗》四卷。）

"五十始为诗"之说不确。《诗话类编》载适为两浙观察，过杭之清风岭僧院，题诗曰："前峰月落一江水，僧在翠微开竹房。"后欲改"一"为"半"，僧言骆宾王已言之。案此说最妄，《渔洋诗话》已辨之。诗乃晚唐任翻所作也。又《全诗》所收《听张立本女吟》一绝，据《太平广记》，乃高锴《暮中狐妖》诗，《提要》已辨之。其亦出于晚唐人无疑。

事迹：

杜甫诗："高生跨鞍马，有似幽并儿。"——性豪放，尚节义，以功名自许，好语王霸，而言浮其术。(《塞上》："常怀感激心，愿效纵横谟。倚剑欲谁语，关河空郁纡。")

评论：

殷璠称其诗"多胸臆语，兼有骨气"，最爱其"未知肝胆向谁是，令人却忆平原君"之句。

陆时雍曰："调响气佚，颇得纵横。"

刘熙载曰："体或近似初唐，而魄力雄毅，自不可及。"

管世铭曰："高常侍豪宕感激，岑嘉州创辟经奇。各有'建大将旗鼓出井陉'之意。"

《宣和画谱》引司空图《赠曾米》逸句曰："看师逸迹两师宜，高适歌行李白诗。"

王之涣

陶翰

崔颢

崔曙

王昌龄

事略：

字少伯，京兆人（引《旧·文苑·陆据传》云："京兆王昌龄。"本集《郑县宿陶太公馆中赠冯六元二》曰"本家蓝田下",《别李浦之京》曰"故园今在灞陵西"。是昌龄乃京兆人之确证。《河岳英灵集》作太原人,称其郡望也。《新书·文艺·孟浩然传》作江宁人,则因昌龄尝宦江宁而误。岑参《送许子擢第归江宁拜亲因寄王大昌龄》曰:"王兄尚谪宦。"昌龄果为江宁人,恐不得云"谪宦"也。《博异志》又称琅邪王昌龄,亦书郡望之例。)——开元十五年登进士第,授汜水尉。十九年中博学宏词科,迁校书郎(见《国秀集》。《新书》作秘书郎,误。余详事迹考证。)——以不护细行谪江宁丞。(《唐才子传》作令,误。)再贬龙标尉。(今湖南黔阳县。《沅志》引昌龄佚诗:"昨从金陵邑,远谪江沅滨。"⑭)天宝乱作,还乡里,为濠州刺史闾丘晓所杀。至德二载,张镐按军河南,晓衍期,将戮之,辞以亲老,乞恕。镐曰:"王昌龄亲欲与谁养?"竟杖杀之。

著作:

诗集五卷。(《全唐诗》编四卷。)《诗格》一卷。(《唐才子传》:"又述作诗格律、境思、体例共十四篇,为《诗格》一卷。"日本释空海《性灵集》亦作一卷。《新志》作二卷,误。原书今佚。空海《文镜秘府论》引数事。)《诗中密旨》一卷。(佚)《乐府古今题解》三卷。(《新志》一作郗昂。《唐才子传》作《古乐府解题》一卷。佚。)

评论:

"诗家夫子王江宁。"(夫一作天。)

《旧·文苑传》:"绪微而思清。"

《诗镜总论》:"王昌龄多意而多用之,李太白寡意而寡用之。昌龄得之椎练,太白出于自然。然而昌龄之意象深矣。"

同上:"难之奇有曲涧层峦之致,易之妙有舒云流水之情。王昌龄绝句,难中之难;李青莲歌行,易中之易。难而苦为长吉,易而脱为乐天,则无取焉。"

按王昌龄当与孟浩然对比,太白犹有难时,襄阳则无一语不易也。

岑参

事略:

荆州江陵人。曾祖文本,伯祖长倩,伯父羲,并宰相。父植,终晋州刺史——少孤贫。天宝三载登进士第——八载至十载佐安西节度高仙芝幕——十三载至至德元载佐安西节度封常清幕——二载杜甫等荐为左[15]补阙——乾元二年至上元二年为虢州长史——宝应元年至永泰元年,祠部考功员外郎,虞部库部郎中——大历元年至五年,在蜀,佐杜鸿渐幕,为嘉州刺史。卒。年五十六。

著作:

集八卷。(《全唐诗》四卷。杜《序》、李归一《王屋山志》并云八卷。《新志》《唐才子传》作十卷,恐误。)续补八首。(见敦煌残卷。)——文。(《感旧赋》《招北客文》。)

评论：

杜确《序》："迥拔孤秀，出于常情。"又云："时议拟公于吴均、何逊。"

《放翁题跋》："予自少时，绝好岑嘉州诗。往在山中，每醉归，倚胡床睡，辄令儿曹诵之，至酒醒或睡熟乃已。尝以为太白、子美之后一人而已。"

殷璠："语多体峻，意亦新远。"

多案：岑诗劲骨奇翼，如霜天一鹗。(《岘佣说诗》语)说者以为久历边塞使然。余谓其系出异族，(《朝野佥载》载《京中谣》曰："岑羲獠子后。"今苗族犹多岑姓。)好险务奇，是其天性。纵观盛唐诸公，惟此君与太白气体桀骜，迥异时流。说者以高、岑并称，乃皮相耳。(高与李东川最近。)

---

①本文属提纲性质，未全部完成，此据北京图书馆所藏作者手稿照相复印件编。整理时对文字顺序及格式酌情略有移动。

②中华书局一九八二年影印本《旗号全唐文》作"河山"。

③此段话原稿置诸开篇眉批处，因过于突兀，故移来此处。

④《全唐文》作"松新"。

⑤原稿此段有眉批提及张鷟及其《游仙窟》，因字迹不清，此略。

⑥中华书局一九六〇年版《全唐诗》卷四十五，此首及下首均作任希古诗。

⑦《全唐诗》(同上)卷三十六"题"作"嘲"。

⑧《全唐诗》卷三十六"咏"作"韵"。

⑨原稿"其不"二字处是以方格空出,此据中华书局影印本《全唐文》填入"其不"二字。

⑩中华书局一九八三年版丁福保辑《历代诗话续编》本"足"作"乏"。

⑪括号内文字为原稿眉批,整理时移至此处。

⑫《全唐文》"例"作"吏",并有注云:"如吏部试诗赋论策。"

⑬《全唐文》"送"作"遂"。

⑭《全唐诗》卷一百四十三"江沅滨"作"沅溪滨"。

⑮中华书局一九八七年版傅璇琮主编《唐才子传校笺》"岑参"条云:"左字误,应作右。"闻一多《岑嘉州系年考证》"至德二载"条据杜确《序》,"左"亦作"右"。

第二编 闻一多诗论四篇

律诗底研究

蜜月著《律诗底研究》稿脱赋感

春绾香闺镇彩霓,东莱贷笔漫灾梨。
杖摇藜火兼燃梦,管秃龙须半扫眉。
手假研诗方剖旧,眼光烛道故疑西。
洛阳异代疏泉出,谁订黄初二月疑!

1922.3.8

第一章 定义

定义总是不可靠的。我这个律诗底定义,尤其不可靠。我说:"律诗是一种短练,紧凑,整齐,精严的抒情体的,合乎一种定格之平仄的五言或七言八句四韵或五韵诗——中间四句必为对仗。"前半解其性质是举其荦荦大者,还有许多原素没有包括在内;后半说其形式处,没有一条没有变例。所以这条定义表面上虽像是很蕴括的,其实也少不了要带些附注,才能信得过。且待看到下文,便知道了。

唐时凡近体诗皆为律诗。李汉编《昌黎集》,绝句都收入律诗。白香山《长庆后集》分格律二体,将古调、乐府、歌行编入格诗,凡六句律、排律,皆为律诗。绝句被斥到律诗范围之外不知始于何时。自高棅《唐诗品汇》因元微之李杜优劣论"铺陈终始,排比声韵"之语,遂创排律之名。排律与八句四韵律之分当从此始。我们以后凡说律诗即专指这八句四韵之五言七言两类律诗。绝句与排律根本上性情本异,不得混合而论。六句律除太白、退之、香山偶为之,后人作之者绝少,亦可置勿论。

第二章 溯源

律诗之名是唐朝沈佺期、宋之问们创的。但律诗底起源还要远些。远到什么时代,却不能明确地划出来,因为诗从古体变为律体,这个历程是潜隐而且漫渐的。然而精细地讨溯起来,蛛丝马迹,未尝全无线索可寻。五律始于齐梁底"新体诗"。但这是说到这个时期,五律才神完体备了。在这以前其实早有个雏形的五律在那里日滋月长,渐臻成熟。这个雏形底征象至迟在魏晋人底作品中能找得出。律诗所以异于他种体裁的,只在其组织与声调。如今且就这两端分别考察之。

第一节　律诗底章底组织

诗至魏晋组织已渐趋近体,只声律还没有调协。排偶句法当然数见不鲜,如"日下荀鸣鹤,云间陆士龙"一联,不独对得精巧,而且声调亦全协律体了。甚至有全诗章法,宛然律体——首尾各为起结,中间都是整整齐齐的律句。如魏张协底《杂诗》第二首:

> 朝霞迎白日,丹气临旸谷。
> 翳翳结繁云,森森散雨足。
> 轻风摧劲草,凝霜竦高木。
> 密叶日夜疏,丛林森如束。
> 畴昔叹时迟,晚节悲年促。
> 岁暮怀百忧,将从季主卜。

陆机、潘岳尤多这种作品。陆之《赠弟士龙》云:

> 行矣怨路长,怒焉伤别促。
> 指途悲有余,临觞欢不足。
> 我若西流水,子为东峙岳。
> 慷慨逝言感,徘徊居情育。
> 安得携手俱,契阔成骓服!

曹毗底《夜听捣衣》惟三四稍欠整饬，余亦尽合律体：

> 寒兴御纨素，佳人理衣衾。
> 冬夜清且永，皓月照堂阴。
> 纤手叠轻素，朗杵叩鸣砧。
> 清风流繁节，回飙洒微吟。
> 嗟此往运速，悼彼幽滞心。
> 二物感余怀，岂但声与音。

颜延之"镂金错采"，可称这时底代表。《读夏夜呈从兄散骑车长沙》《车驾幸京口三月三日侍游曲阿后湖作》诸篇，可见其裁句之工整。《五君咏》阮步兵、嵇中散、向常侍三首不独章法恰合，而且是八句四韵。嵇中散一首又是押的平声韵，五六亦是纯粹的律句；"连"字虽然失粘，却"洽"字救回了：

> 中散不偶世，本自餐霞人。
> 形解验默仙，吐论知凝神。
> 立俗迕流议，寻山洽隐沦。
> 鸾翮有时铩，龙性谁能驯。

此后谢惠连、鲍照间有此体，如谢之《西陵遇风献康乐》第二首、鲍之《箫史曲》，皆律体。到了谢朓才作得多了。集中全律体押平韵而且裁对工整者多至八首。共押仄韵及裁对未工者为二十七首。其后，这种作品几不胜数，如刘绘之《有所思》，简文帝之《折杨柳》，元帝之《咏阳云楼檐柳》《折杨柳》，沈约之《伤谢朓》，江淹之《效阮公诗》第三首，任昉之《出郡传舍哭范仆射》第一首，柳恽之《捣衣诗》第二首、第四首，吴均之《主人池前鹤》，何逊之《临行与故游夜别》《慈姥矶》，王籍之《入耶溪》，是其尤脍炙人口者。

第二节　律诗底句底组织

律诗底章底组织，前面已讲是颜延之完成的。律诗底句底组织，脱胎更早。盖卓文君底《白头吟》中已有：

皑如山上雪，皎若云间月。

之句。苏武《杂诗》亦云：

欢娱在今夕，燕婉及良时。

此实五言律句底萌芽。魏晋人铺用渐多，而裁对益整。于前录颜、谢、鲍诸作中，可以概见，然犹呆板生硬得很。如：

"虎啸深巷底，鸡鸣桑树巅。"

"南津有绝济，北渚无河梁。"
"百城各异俗，千室非良邻。"

等联都是勉强凑对，全无诗味，不过粗具偶句之间架而已。直到谢灵运底妙笔施以雕琢绘饰，然后"美轮美奂"，庶几邻于大成。

大谢纪游诸作其神工默运，摹画山水处，实开唐律声色之先河。观其名句如：

"野旷沙岸净，天高秋月明。"
"池塘生春草，园柳变鸣禽。"
"崖倾光难留，林深响易奔。"
"云日相辉映，空水共澄鲜。"

乃知其功候之深，亦即律诗底进化之又一进步也。梁、陈、隋间人专工琢句。如庾肩吾《泛舟后湖》"残虹收度雨，缺岸上新流"；张正见《赋得白云临浦》"疏叶临嵇竹，轻鳞入郑船"；江总《赠人》"露洗山扉月，霜开石路烟"；隋炀帝"鸟击初移树，鱼寒欲隐苔"，皆成名隽。章法既备，句法复成，律诗底进化之组织底一部分已经告毕了。

但专有组织不能称律诗，必更平仄协稳，声调铿锵而后可。次论律诗底声调底进化。

第三节　五律底平仄

声调本包括平仄与韵法。律诗二、四、六、八句为韵（间亦有起句入韵者），是中国诗最古、最普通的韵法，不必赘论。兹专论平仄。

有句（单句）底平仄，有节（两句为一节）底平仄，有章底平仄。盖字与字相协则句有平仄，句与句相协则节有平仄，节与节相协则章有平仄。单句底平仄兼见于古、近体，故勿论。惟两句相连，各相调协，即谓节底平仄是也。古体中间有之，然较仅矣。节底平仄愈多，则古变近之征也。节节皆有平仄，且互相调协，则全近体矣。

五言诗节底平仄，自五言诗体诞生之日便有了。苏武《杂诗》中：

"四海皆兄弟，谁为行路人？"
"征夫怀往路，起视夜何其。"
"寒冬十二月，晨起践严霜。"

之句，已经平仄妥帖了。不过这还是散句。律诗底特点在其对句，故论律诗底平仄当自对句节底平仄起。对句节底平仄苏武底诗中也有了。如：

>欢娱在今夕,燕婉及良时。

一联便是。东汉辛延年底《羽林郎》中亦有数联:

>"长裙连理带,广袖合欢襦。"
>"头上蓝田玉,耳后大秦珠。"
>"男儿爱后妇,女子重前夫。"

宋子侯底《董娇饶》中亦有一联:

>秋时自零落,春月复芬芳。

谢榛曰:"建安之作,率多平仄稳帖,此声律之渐,而后流于六朝,千变万化,至盛唐极矣。"今观魏晋作品而果然。如曹植之:

>行徒用息驾,休者以忘餐。

下录乃兼组织与声调而俱律者。其散句之音响入律者更不胜枚计。

>"边城多警急,胡虏数迁移。"
>"始出严霜结,今来白露晞。"
>"居欢惜夜促,在戚怨宵长。"
>"丹唇列素齿,翠彩发蛾眉。"

> "志士惜日短，愁人知夜长。"

诗至陶潜，音节渐入流畅。往往有四五句相连，平仄不乱者。如《丙辰岁八月中于下潠田舍获》中之：

> 郁郁荒山里，猿声闲且哀。
> 悲风爱静夜，林鸟喜晨开。

又如《辛丑岁七月赴假还江陵夜行途中作》中之：

> 叩枻新秋月，临流别友生。
> 凉风起将夕，夜景湛虚明。

至如下列各联则亦全乎律句：

> "暮作归云宅，朝为飞鸟堂。"
> "正尔不能得，哀哉亦可伤。"
> "放览用王传，流观山海图。"

颜延之亦有同类的句子：

> "侧听风薄木，遥睇月开云。"
> "立俗迕流议，寻山洽隐沦。"

到了大谢，不独属对叶声之稳，而且见琢词运意之工。兹稍摘数联以为例：

"乱流趋正绝，孤屿媚中川。"
"长林罗户穴，积石拥阶基。"
"铜陵映碧涧，石磴泻红泉。既枉隐沦客，亦栖肥遯贤。"
"攀崖照石镜，牵叶入松门。三江事多往，九派理空存。"

鲍照集中此类句子更不胜枚数。聊录数联，当举隅：

"乱流灇大壑，长雾匝高林。"
"归华先委露，别叶早辞风。"
"蜀琴抽白雪，郢曲发阳春。"
"阴崖积夏雪，阳谷散秋荣。"

其实鲍照已经将律体（组织与声调）完成了。其《箫史曲》除"长""雾""登"三字失粘，已经是纯粹的一首五言律：

箫史爱长年，嬴女吝童颜。
火粒愿排弃，霞雾好登攀。
龙飞逸天路，凤起出秦关。
身去长不返，箫声时往还！

谢朓有《奉和随王殿下》第十四首，只一个"金"字失粘，其余的平仄，比前一首，还要完全些：

> 分悲玉瑟断，别绪金樽倾。
> 风入芳帷散，缸华兰殿明。
> 想折中园柳，共知千里情。
> 行云故乡色，赠此一离声。

梁简文帝底《折杨柳》只第六句二、四两字失粘：

> 杨柳乱成丝，攀折上春时。
> 叶密鸟飞碍，风轻花落迟。
> 城高短箫发，林空画角悲。
> 曲中无别意，并是为相思。

元帝底《咏阳云楼檐柳》只末句二、三、四字失粘：

> 杨柳非花树，依楼自觉春。
> 枝边通粉色，叶里映红巾。
> 带日交帘影，因吹扫席尘。
> 拂檐应有意，偏宜桃李人。

元帝又有《折杨柳》，吴均有《春咏》《主人池前鹤》及柳恽底《捣衣诗》第一、四首，皆有数字失粘。何逊底《慈

161

姥矶》，平仄颇安，然三、四裁对尚不工整：

> 暮烟起遥岸，斜日照安流。
> 一同心赏夕，暂解在乡忧。
> 野岸平沙合，连山远雾浮。
> 客悲不自已，江上望归舟。

王籍底《入若耶溪》裁对工了，平仄还有毛病：

> 艅艎何泛泛，空水共悠悠。
> 阴霞生远岫，阳景逐回流。
> 蝉噪林逾静，鸟鸣山更幽。
> 此地动归念，长年悲倦游。

以后诸家作品甚多，都有微瑕。直到张正见底《关山月》才纯粹了：

> 岩间度月华，流彩映山斜。
> 晕逐连城璧，轮随出塞车。
> 唐蒙遥合影，秦桂远分花。
> 欲验盈虚理，方知道路赊。

梁刘勰曰："左碍而寻右，末滞而讨前；则声转于吻，玲玲如振玉，词靡于耳，累累如贯珠。"此即沈约所谓"前有浮声，后须切响"者是也。可知当时于声调一道，研究到很精细了。

第四节　七律底进化

律诗之发展，丝变毫移，初非旦夕之功。其始也，有句底组织，有章底组织，亦有句底声调，有节底声调，有章底声调，或隔代备体，或殊方创格；然后后起者掇拾前法，拼掇众制，初犹彼备此缺，前洽后乖，继乃渐臻纯粹，以成律体；正如沙中和丸，愈转愈大，愈转愈圆也。

大概到六朝，作诗不独为抒写性情，且成为一种艺术了。当时，虽然兵患频仍，究竟苦的只是平民；那些贵胄底奢靡，实为空前所未有。物质的享乐无极，艺术便因之而兴。从曹氏父子以至隋炀帝，中间的帝王公子鲜有不工吟咏者。于是文士才人，飙兴云集，会中于皇宫；君臣酬唱，蔚为奇观。这种情形，方之欧西，则法之路易十四时，庶几近之。盖艺术必茁于优游侈丽的环境中，而绮靡如律诗之艺术为尤然。

五律之源，既已溯矣，则七律不必缕论。因后者乃前者所茁之枝也。汉初《鸡鸣歌》曰：

曲终漏尽严具陈，月没星稀天下旦。

此七言律句之祖也。唐山夫人《安世房中歌》曰：

> 大海荡荡水所归，高贤愉愉民所怀。

亦七言律句之滥觞也。此后七言诗不可多见，间有之，率皆散行。鲍照底《行路难》中有句曰：

> 红颜零落岁将暮，寒光宛转时欲沉。

然在当时竞尚五言，七言垂绝之际，忽得此联，真凤毛麟角也。梁简文帝有《春情》一首，属对绝似七律，惟篇末杂以五言二句。至江总时，五律之体毕具，乃有《闺怨篇》，大似七言排律：

> 寂寂青楼大道边，纷纷白雪绮窗前。
> 池上鸳鸯不独自，帐中苏合还空然。
> 屏风有意障明月，灯火无情照独眠。
> 辽西水冻春应少，蓟北鸿来路几千。
> 愿君关山及早度，照妾桃李片时妍。

温子升之《捣衣》，王绩之《北山》，及陈后主之《听筝》，皆简文《春情》之类，兹不赘录。惟庾信之《乌夜啼》组织始全律体：

> 促柱繁纺非子夜，歌声舞态异前溪。

御史府中何处宿？洛阳城头那得栖？
弹琴蜀郡卓家女，织锦秦川窦氏妻，
讵不自惊长泪落，到头啼乌恒夜啼？

然其声律犹多未谐。至唐兴，宋之问、沈佺期等起而"研揣声音，浮切不差"，于是七律之体制，始大备矣。

盖历汉、魏、晋、宋，七言之制寥寥焉。齐、梁而还，作者渐众，七律之胚胎亦见于此时。曾几何时，递阅陈、隋以及初唐，而其体制，遂告大成；抑何其进化之速也！且七律之体，不成于五律之前，而成于其后，又岂偶然哉？吾故曰七律未尝独立而进化，盖实五律之苗枝耳。夫七律五律，仅句间字数不同，初未有他别。故五律之体既成，七律实亦在其中；二者固无异源之理也。然谓七律与古诗全无关系，则亦拘论。七律虽出自五律，然断不致全乎不受此前若断若继之七言古体之影响；至少，其七言之句格则固古诗之遗也。今将五律七律之源流，列为图式以醒目：

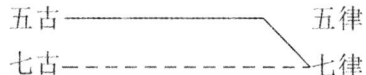

第三章　组织

有句底组织，有章底组织。格律矩范悉求工整，此律诗之名之所由起也。

第一节　队仗

句指队仗句也。此乃律诗之发端。句底组织底正格是上联第一字对下联第一字，第二字对第二字，以此类推。如：

"绿垂风折笋，红绽雨肥梅。"
"蒹葭淅沥含秋雾，桔柚玲珑透夕阳。"

然大家每以诡变出奇，于是有借对、扇对、就对诸法焉。借对之种类甚多，有借字音者，有借字义者。借字音者如：

"樽开柏叶酒，灯发九枝花。"
"根非生下土，叶不坠秋风。"
"高腾霄凤渚，下睨塞鸿宾。"
"次第寻书札，呼儿检赠诗。"
"厨人具鸡黍，稚子摘杨梅。"
"天子居丹扆，廷臣献六箴。"
"青门无外事，尺地是生涯。"
"白发不愁身外事，六幺且听醉中词。"

此借"柏"作"百"以对"九"，借"下"作"夏"以对"秋"，借"渚"作"主"以对"宾"，借"第"作"弟"

以对"子",借"杨"作"羊"以对"鸡",借"六"作"绿"以对"丹",借"尺"作"赤"以对"青",又借"六"作"绿"以对"白"也。借字义者如:

"羊肠连九阪,熊耳对双峰。"

"熊耳"本山名,此则借"熊"以对"羊",借"肠"以对"耳";取其字之义也。又如:

"崩石欹山树,清涟曳水衣。"

"水衣"本藻名,此则借其字之义,以"水"对"山",以"衣"对"树"。又如:

"此日六军同驻马,他年七夕笑牵牛。"

"七夕"是专名,"六军"是泛名,对其字之义也;"牵牛"亦一专名,"驻"为动词,"马"为泛名词,对以"牵"与"牛",亦取其字之义。他如:

"面带霜威辞凤阙,口传天语到鸡林。"
"千寻铁锁沉江底,一片降幡出石头。"

"鸡林""石头"皆地名,此借其字义以对"凤阙""江底"。

> "对月夜穷黄石略,望云秋计黑山程。"

"黄石"人名、"黑山"山名,不当为对;对其字之义也。

> "身无彼我那怀土,心会真如不读经。"

"真如"佛语也,"谓实体实性而永久不变之真理",以对"彼我",又借其字之义耳。又如杜诗:

> "酒债寻常行处有,人生七十古来稀。"

一联亦属此类。刘熙《释名》谓:"十丈曰寻,倍寻曰常。"是"寻常"亦数目字,故能借以对"七十"。王安石诗:

> "自喜田园安五柳,但嫌尸祝扰庚桑。"

《石林诗话》谓:"'庚'亦自是数,盖以十千数之也。"故得借之以对"五"。

律诗中又有所谓扇对者:三与五对,四与六对也。此法白居易常用之,然后世治之者甚少。例如:

> 新篇日日成,不是爱声名。
> 旧句时时改,无妨悦性情。

又如:

>我随鹓鹭入烟云,谬上丹墀为近臣。
>君同鸾凤栖荆棘,犹著青袍作选人。

就对者,就本句中自以为对也。有字与字为对者,有词与词为对者。字与字为对者如:

>"气色皇居近,金银佛寺开。"
>"四十明朝过,飞腾暮景斜。"
>"身无彼我那怀土,心会真如不读经。"
>"却缘桂玉无门住,不算山川去路赊。"
>"等闲遇事成歌咏,取次冲筵隐姓名。"

不知者将谓"气色"断难对"金银","四十"更不能对"飞腾"。岂知此处"气"对"色"、"金"对"银"、"四"对"十"、"飞"对"腾"哉?余皆以此类推。

词与词对者如:

>"才归龙尾含鸡舌,更立螭头运兔毫。"
>"桃花细逐杨花落,黄鸟时兼白鸟飞。"
>"九陌尘埃千骑合,万方臣妾一声欢。"
>"一枝一影寒山里,野水野花清露时。"
>"鸟去鸟来山色里,人歌人哭水声中。"
>"银台直北金銮外,暑雨初晴皓月中。"
>"乱山孤店雁声晚,一马二童溪路秋。"

此则"龙尾"对"鸡舌"、"螭头"对"兔毫"。余以类推。李商隐有《当句有对》一诗，则通首皆用就对法者：

> 密迩平阳接上兰，秦楼鸳瓦汉官盘。
> 池光不定花光乱，日气初含雾气干。
> 但觉游蜂饶舞蝶，岂知孤凤忆离鸾。
> 三星自转三山远，紫府程遥碧落宽！

大凡队仗，骈字俪词而已。至于全句之意，对与不对，无关系也。如：

> "树头蜂抱花须落，池面鱼吹柳絮行。"
> "感时花溅泪，恨别鸟惊心。"

此字对词对而兼对全句之意者也。

> "今君度砂碛，累月断人烟。"
> "亲明尽一哭，鞍马去孤城。"
> "乐哉客膝地，著此曲肱崩。"
> "中秋云净出沧海，半夜露寒当碧天。"
> "青云满眼应骄我，白发浑头莫恨渠。"
> "睫在眼前犹不见，道非身外更何求？"
> "身事未知何日了，马蹄惟觉到秋忙。"
> "岂意青州六从事，化为乌有一先生？"

> "请看行路无穷泪,尽是当年不忍欺。"
> "岂知鹤发残年叟,犹读蝇头细字书?"

上列各联,意皆直贯,而非并列,然字面词面则犹对偶也。苏轼有一联,虽为古诗,然最能代表这种句底组织法:

> 守子不贪宝,完我无瑕玉。

至于对字对词有一即可。如:

> "千寻铁锁沉江底,一片降幡出石头。"
> "贝多纸上经文动,如意瓶中佛爪飞。"

前联字对而词不对,后联词对而字不对。若:

> 前身自是卢行者,后学过呼韩退之。

则词字兼对者也。

第二节　章底边帧

八句为一章,此律诗之定格也。汪师韩曰:"《三百篇》之诗,章八句者为多,此外则十二句为止耳。唐律限以八句,虽体格非古,不可谓非天地自然之节奏也。风雅之诗,独《宾之初筵》一诗有多至章十四句者……孔疏所谓'真言写志，不必殷勤'者也。近有作诗话者，谓齐、梁以来，乐府限以八句，不复有咏歌嗟叹之意。夫齐、梁以来乐府，固是不如汉、魏。然其所以不如者，岂八句之谓？"律诗乃抒情之工具，宜乎约辞含意，然后句无余字，篇无长语，而一唱三叹，自有弦外之音。抒情之诗，无中外古今，边幅皆极有限，所谓"天地自然之节奏"，不其然乎？故中诗之律体，犹之英诗之"十四行诗"（Sonnet）不短不长实为最佳之诗体。律诗八句为一章，取数之八，又非无谓。盖均齐为中国艺术之特质，八之为数，最均齐之数也。（参观《辨质》章。）

然律诗亦有六句便成一首者。李白《送羽林陶将军》云：

> 将军出使拥楼船，江上旌旗拂紫烟。
> 万里横戈探虎穴，三杯拔剑舞龙泉。
> 莫道词人无胆气，临行将赠绕朝鞭。

此为六句律诗之始。以后惟白居易最多，如《寒闺夜》《县西郊秋寄马造》《留题杭州郡斋》《感芍药花寄正一上人》《孤竹寺石榴花侍御小妓乞诗》，皆用此体。《昌黎集》中亦间有之，如《谢李员外寄纸笔》云：

> 题是临池后，分从寄草余。

兔尖针莫并，茧净雪难如。

莫怪殷勤谢，虞卿正著书。

此又五言之六句律体诗也。

第三节　章底局势

律诗之最正当的局势为颈腹两联平行并列，首尾各作一束。若以图式表之，当如下形：

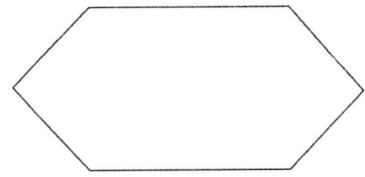

盖起首及收尾底两句实是两读；须两读相合，才能完成一个意思——才能算一个整句子。例如杜审言《和晋陵陆丞相早春游望》起以：

独有宦游人，偏惊物候新。

结以：

忽闻歌古调，归思欲沾襟。

这都是两读合说一意，拆开便不成语。至于其中两联：

> 云霞出海曙，梅柳渡江春。
> 淑气催黄鸟，晴光转绿苹。

便是平行并列，各自成句了。七言中如杜牧底《街西长句》：

> 碧池新涨浴娇鸦，分锁长安富贵家。
> 游骑偶同人斗酒，名园相倚杏交花。
> 银鞍衮裹嘶宛马，绣鞅璁珑走钿车。
> 一曲将军何处笛，连云芳树日初斜。

又如陆游底《初秋骤凉》：

> 我比严光胜一筹，不教俗眼识羊裘。
> 沧波万顷江湖晚，渔唱一声天地秋。
> 饮酒何尝能作病？登楼是处可消忧。
> 名山海内知何恨，准拟从今更烂游。

都是好例，右列各例为律体底正格。然亦有变格；种类甚多，有一二为对者，如杜甫底《奉和贾至舍人早朝大明宫》：

> 五夜漏声催晓箭，九重春色醉仙桃。

又如李商隐底《牡丹》则起句入韵又与二为对者：

> 锦帷初卷卫夫人,绣被犹堆越鄂君。

有七八为对者,即杜甫底《闻官军收河南河北》:

> 即从巴峡穿巫峡,便下襄阳向洛阳。

又有通首皆对者,如苏轼底《舟行至清远县见顾秀才极谈惠州风物之美》:

> 到处聚观香案吏,此邦宜著玉堂仙。
> 江云漠漠桂花湿,海雨翛翛荔子然。
> 闻道黄柑常抵鹊,不容朱橘更论钱。
> 恰从神武来弘景,便向罗浮觅稚川。

又有三四不对者,五律如李白底《夜泊牛渚怀古》:

> 牛渚西江夜,青天无片云。
> 登舟望秋月,空忆谢将军。
> 余亦能高咏,斯人不可闻。
> 明朝挂帆席,枫叶落纷纷。

又如杜甫底《月夜》,孟浩然底《与诸子登岘山》,都属此体。七律如崔颢底《黄鹤楼》:

> 昔人已乘黄鹤去,此地空余黄鹤楼。

> 黄鹤一去不复返，白云千载空悠悠。
> 晴川历历汉阳树，芳草萋萋鹦鹉洲。
> 日暮乡关何处是？烟波江上使人愁。

然第五六则未有不对者。惟白居易有通首不对，但平仄甚调者自编在律诗中。如《重题西明寺牡丹忆元九》云：

> 往年曾向东都去，曾叹花时君未回。
> 今年况作临江别，惆怅花前又独来。
> 只愁离别长如此，不道明年花不开。

然白之外，绝少人作。不当列为律体。

总观上述的句底组织及章底组织，其共同的根本原则为均齐。作者尽可变化翻新，以破单调之弊，然总必须在均齐底范围之内。如此则于"均齐中之变异"一律始相吻合。夫既择作律体，则已承认将作均齐之艺术，犹言自甘承受均齐律之镣锁；乃复擅用散句，置诗律于不顾，是则自相矛盾也。若诚嫌律体之缚束，则迳作古体可耳。况抒情之作，不容不用律体，自大有道理在也！（律诗底美质，参阅《辨质》章。）

第四章 音节

音节包括三部分：一为平仄，一为逗，一为韵。

第一节　逗

分逗之法本无甚可研究者，是以前人从未道及。惟其功用甚大，离之几不能成诗，余故特细论之。

魏来（Arthur Waley），一个中诗底译家，说中诗底平仄等于英诗底浮切（Stress）——平为浮音（Unaccented Syllable），仄为切音（Accented Syllable）。但在英诗里，一个浮音同一个切音即可构成一个音尺，而在中诗里，音尺实是逗，不当与平仄相混。例如：

春水　船如　天上坐

其天然的音尺为"春水"一尺，"船知"一尺，"天上坐"又一尺。其切音在"春""船""天""坐"四字上。但其平仄底位置则迥异：

春水船如天上坐

此则当读如"平仄平平平仄仄"，与上之"浮切浮切浮切浮"，显难印合。观此已可知平仄之非音尺也。且音尺必有一律之长度，而每句之音节又须有一律之数目；今于平仄中，绝无规律可寻。若按英诗 iambic trimeter 以定平仄，则平仄又乱：

$$\underset{\circ\ \ \ \circ\ \ \ \circ\ \ \ \circ}{\overset{\vee\quad\vee\quad\vee}{—\ \ —\ \ —}}\ =浮切$$
$$=平仄$$

然则平仄既不能合于浮切之音响，又无整齐之节奏。其非浮切之类，无疑矣。

大概音尺（即浮切）在中诗当为逗。"春水""船如""天上坐"实为三逗。合逗而成句，犹合"尺"(meter)而成行(line)也。逗中有一字当重读，是谓"拍"。"春""船""天""坐"着拍之字也。至于平仄，乃中诗独有之物；因四声亦惟中国文字所独具，平仄出于四声者也。平仄出于声，而浮切属于音。声与音判若昼夜。是以魏来之说，牵强甚矣。

中国诗不论古近体，五言则前两字一逗，末三字一逗；七言则前四字每两字一逗，末三字一逗。五言底拍在第一、三、五字；七言在第一、三、五、七字。凡此皆为定格，初无可变通者。韩愈独于七古句中，颠倒逗之次序，以末之三字逗置句首，以首之两二字逗置句末，实为创法，然终不可读。如《送区宏》之：

"落以斧，引以　纆微。"
"子去矣，时若　发机。"

又如《陆浑山火》之：

"溺厥邑，囚之 昆仑。"

真不堪入耳矣。古诗尚不能如此，况律诗乎？盖节奏实诗与文之所以异，故其关系于诗，至重且大；苟一紊乱，便失诗之所以为诗。（参阅《诗底音节底研究》。）

第二节　平仄

然则如此固定之节奏，不嫌单调乎？曰：然。但非无救济之法。救济之法唯何？平仄是也。前既证明平仄与节奏，不能印合，且实似乱之者。诚然，乱之，正所以杀其单调之感动耳。盖如斯而后始符于"均齐中之变异"之律矣。平仄之功用犹不止此。最完全的平仄——律诗底平仄，是一个最自然的东西。从来不知诗的人，你对他讲了"平平仄仄仄平平"，差不多他自己会替你续下去"仄仄平平仄仄平……"所以若讲了头句"平平仄仄仄平平"，第二句若不是"仄仄平平仄仄平"，听起来便很不顺耳。因为讲了头句，依着自然的趋势，你当然企望第二句，果然得不着第二句，或得着了又错了一二字，你的企望大失，便起了一种"不快感"。人底官能有一种"感觉之流"。"感觉之流"被阻滞，就是神经在没预备时忽受一个袭击，以致神经的平均冲坏，而起不快之感。大概平仄中定有一个天然律，与人底听觉适合，所以仄应人底感觉底企望而生愉快。但这是一个什么律，他是怎样合于听众的，尚待研究。

平仄不独见于句间，尚有节（两句为一节）底平仄及章底平仄，字与字相协则句有平仄，句与句相协则节有平仄，节与节相协则章有平仄。句合而节离，节协而章乖，皆足以乱音节。句底平仄易明也。若上句合而下句离，如庾信《咏画屏风诗》：

路高山里树，云低马上人。

则节无平仄。以句而论，"云低马上人"平仄协矣。然上句既为"仄平平仄仄"，接以"平仄仄平平"，斯为不翻。必欲保下句之"平平仄仄平"，则须易上句为"仄仄平平仄"。又若全章四节时离时合，则章之平仄乱矣。如江总底《并州羊肠坂》：

三春别帝乡，五月度羊肠。
本畏车轮折，翻嗟马骨伤。
惊风起朔雁，落照尽胡桑。
关山定何许，徒御惨悲凉。

"关山……"一节，以节而论，非不协律。惟置于此处，则当易"平平仄平仄，平仄仄平平"为"平仄平平仄，平平仄仄平"。

律诗底平仄，据王渔洋底《律诗定体》，分为四种：

(一) 仄起不入韵，(二) 仄起入韵，(三) 平起不入韵，(四) 平起入韵。原书辨之甚详，兹不赘述。渔洋尝说："律句只要辨一三五，俗云一三五不论，怪诞之极，决其终身必无通理。"研究声律者，此当注意。

七律有所谓拗体者别为一体。如：

"郑县亭子涧之滨。"
"独立缥缈之飞楼。"

之类是也。杜甫最多此类，专用古体，不谐平仄。中唐以后，则李商隐、赵嘏辈创为一种，以第三第五字平仄互易。如：

"溪云初起日沉阁，山雨欲来风满楼。"
"残星几点雁横塞，长笛一声人倚楼。"

之类，别有击撞波折之致，至元好问又创一种，在第六字。如：

"来时珥笔夸健讼，去日攀车余泪痕。"
"太行秀发眉宇见，老阮亡来樽俎闲。"

之类，集中不可枚举。然后人习用者少。拗体偶尔用之，亦见新颖，但不可滥耳。

第三节　韵

律诗韵法简单。第二、四、六、八句必着韵脚。有起句入韵者，亦有起句不入韵者。故每章多则五韵，少则四韵。

通韵之法，独非古诗所有，律诗亦然，盖自唐已如是矣。所通之韵以东、冬、鱼、虞为尤多。如苏颋《出塞》五律乃微韵，次联用"麾"则支韵也。杜甫《崔氏玉山草堂》七律乃真韵，三联用"芹"字，则文韵也。刘长卿《登思禅寺》五律乃东韵，三联用"松"字，则冬韵也。戴叔伦《江乡故人集客舍》五律乃冬韵，三联用"虫"字，则东韵也。间邱《晓夜渡淮》五律乃覃韵，次联用"帆"字，则咸韵也。魏兼恕《送张兵曹》五律乃东韵，首联用"农"字，则冬韵也。耿湋《紫芝观》五律乃冬韵，首联用"风"字，则东韵也。释澹交《望樊川》五律乃冬韵，首联用"中"字，则东韵也。至如李贺《追赋画江潭苑》五律杂用"红""龙""空""钟"四字，此则开后人辘轳进退之格，诗中另为一种矣。其东韵之有"宗"字，鱼韵之有"胥"字，必是唐人原是如此，非属通韵。如耿湋《诣顺公问道》五律之末联，王维《和仆射晋公扈从温汤》长律之第八联，杨巨源《圣寿无疆词》长律其八之末联，司空曙《和常舍人集贤殿》长律之第三联，俱用东韵而有"宗"

字。（李白《鹦鹉洲》一章乃庚韵而押"青"字。此诗《唐文粹》编入七古，后人编入七律。其体亦可古可今，要皆出韵也。）唐律第一句多用通韵字，盖此句原不在四韵之数。是谓之"孤雁入群"。然不可通者，亦不用也。

凡前所举者皆通韵之泛用者。郑谷与僧齐已等始共定律诗通韵之定格三种：一曰葫芦，一曰辘轳，一曰进退。此则所谓"变异中之均齐"也。葫芦格者先二后四；辘轳格者双出双入：进退格者一进一退也。黄庭坚《谢送宣城笔》云：

> 宣城变样蹲鸡距，诸葛各家将鼠须。
> 一束喜从公处得，千金求贾市中无。
> 漫没墨客摹科斗，胜与朱门饱蠹鱼。
> 愧我初无草《玄》手，不将闲写吏文书？

此诗前二联押七虞，后二韵押六鱼；所谓双出双入者，辘轳韵也。苏轼《题南康寺重湖轩》曰：

> 八月渡重湖，萧条万象疏。
> 秋风片帆急，暮霭一山孤。
> 许国心犹在，康时术已虚。
> 岷峨千万里，投老将归无。

此诗以鱼虞二韵相同而押，所谓一进一退也。《清波杂志》

谓东坡自跋律诗可用两韵而引李诚之《送唐子方》两押"山""难"字为证，不知诚之所用者进退格耳。《湘素杂记》谓郑谷进退格两韵押某韵，两韵又押某韵，如先押十四寒两韵，再押十五删两韵也。然此体是双出双入，而非一进一退。又元人律诗多用进退格者。如元好问《望王李归程》乃"虞"韵，中联用"徐"字；《寄杨飞卿》乃"冬"韵，中联用"虫"字；《华不注山》乃"删"韵，末联用"寒"字；虞集《还乡》乃"支"韵，末联用"如"字；萨都剌五言如《寄石氏瞻之》用"庚""青"，七言如《酬桂芳庭》之用"青""蒸"，五言《寄王御史》乃"真"韵，而首联用"垠"，七言《病中夜坐》乃"文"韵，而末联用"喧"；又如杨廉夫《益府白兔》用"寒""删"，《出都》其二用"支""微"。《乔夫人鼓琴》用"庚""青"，皆进退格也。辘轳、进退诸格终须就可通之韵通之，否亦不可滥用。通韵昔本无规则，自此诸格成，而诗律乃愈析愈细，愈变愈奇。诗家之欲艺术化律诗之体，盖无孔不入矣。

第五章　作用

戏曲诗（Dramatic）中国无之。叙事诗（Epic）仅有且无如西人之工者。抒情诗（Lyric）则我与西人，伯仲之间焉。如叙焦仲卿夫妇之事，盖非古诗莫办，故古诗叙事之体也。至于抒情，斯唯律诗。厥理有四，请嬺述之。

第一节　短练底作用

抒情之作，宜短练也。比事兴物，侧托旁烘，"不着一字，尽得风流"，斯为上品。盖热烈之情感，不能持久，久则未有不变冷者。形之文词其理亦然。《三百篇》风雅之什多不过章十四句，少则八句；八句者什六七焉。古诗谣中恬淡如《击壤歌》；庄雅如《卿云歌》《玉牒辞》；悲楚如杞梁殖妻《琴歌》《易水歌》《箜篌引》（"公无渡河"）、《悲歌》（"悲歌可以当泣"）；旷达如《大人先生歌》；写情如《北方有佳人》；写景如《敕勒歌》，皆不过落落数语耳，然终为千古绝调。孔颖达曰："真言写志，不必殷情。"夫岂惟不必？是殷情不得，殷情徒损其言之价值耳。益情则如是之多，铺延之以增其长度则密度减，缩之以损其长度则密度增。抒情之诗旨在言情，非为眩耀边幅，故宁略其词以浓其情。律诗之体制章才八句，七言不过五十六字，五言仅四十字耳。古诗嫌其长，绝句病其短；惟此适中，抒情之妙具也。

第二节　紧凑底作用

抒情之作，宜紧凑也。既能短练，自易紧凑，王渔洋说，诗要洗刷得尽，拖泥带水，便令人厌观。边幅有限，则不容不字字精华，榛芜尽芟。繁词则易肤泛，肤泛则气势平缓，平缓之作，徒引人入睡，焉足以言感人哉？艺术之所以异于非艺术，只在其能以最经济的方便，表现最多量的情感，此之谓也。何以知律诗之体裁之具有紧凑之质哉？此当取排偶句——律诗之特点——考察之。凡排偶之句总宜屏弃虚字，而以名，动，形容，状等词构之。盖虚字无意义，何以属对？实字则易于骈物比事矣。

"五更鼓角声悲壮，三峡星河影动摇。"
"红稻啄余鹦鹉粒，碧梧栖老凤凰枝。"
"九天阊阖开宫殿，万国衣冠拜冕旒。"
"金蟾啮锁烧香入，玉虎牵丝汲井回。"
"永忆江湖归白发，欲回天地入扁舟。"
"万顷烟波鸥世界，九秋风露鹤精神。"
"乱山孤店雁声晚，一马二童溪路秋。"

这些都是最能代表律诗的句法；在律诗中要占十之八九。其余像下例的这类句法，究竟少见：

"求之流得岂易得？行矣关山方独吟！"
"君特未知其趣耳，我今时复一申之。"
"大冠长剑已焉哉！短褐秃中归去来！"

"我本疏顽固当尔，子犹沦落况其余？"
"温纯如此岂复见？报施言之尤可疑。"
"倦客再游行老矣！高僧一笑故依然。"

宋人一味想翻新出奇，别开蹊径，所以创出这种非驴非马的句格。说他是诗，他"之乎也者"地凑合一堆，尝来了无诗味；说他是文，他又对仗声响，俨然不差。还有人想用虚字想迫了，便将带虚字的人名嵌进句子里，这样把虚字当了实字，便容易驾驭得多了。例如：

"前身自是卢行者，后学妄呼韩退之。"
"牧之宏放见文字，白也风流余酒樽。"

两联便是。然就此也可见律句里运用虚字是极不自然的。律诗里一个字要当几个字用，所以只字半词都是珍贵的，那可容人"之乎也者"地浪费边幅呢？律句里如上举"金蟾……"一联本云，"金蟾啮锁虽固而烧香犹得入其内，井水虽深而玉虎亦能牵丝而汲回之"。是本有虚字甚多，不过作者欲其辞密而意深，乃故将虚字删掉。不然不值钱的虚字谁还不会用呢？如今有人反故避实字，强凑虚字以成句，在他们以为钩心斗角，自喜新奇，我却说是嗜痂转丸，"拂人之性"。

　　律诗往往一首中包括无数的意思。古诗叙事之作，性质本殊，无论矣。绝句限于字数往往不能不就一事说一事，就一感说一感。律诗则不然，发念虽一，而抽绪多端。作者每一动念，其所寄慨者辄蝉联珠贯，凡吊吉，伤时，感年，叹遇，思亲，怀土，千头万绪，莫不续起。例如老杜之《公安送韦二少府匡赞》末节云：

> 时危兵革黄尘里，日短江湖白发前。
> 古往今来皆涕泪，断肠分手各风烟。

此真所谓"对此茫茫，百感交集"者也。他如杜之《阁夜》《黄草》《野望》《愁》，皆此之类也。李商隐咏史诗竟有一句说一事者，则亦紧凑之一种也。例如《南朝》《隋宫》《隋师东》诸作便是。盖白描直叙便词繁而犹晦，用典正能免此病。是以律诗之用典乃谋紧凑之最妙法门耳，乌可厚非哉？请观义山之《隋师东》乃益喻：

> 东征日调万黄金，几竭中原买斗心。
> 军令未闻诛马谡，捷书惟是报孙歆。
> 能须鸑鷟巢阿阁，岂假鸱鸮在泮林。
> 可惜前朝玄菟郡，积骸成莽阵云深。

刘勰曰："明理引乎成辞，征义举乎人事。"此之谓也。

第三节　整齐底作用

抒情之作，宜整齐也。律诗之整齐之质猜度于其组织、音节中兼见之。此均齐之组织，美学家谓之节奏（Rhythm）（斯宾塞谓复现 Repetition 底原理是节奏底基础。参阅《诗底音节底研究》）。法人基耀（Guyau）于其《现代之美学问题》（*Les Problemes de Les thétique Contemporaine*）里讲道："理想的诗（专指其声律讲）可以释为一切情感的思想所必造的形体。"感情之起，实赖节奏有以激荡之。他由接济"心体机关"（Psycho-Physical Organism）底震动以刺戟情感使现于感觉。故虽至原始的艺术，只要他具有节奏之一质，便能感人。然情感有时达于烈度至不可禁。至此情感竟成神精之苦累，均齐之艺术纳之以就矩范，以挫其暴气，磨其棱角，齐其节奏，然后始急而中度，流而不滞，快感油然生矣。华茨活士（Wordsworth）曰："惊变是脑筋底一个非常仅见之情势……若有一中节之物底同在……自不能不收调剂与节制情感之伟效。"因此悲剧入诗，不独较散文为可耐，且能发生快感焉（参阅 Alden: Introduction to Poetry）。盖始则激之使急，以高其度，继又节之使和，以延其时。艺术之功用，于斯备矣。律诗言情摅怨，从无发扬蹈厉之气而一唱三叹，独饶深致。盖以杜甫、陆游、元好问诸家每多此境。

第四节　精严底作用

　　抒情之作，宜精严也。精严之质与整齐有密切关系。艺术之格律不妨精严，精严则艺术之价值愈高。美原是抽象的感觉，必须一种工具——便是艺术——才能表现出来。工具越精密，那美便越表现得明显而且彻尽。诗之有藉于格律音节，如同绘画之藉于形色线。一方面形色线或格律音节虽然似能碍窒绘画或诗底美底充分之表现，其实他方面这些碍窒适以规范而玉成其美之表现。这个道理可以用席勒底游戏冲动说解明之。人底精力除消费于物质生活底营求之外，还有余裕。要求生活底绝对的丰赡，这个余裕不得不予以发泄；其发泄底结果便是游戏与艺术。可见游戏、艺术同一泉源，亦可说是一而二、二而一——下棋打球不能离规则，犹之作诗不能废格律。格律越严，艺术越有趣味。欧阳修说韩愈"得窄韵则不复傍出，而困难见巧，愈险愈奇……"。又把用韵比作驭车，用窄韵便是"水曲蚁封，疾徐中节，而不稍蹉跌……"。我说诗家作律诗，驰骤于律林法网之中，而益发意酣兴热，正同韩信囊沙背水，邓艾缒兵入蜀一般的伎俩。白理（Bliss Perry）说得好："差不多没有诗人承认他们真正受缚于篇律。他们喜欢带着脚镣跳舞，并且要带着别个诗人底镣跳。"可知格律是艺术必须的条件。实在艺术自身便是格律。精缜的格律便是精缜的艺术。故曰律诗底价值即在其格律也。然则格律精严何以适于抒情哉？盖热烈的情感底赤裸之表现，每引起丑感。莎士比亚之名剧中，每到悲惨至极处，使用韵语以杀之。葛德作 Faust 时也发明了这点，曾于其致席勒的信里说过了的。韩愈《元和圣德诗》叙刘辟被擒，全家就戮底情景曰：

> 解脱挛索，夹以砧斧。婉婉弱子，赤立伛偻；牵头曳足，先断腰膂。次及其徒，体骸撑柱。末乃取辟，骇汗如雨，浑刀纷纭，争切脍脯。

苏辙谓其少蕴借，殊失雅颂之体。假使退之用了律体来形容这段故事，我包他不致得这样的结果，令人发戴齿紧，不敢再读。因为精严的艺术能将丑恶的实象普遍化了，然后读者但觉其为人类同有的一个抽象的经验——即一个概念；而非为某人某地确有的事实，自然不觉其如彼之可嫌可怕也。杜甫诗曰：

> 晚节渐于诗律细。

这正是他工夫长进底宣言呵！

综观上述抒情诗所必需之四条件，律诗都有了。律诗实是最合艺术原理的抒情诗文。英文诗体以"商勒"为最高，以其格律独严也。然同我们的律体比起来，却要让他出一头地。

第六章　辨质

研究中国诗的，只要把律诗底性质懂清了，便窥得中国诗底真精神了。其余如古诗、绝句、乐府，都可不必十分注意。因为一则律诗是中国诗独有之体裁，二则他能代表中国艺术底特质，三则他兼有古诗、绝句、乐府底作用。

第一节　中诗独有的体制

（一）别种体裁的诗在西方的文学中都可找出同类，只有律诗不能。别种诗都可翻译，律诗完全不能。他的意义有时还译得出，他的艺术——格律音节——却是绝对地不能译的。律体的美——其所以异于别种体制者，只在其艺术。这要译不出来，便等于不译了。英诗"商勒"颇近律体，然究不及。

（二）律诗底体格是最艺术的体格。他的体积虽极窄小，却有许多的美质拥挤在内。这些美质多半是属于中国式的。律体在中国诗中做得最多，几要占全体底半数。他的发展最盛时是在唐朝——中国诗最发达的时代。他是中国诗底艺术底最高水涨标。他是纯粹的中国艺术底代表。因为首首律诗里有个中国式的人格在。

第二节　均齐

若如西人所说建筑是文化底子宫，那么诗定是文化底胚胎。中国艺术中最大的一个特质是均齐，而这个特质在其建筑与诗中尤为显著。中国底这两种艺术底美可说就是均齐底美——即中国式的美。因为地理上中国底山川形势是极整齐的。我们的远祖从中亚细亚东徙而入中原，看见这里山川形势，位置整齐，早已养成其中正整肃底观念。加以其气候温和，寒暑中节，又铸成其中庸底观念。中庸原是不偏不倚之谓，其在空间，即为均齐。原来人类底种种意象———观念———盖即自然底种种现象中所悟出来的。我们的先民观察了整齐的现象，于是影响到他们的意象里去。也染上整齐底的色彩了。这个意象底符号便是《易经》里的八卦。他表现于智、情、意三方面的生活，便成我们现有的哲学、艺术、道德等理想；我们的真美善底观念之共同的原素（即其所以发育之细胞核）乃是均齐。如今便就这三方面次第论之。

A. 我们的形而上学当然以《易》为总汇。他的道理都是从阴阳（或曰乾坤，刚柔）两个原力变化出来的。《易》所谓"两议""四象""八卦"，其数皆双。双是均齐底基本原素。"正""负"之名亦见于西方，但究不如中国底"阴""阳"用得普遍，便是中国的道术、医理等艺也都是傍着这两个字演出来的。《易》理不独是整齐，而且是有变异的整齐；这也可于八卦里看得出。

B. 中国的伦理观念也不出均齐底范围。梁漱溟先生讲："孔子的伦理实寓有他所谓絜矩之道在内。父慈子孝，兄友弟恭，总使两方面调和而相剂，并不是专压一方面的……"梁任公先生以"相人偶"来解释"仁"字，同这个意思正合。两家底说法都与均齐之义相联。至中庸主义，前已稍论。孔子赞美大舜说："执其两端，用其中于民。"又说："我叩其两端而竭焉。"又曰："攻乎异端，斯害也已。"（从梁任公先生底训释，见《国学小史》）这都讲道德的真理必须从两端推寻出来，这样看来，中国底伦理也是脱胎于均齐之观念的，所以可说是均齐的伦理。

C.《易》曰："以制器者尚其象。"种种器物原来不过是前述的"意象"底具体的仿本。艺术就广义而言，本概括一切人为之物，所谓"器"者是也。我们知道均齐的美在中国艺术品中表现得最圆满。这个无非因为均齐底观念浸透了中国人底脑筋。举一个最寻常的例。走进随便一个人家庭堂上去，总可看见那里的桌椅字画同一切供设的器物总是摆得齐齐整整地，左边一个，右边一个，毫不紊乱；而且这些器物又多半是正方形的。更大的像房屋亭阁底布置同形体也都是这样的。所以我在前边说中国建筑同诗最能代表均齐之质。再看中国字底形体又是方的，而均齐者几居三分之二。在篆文里这种原质尤为显明，如：

其在文学，律诗正是这个均齐底观念底造形。至于律诗之体制，在形式上，在意义上，何以无一部分不合均齐底原理，则已具论在前。还有律诗于均齐中复含有变异之一点，亦已散见于上文，今皆不赘述。

综观上述，均齐是中国的哲学、伦理、艺术底天然的色彩，而律诗则为这个原质底结晶，此其足以代表中华民族者一也。

第三节　浑括

中国幅员广大，兼占寒温热三带，形形色色的财产，无不毕备。众族杂处，其风俗语言，虽各各不同，然亦非过于殊悬以演成水火不相容之局。在全体上他们是有调和的，但在局部上他们又都能保其个性。譬如一样颜色，或许多颜色浑合太过致变为黑色，固然不能成画；但有了许多颜色而各不相调，也是不会美观的。中国底地图是许多相调和的颜色染成的一个 Symphony。律诗也是如此的。前面已证明律诗具有紧凑之质。既说紧凑，则其内含之物必多。然律诗不独内含多物，并且这些物又能各相调和而不失个性。如今且将杜甫底《野望》借来剖析证验一番：

西山白雪三城戍，南浦清江万里桥；海内风尘诸弟隔，天涯涕泪一身遥——唯将迟暮供多病，未有涓埃答圣朝。跨马出郊时极目，不堪人事日萧条！

此诗内计所感到者，有兵患，旅愁，怀弟，惜老，愁病，伤遇，凡六事。事事不同，而其钥音 Key note 则不外篇末"萧条"二字而已。此调和而不失个性之谓也。盖绝句只单记一事一感，则未免单调之病。必能如律诗这样的浑括，然后始能言调和也。此其所以能代表吾中华民族者二也。

第四节　蕴藉

艺术之于自然，非求抉剔其微琐，一一必肖于真，如摄影者然。盖在摄取其最精华处而以最简单的方法表现之。此所谓提示法也，局面既窄，而含意欲多，是则不能无赖于提示也。提示则有蕴藉。蕴藉者"不着一字，尽得风流"之谓欤。律诗底句法每为骈列数字，其间相互的关系，须读者自揣，故自表面观之，不识者或以为无意识也。不知此正其品格之高处也。此可以印象派之画理解释之，兹不细论。尝谓新体诗——白话诗——之所以不及旧诗处，此为大端。然则何以知蕴藉之质之合于中国国民性哉？此亦不待烦言而自解。吾人皆知中国人尚直觉而轻经验。尚直觉故其思想，制度，动作，每在理智底眼光里为可解不可解之间，此所谓神秘者是也。律诗之蕴藉之质正为此种性质之表现。王渔洋所创的"神韵"之说，严沧浪所谓"不涉理路，不落言诠""香象渡河，羚羊挂角"者，显为但凭直觉之谓也。此律诗之足以代表吾中华民族者三也。

第五节　圆满

圆满底感觉是美底必要的条件。圆满则觉稳固，稳固则生永久底感觉，然后安心生而快感起矣。韩惕（Holman Hunt）与艾谋生（Emerson）之论诗皆以圆形比之。韩曰："美之圈。"艾曰："诗人……赍汝以堆积之彩如虹霓之泡，透明，涵虚而圆如地球……"阿尔敦（Alden）谓此与 Perfection 之观念实相连属。不知其与中文之"圆满"之词更相吻合，是亦可谓巧矣。凡律诗之组织，音节（在目为"圆满"，在耳为节奏，此亦阿尔敦之论），无不合圆满之义者。观在对偶平仄诸部分可谓至美尽善，无以复加。第观其对偶之工整，平仄之妥洽，便足起人快感；固不待其他部分之帮衬也。然律诗中此质亦非偶然，盖亦我国民族性之表现焉。我国地大物博，独据一洲。在形势上东南环海，西北枕山，成一天然的单位；在物产上，动植矿产备具，不须仰给于人而自赡饱。故吾人尝存满足观念；吾人之人生观则为保守主义，盖自谓生活底享乐，吾已尽有十分，无可复求者矣,我国又尝自称"中国",以为天下文化尽在于此;四境之外,无美无善,不足论也。律诗之各部分之名称曰首,曰尾,曰颈联,曰腹联,又曰韵脚,曰诗眼,曰篇脉,是则古人默此之为一完全之动物矣。盖最圆满之诗体莫律诗若。无论以具体的格势论,或以抽象的意味论,律诗于质则为一天然的单位,于数为"百分之百"(hundred percent),于形则为三百六十度之圆形,于义则为理想,乌托邦的理想(Utopian ideal)。此其所以能代表吾中华民族者四也。

观此四端,以律诗为中国艺术之代表亦宜矣。然此不过其荦荦大者,此外尚有次等的特质如调和,适变等,均不及细论,仅一提及之已足耳。

第六节　兼有底作用

律体还有古诗、绝句、乐府之作用。此语初听,颇似不经。

请研究之。律诗之所以别于古诗者,队仗与平仄也。然古诗竟有时亦使队仗第不协平仄耳。试问下列五言七言各两篇,究有何分别?

　　中散不偶世,本自餐霞人。
　　形解验默仙,吐论知凝神。
　　立俗迕流议,寻山洽隐沦。

鸾翮有时铩,龙性谁能驯。

——颜延之

将军胆气雄,臂悬两角弓。
缠结青骢马,出入锦城中。
时危未授钺,势屈难为功。
宾客满堂上,何人高义同!

——杜甫

促柱繁弦非子夜,歌声舞态异前溪。
御史府中何处宿?洛阳城头那得栖?
弹琴蜀郡卓家女,织锦秦川窦氏妻。
讵不自惊长泪落,到头啼乌恒夜啼?

——庾信

城尖径仄旌旆愁,独立缥缈之飞楼。
峡坼云霾龙虎卧,江清日抱鼋鼍游。
扶桑西枝对断石,弱水东影随长流。
杖藜叹世者谁子,泣血迸空回白头?

——杜甫

律诗有时绝似两首绝句并合而成者,其间断疆分域之处,历历可指。若将王维底《送梓州李使君》五律分作两段写,殆无人看得出是一首律诗:

万壑树参天,千山响杜鹃。

> 山中一夜雨，树杪百重泉。
>
> 汉女输橦布，巴人讼芋田。
>
> 文翁翻教授，不敢倚先贤。

七言如杜甫底《蜀相》亦然：

> 丞相祠堂何处寻？锦官城外柏森森。
>
> 映阶碧草自春色，隔叶黄鹂空好音。
>
> 三顾频烦天下计，两朝开济老臣心。
>
> 出师未捷身先死，长使英雄泪满襟。

至于乐府与非乐府之别，只在前者能入乐谱，后者不能。只要音调谐适，不论古体近体，都可为乐府。律诗也有入乐府的，如沈佺期底《独不见》便是：

> 卢家少妇郁金堂，海燕双栖玳瑁梁。
>
> 九月寒砧催木叶，十年征戍忆辽阳。
>
> 白狼河北音书断，丹凤城南秋夜长。
>
> 谁为含愁独不见？更教明月照流黄！

由上以观，律诗兼有古诗、绝句、乐府之作用，不其然乎？

第七节　律诗底价值

今之欲研究中国旧诗者，辄不知从何处下手，且绝无有统绪而且可靠的作指南底著作。余则谓须从律诗下手。一、因律诗为中国诗独有之体裁。以中诗之全数与西诗之全数相减，他种诗都相抵消，其余数则为律诗。故研究中国诗者若不着手于律诗，直等于没有研究中国诗。二、因律诗能代表中国艺术底特质，研究了律诗，中国诗底真精神，便探见着了。三、因律诗兼有古诗、绝句、乐府底作用。学者万一要遍窥中国诗底各种体裁，研究了律诗，其余的也可以知其梗概。如今做新诗的莫不痛诋旧诗之缚束，而其指摘律诗，则尤体无完肤。唉，桀犬吠尧，一唱百和，是岂得为知言哉？若问处于今世，律诗当仿作否，是诚不易为答。若因其不宜仿作，便束之高阁，不予研究，则又因噎废食之类耳。夫文学诚当因时代以变体；且处此二十世纪，文学尤当含有世界底气味；故今之参借西法以改革诗体者，吾不得不许为卓见。但改来改去，你总是改革，不是摈弃中诗而代以西诗。所以当改者则改之，其当存之中国艺术之特质则不可没。今之新诗体格气味日西，如《女神》之艺术吾诚当见之五体投地；然谓为输入西方艺术以为创倡中国新诗之资料则不可，认为正式的新体中国诗，则未敢附和。盖郭君特西人而中语耳。不知者或将疑其作为译品。为郭君计，当细读律诗，取其不见于西诗中之原质，即中国艺术之特质，以熔入其作品中，然后吾必其结果必更大有可观者。且蔡子民先生曾把旧文学比作篆籀；习用行楷时，篆籀仍未全废，以其为一种美术品也；新文学兴后，旧文学亦可并存，正坐此故。以此推之，则律诗亦未尝不可偶尔为之。无论如何，律诗之艺术的价值，历万代而不泯也。创作家纵畏难却步，不敢尝试；律诗之当永为鉴赏家之至宝，则万无疑义。

第七章 排律

唐人自六韵至百韵皆曰律诗。自高棅《唐诗品汇》因元微之李杜优劣论"铺陈终始，排比声律"之语，遂创"排律"之名。沈约《八咏诗》已全是五律，惟七八两句失粘耳。阴铿《安乐宫》诗则完全五言排律矣：

  新宫实壮哉，云里望楼台。
  迢递翔鹍仰，联翩贺燕来。
  重檐寒雾宿，丹井夏莲开。
  砌石披新井，雕梁画早梅。
  欲知安乐盛，歌管杂尘埃。

薛道衡《昔昔盐》亦五排滥觞也：

  垂柳覆金堤，蘼芜叶复齐。
  水溢芙蓉沼，花飞桃李蹊。
  采桑秦氏女，织锦窦家妻。

关山别荡子，风月守空闺。

常敛千金笑，长垂双玉啼。

盘龙随镜隐，彩凤逐帷低。

飞魂同夜鹊，倦寝忆晨鸡。

暗牖悬蛛网，空梁落燕泥。

前年过代北，今岁往辽西。

一去无消息，谁能惜马蹄！

至于蔡孚底《打球篇》则又七言排律底先声了：

德阳宫北宛东陬，云作高台月作楼。

金绚玉莹千金地，宝仗绸纹七宝毬。

窦融一家尚三主，梁冀频封万户侯。

容色从未荷恩顾，意气平生事侠游。

共道用兵如断蔗，俱能走马入长楸。

红鬣锦环风骤骤，黄络青丝电紫骝。

奔星乱下花场里，初月飞来画仗头。

自有长鸣须决胜，能驰骏足满先筹。

曹五漫说弹棋妙，剧孟休矜六博投。

薄暮汉宫偷乐罢，还归尧室绕垂旒。

以艺术而论，排律远不如正律了。正律有平仄对仗，不多不少，恰到好处，排律便滥了。正律虽短，音响圆转，只用一韵，而不觉其平滑；排律体长，又不能换韵，则成单调，听来只觉令人昏睡。正律八句，排句散句各半；排律则排多于散，甚至数十倍者，故又生单调之弊。正律排律所共有的两个美质，排律都滥用了，以致变美为丑；其余的正律底美质如浑括、蕴藉、紧凑等，排律都没有了。还有古诗底拖泥带水，剌剌不休底毛病，排律又兼而有之。自来诗中排律底价值极低；照此看来，询不诬也。

参考书目

《古诗源》	清·沈德潜
《文选》	梁·昭明太子
《文心雕龙》	梁·刘勰
《十八家诗钞》	清·曾国藩
《瓯北诗话》	清·赵翼
《然镫记闻》	清·王士祯
《律诗定体》	清·王士祯
《声调谱》	清·赵翼
《谈龙录》	清·赵翼
《国学小史》	梁启超
《中国哲学史大纲》	胡适
《东西文化及其哲学》	梁漱溟
《诗学纂闻》	清·汪师韩

《漫堂诗话》　　　　　清·宋荦
《策学备纂》　　　　　沈祖燕　吴颖炎
《唐诗鼓吹》　　　　　金·郝天挺
《释名》　　　　　　　汉·刘熙
《石林诗话》　　　　　宋·叶梦得
《昌黎全集》　　　　　唐·韩愈
《六一诗话》　　　　　宋·欧阳修

诗歌节奏的研究①

节奏

Ⅰ. 定义
    A. "节奏"一词的来历
    B. 节奏的两个含意
      1. 拍子
      2. 韵律

Ⅱ. 生理基础
    A. 脉搏跳动
    B. 紧张和松弛
    C. 声波和光波

Ⅲ. 证据
    A. 日常生活经验
    B. 原始人
    C. 儿童
    D. 疯人

Ⅳ. 特性
    A. 节奏的组成因素

1. 时间
　　2. 重音
　B. 节奏的美学基础
　　1. 一致——关于"清一色"的理论
　　2. 变化——关于多种趣味的理论
V. 作用
　A. 实用性的
　　1. 个人的
　　　a. 联结记忆
　　　b. 引起注意
　　　c. 节约精力
　　2. 社会的
　　　a. 协同作用
　　　b. 情感的一致
　B. 美学的
　　1. 整体的重要性
　　2. 一致中的变化
　　3. 注意力的悬置
　　4. 结构的框架
VI. 自然界的节奏
VII. 各种艺术中的节奏
　A. 渊源
　　1. 适应自然

2. 摹仿自然

B. 分类

   1. 音乐的节奏

   2. 舞蹈的节奏

   3. 诗歌的节奏

   4. 造型艺术的节奏

Ⅷ. **诗歌的节奏**

A. 有关诗歌节奏的争论

   1. 争论的双方

      a. 反对的一方

      b. 赞成的一方

   2. 争论是如何发生的

   3. 仅仅是理论上的冲突

B. 诗歌节奏的分类

   1. 内部的

      a. 韵律

   2. 外部的

      a. 韵脚

      b. 诗节

   3. 总的效果

C. 诗歌节奏的作用

   1. 作为美的一种手段

      a. 一致中的变化

b. 完整感

　　　（1）完整

　　　（2）永恒

　　c. 克服困难所得的喜悦

2. 作为表达情感的手段

　　a. 各种人的情感的自由表达

　　　（1）儿童的

　　　（2）野蛮人的

　　　（3）疯人的

　　b. 他们的表达情感的方式

　　　（1）身体的摇摆动作

　　　（2）有节奏的发声

　　c. 文明的效果

　　　（1）舞蹈成为一种纯粹的娱乐

　　　（2）唱歌强调旋律与和声

　　　（3）用修辞方式，而不用韵律方式来朗诵诗行

　　d. 但自然的本能仍然存在

　　　（1）情感对节奏的作用

　　　　（a）情感产生节奏

　　　　（b）情感破坏节奏

　　　（2）节奏对情感的作用

　　　　（a）节奏传达情感

　　　　（b）节奏激发情感

（c）节奏缓和情感
3. 作为凭借想象加以理想化的一种手段
    a. 诗的节奏促进想象的飞驰
    （1）刺耳的、不和谐的散文不利于达到这一目的
    b. 诗的节奏提供一种产生特别崇高的想象力的工具
    （1）散文在试图运用一种特别崇高的浮想联翩的风格时，往往会失败。其结果则成为：
        （a）荒诞
        （b）笨拙
    c. 诗的节奏用以下方式改变粗糙的现实
    （1）使现实和谐、美化
    （2）表现现实的普遍意义
        （a）歌德的论证
D. 诗歌节奏的特性
1. 三种成分
    a. 音量
    b. 重音
    c. 字[②]或音节
2. 与音乐节奏相比较
3. 与散文节奏相比较
E. 韵
1. 韵的功能

  a. 旋律

  b. 组成部分的布局

  c. 与短语的关系

  d. 预期效果的满足

  e. 恢复想象力的活动

 2. 韵的分类

  a. 按用韵的位置分

  （1）脚韵

  （2）头韵

  （3）中韵，或内韵

  b. 按韵的性质分

  （1）完全的或同一的韵

  （2）阳韵

  （3）阴韵

F. 诗节

 1. 意义——一般公认诗节为诗歌韵律的最大单位

 2. 诗节以下列因素为基础

  a. 修辞句

  b. 旋律句

IX. **自由诗**

 A. 妄图打破规律

  1. 在排字形式上对诗节的影响

  2. 文字游戏

3. 在抛弃节奏方面的失败
　B. 目的性不明确
　C. 令人遗憾的后果
　　1. 平庸
　　2. 粗糙
　　3. 柔弱无力

X. 中国诗歌中的节奏

参考书目

1. 《韦氏新国际英语词典》
2. 《不列颠百科全书》
3. 朱里·贡巴里欧：《音乐，及其规律和演变》
4. 布里斯·佩里：《诗歌研究》
5. 西蒙斯：《英国诗歌的浪漫主义运动》
6. 雷蒙德·麦克唐纳·奥尔登：《诗歌引论》
7. 《艺术世界》
8. 《世纪词典与百科全书》
9. 乔治·桑塔雅纳：《美感》
10. 伊尔约·希鲁：《艺术的起源》
11. 吉·贝尔格·艾森韦恩、玛丽·艾莲诺尔·罗伯茨：《诗歌格律的艺术》
12. 胡适：《尝试集》

13. 克拉默-宾：《玉琴集》
14. 阿瑟·魏里：《一百七十首中国诗》
15. 丹尼尔：《为诗韵辩护》
16. 威廉·华兹华斯：《抒情歌谣集》
17. 布切尔：《亚理斯多德关于诗歌和艺术的理论》
18. 萨缪尔·泰勒·柯尔律治：《文学生涯》
19. 菲立浦·锡德尼：《为诗辩护》
20. 古默尔：《诗学手册》
21. 阿诺德·贝内特：《论文学鉴赏力》
22. 胡适：《谈新诗》
23. 纳尔逊：《诗歌精义》

（聂文杞译，1984年12月）

*译者附记：本文是闻一多先生在清华文学社所作的一次报告的提纲的汉译，原提纲是用英文写的。此译文系根据他的手稿复印件译出。手稿上注明作报告的日期是12月2日，未注年份，推算当为1921年。提纲原名 A Study of Rhythm in Poetry。英文题名的下面附有作者用较小的字体写的汉译题名：《诗底音节的研究》。作者当时把英文"Rhythm"一词译为"音节"（声音节奏的简称），而现在我国学术界一般都译成"节奏"；目前"音节"一词则是指"Syllable"（一个元音和一个或几个辅音音素组成的语音结构最小单位）。为了避免读者误解，译者仍按目前的一般译法译成"节奏"。提纲所附参考书目系闻先生准备报告时所用，他在手稿中列出，附在提纲之前，现按目前一般惯例，移至提纲之后。此文曾请北京大学李赋宁教授校阅，特此致谢。

---

①本篇据武汉大学闻一多研究室编、武汉大学出版社 1985 年 4 月出版的《闻一多论新诗》排印。

②字（character），是指汉语的"字"。——译者注

诗的格律

一

假定"游戏本能说"能够充分的解释艺术的起源，我们尽可以拿下棋来比作诗；棋不能废除规矩，诗也就不能废除格律（格律在这里是 form 的意思。"格律"两个字最近含着一点坏的意思；但是直译 form 为形体或格式也不妥当。并且我们若是想起 form 和节奏是一种东西，便觉得 form 译作格律是没有什么不妥的了）。假如你拿起棋子来乱摆布一气，完全不依据下棋的规矩进行，看你能不能得到什么趣味？游戏的趣味是要在一种规定的格律之内出奇制胜。作诗的趣味也是一样的。假如诗可以不要格律，作诗岂不比下棋、打球、打麻将还容易些吗？难怪这年头儿的新诗"比雨后的春笋还多些"。我知道这些话准有人不愿意听。但是 Bliss Perry 教授的话来得更古板。他说："差不多没有诗人承认他们真正给格律缚束住了。他们乐意戴着脚镣跳舞，并且要戴别个诗人的脚镣。"

这一段话传出来，我又断定许多人会跳起来，喊着："就算它是诗，我不做了行不行？"老实说，我个人的意思以为这种人就不作诗也可以，反正他不打算来戴脚镣，他的诗也就做不到怎样高明的地方。杜工部有一句经验语很值得我们揣摩的，"老去渐于诗律细"。

诗国里的革命家喊道"皈返自然"！他们以为有了这四个字，便师出有名了。其实他们要知道自然界的格律，虽然有些像蛛丝马迹，但是依然可以找得出来。不过自然界的格律不圆满的时候多，所以必须艺术来补充它。这样讲来，绝对的写实主义便是艺术的破产。"自然的终点便是艺术的起点"，王尔德说得很对。自然并不尽是美的。自然中有美的时候，是自然类似艺术的时候。最好拿造型艺术来证明这一点。我们常常称赞美的山水，讲它可以入画。的确中国人认为美的山水，是以像不像中国的山水画做标准的。欧洲文艺复兴以前所认为女性的美，从当时的绘画里可以证明，同现代的女性美的观念完全不合；但是现代的观念不同希腊的雕像所表现的女性美相符了。这是因为希腊雕像的出土，促成了文艺复兴，文艺复兴以来，艺术描写美人，都拿希腊的雕像做蓝本，因此便改造了欧洲人的女性美的观念。我在赵瓯北的一首诗里发现了同类的见解：

　　绝似盆池聚碧屏，嵌空石笋满江湾。
　　化工也爱翻新样，反把真山学假山。

这径直是讲自然在模仿艺术了。自然界当然不是绝对没有美的。自然界里面也可以发现出美来，不过那是偶然的事。偶然在言语里发现一点类似诗的节奏，便说言语就是诗，便要打破诗的音节，要它变得和言语一样——这真是诗的自杀政策了。（注意我并不反对用土白作诗，我并且相信土白是我们新诗的领域里，一块非常肥沃的土壤，理由等将来再仔细的讨论。我们现在要注意的只是土白可以"做"诗；这"做"字便说明了土白须要一番锻炼选择的工作然后才能成诗。）诗的所以能激发情感，完全在它的节奏；节奏便是格律。莎士比亚的诗剧里往往遇见情绪紧张到万分的时候，便用韵语来描写。歌德作《浮士德》也曾用同类的手段，在他致席勒的信里并且提到了这一层。韩昌黎"得窄韵则不复傍出，而因难见巧，愈险愈奇……"。这样看来，恐怕越有魄力的作家，越是要戴着脚镣跳舞才跳得痛快，跳得好。只有不会跳舞的才怪脚镣碍事，只有不会作诗的才感觉得格律的缚束。对于不会作诗的，格律是表现的障碍物；对于一个作家，格律便成了表现的利器。

又有一种打着浪漫主义的旗帜来向格律下攻击令的人。对于这种人，我只要告诉他们一件事实。如果他们要像现在这样的讲什么浪漫主义，就等于承认他们没有创造文艺的诚意。因为，照他们的成绩看来，他们压根儿就没有注重到文艺的本身，他们的目的只在披露他们自己的原形。顾影自怜的青年们一个个都以为自身的人格是再美没有的，只要把这个赤裸裸的和盘托出,便是艺术的大成功了。你没有听见他们天天唱道"自我的表现"吗?他们确乎只认识了文艺的原料,没有认识那将原料变成文艺所必须的工具。他们用了文字作表现的工具,不过是偶然的事,他们最称心的工作是把所谓"自我"披露出来,是让世界知道"我"也是一个多才多艺,善病工愁的少年;并且在文艺的镜子里照见自己那倜傥的风姿,还带着几滴多情的眼泪,啊!啊!那是多么有趣的事!多么浪漫!不错,他们所谓浪漫主义,正浪漫在这一点上,和文艺的派别绝不发生关系。这种人的目的既不在文艺,当然要他们遵从诗的格律来作诗,是绝对办不到的;因为有了格律的范围,他们的诗就根本写不出来了,那岂不失了他们那"风流自赏"的本旨吗?所以严格一点讲起来,这一种伪浪漫派的作品,当它作把戏看可以,当它作西洋镜看也可以,但是万不能当它作诗看。格律不格律,因此就谈不上了。让他们来反对格律,也就没有辩驳的价值了。

　　上面已经讲了格律就是 form。试问取消了 form,还有没有艺术?上面又讲到格律就是节奏。讲到这一层便可以明了格律的重要;因为世上只有节奏比较简单的散文,决不能有没有节奏的诗。本来诗一向就没有脱离过格律或节奏。这是没有人怀疑过的天经地义。如今却什么天经地义也得有证明才能成立,是不是?但是为什么闹到这种地步呢——人人都相信诗可以废除格律?也许是"安拉基"精神,也许是好时髦的心理,也许是偷懒的心理,也许是藏拙的心理,也许是……那我可不知道了。

二

前面已经稍稍讲了讲诗为什么不当废除格律。现在可以将格律的原质分析一下了。从表面上看来,格律可从两方面讲:(一)属于视觉方面的;(二)属于听觉方面的。这两类其实不当分开来讲,因为它们是息息相关的。譬如属于视觉方面的格律有节的匀称,有句的均齐。属于听觉方面的有格式,有音尺,有平仄,有韵脚;但是没有格式,也就没有节的匀称,没有音尺,也就没有句的均齐。

关于格式、音尺、平仄、韵脚等问题,本刊上已经有饶孟侃先生《论新诗的音节》的两篇文章讨论得很精细了。不过他所讨论的是从听觉方面着眼的。至于视觉方面的两个问题,他却没有提到。当然视觉方面的问题比较占次要的位置。但是在我们中国的文学里,尤其不当忽略视觉一层,因为我们的文字是象形的,我们中国人鉴赏文艺的时间,至少有一半的印象是要靠眼睛来传达的。原来文学本是占时间又占空间的一种艺术。既然占了空间,却又不能在视觉上引起一种具体的印象——这是欧洲文字的一个遗憾。我们的文字有了引起这种印象的可能,如果我们不去利用它,真是可惜了。所以新诗采用了西文诗分行写的办法，的确是很有关系的一件事。姑无论开端的人是有意的还是无心的，我们都应该感谢他。因为这一来，我们才觉悟了诗的实力不独包括音乐的美（音节）、绘画的美（词藻），并且还有建筑的美（节的匀称和句的均齐）。这一来，诗的实力上又添了一支生力军，诗的声势更加扩大了。所以如果有人要问新诗的特点是什么，我们应该回答他：增加了一种建筑美的可能性是新诗的特点之一。

近来似乎有不少的人对于节的匀称和句的均齐表示怀疑，以为这是复古的象征。做古人的真倒霉，尤其做中华民国的古人！你想这事怪不怪？做孔子的如今不但"圣人""夫子"的徽号闹掉了，连他自己的名号也都给褫夺了。如今只有人叫他作"老二"；但是耶稣依然是耶稣基督，苏格拉提依然是苏格拉提。你作诗模仿十四行体是可以的，但是你得十二分的小心，不要把它作得象律诗了。我真不知道律诗为什么这样可恶，这样卑贱！何况用语体文字写诗写到同律诗一样，是不是可能的？并且现在把节做到匀称了，句做到均齐了，这就算是律诗吗？

诚然，律诗也是具有建筑美的一种格式；但是同新诗里的建筑美的可能性比起来，可差得多了。律诗永远只有一个格式，但是新诗的格式上层出不穷的。这是律诗与新诗不同的第一点。作律诗无论你的题材是什么？意境是什么？你非得把它挤进这一种规定的格式里去不可，仿佛不拘是男人、女人、大人、小孩，非得穿一种样式的衣服不可。但是新诗的格式是相体裁衣。例如《采莲曲》的格式决不能用来写《昭君出塞》，《铁路行》的格式决不能用来写《最后的坚决》，《三月十八日》的格式决不能用来写《寻找》。在这几首诗里面，谁能指出一首内容与格式，或精神与形体不调和的诗来，我倒愿意听听他的理由。试问这种精神与形体调和的美，在那印板式的律诗里找得出来吗？在那乱杂无章，参差不齐，信手拈来的自由诗里找得出来吗？

律诗的格律与内容不发生关系，新诗的格式是根据内容的精神制造成的，这是它们不同的第二点。律诗的格式是别人替我们定的，新诗的格式可以由我们自己的意匠来随时构造。这是它们不同的第三点。有了这三个不同之点，我们应该知道新诗的这种格式是复古还是创新，是进步还是退化。

现在有一种格式：四行成一节，每句的字数都是一样多。这种格式似乎用得很普遍。尤其是那字数整齐的句子，看起来好像刀子切的一般，在看惯了参差不齐的自由诗的人，特别觉得有点希奇。他们觉得把句子切得那样整齐，该是多么麻烦的工作。他们又想到做诗要是那样的麻烦，诗人的灵感不完全毁坏了吗？灵感毁了，还哪里去找诗呢？不错，灵感毁了，诗也毁了。但是字句锻炼得整齐，实在不是一件难事；灵感决不致因为这个就会受了损失。我曾经问过现在常用整齐的句法的几个作者，他们都这样讲；

他们都承认若是他们的那一首诗没有作好,只应该归罪于他们还没有把这种格式用熟;这种格式的本身,不负丝毫的责任。我们最好举两个例来对照着看一看,一个例是句法不整齐的;一个是整齐的,看整齐与凌乱的句法和音节的美丑有关系没有——

> 我愿透着寂静的朦胧,薄淡的浮纱,
> 细听着淅淅的细雨寂寂的在檐上,
> 激打遥对着远远吹来的空虚中的嘘叹的声音,
> 意识着一片一片的坠下的轻轻的白色的落花。

> 说到这儿,门外忽然风响,
> 老人的脸上也改了模样;
> 孩子们惊望着他的脸色,
> 他也惊望着炭火的红光。

到底哪一个的音节好些——是句法整齐的,还是不整齐的?更彻底的讲来,句法整齐不但于音节没有妨碍,而且可以促成音节的调和。这话讲出来,又有人不肯承认了。我们就拿前面的证例分析一遍,看整齐的句法同调和的音节是不是一件事:

孩子们/惊望着/他的/脸色

  他也/惊望着/炭火的/红光

  这里每行都可以分成四个音尺,每行有两个"三字尺"(三个字构成的音尺之简称,以后仿此)和两个"二字尺",音尺排列的次序是不规则的,但是每行必须还他两个"三字尺"两个"二字尺"的总数。这样写来,音节一定铿锵,同时字数也就整齐了。所以整齐的字句是调和的音节必然产生出来的现象,绝对的调和音节,字句必定整齐(但是反过来讲,字数整齐了,音节不一定就会调和,那是因为只有字数的整齐,没有顾到音尺的整齐——这种的整齐是死气板脸的硬嵌上去的一个整齐的框子,不是充实的内容产生出来的天然的整齐的轮廓)。

  这样讲来,字数整齐的关系可大了,因为从这一点表面上的形式,可以证明诗的内在精神——节奏的存在与否。如果读者还以为前面的证例不够,可以用同样的方法分析我的《死水》。这首诗从第一行

  这是/一沟/绝望的/死水

起,以后每一行都是用三个"二字尺"和一个"三字尺"构成的,所以每行的字数也是一样多。结果,我觉得这首诗是我第一次在音节上最满意的试验。因为近来有许多朋友怀疑到《死水》这一类麻将牌式的格式,所以我今天就

顺便把它说明一下。我希望读者注意新诗的音节，从前面所分析的看来，确乎已经有了一种具体的方式可寻。这种音节的方式发现以后，我断言新诗不久定要走进一个新的建设的时期了。无论如何，我们应该承认这在新诗的历史里是一个轩然大波。

这一个大波的荡动是进步还是退步，不久也就自然有了定论。

（原载《北京晨报·副刊》十五年五月十三日）

诗与批评

什么是诗呢?我们谁能大胆地说出什么是诗呢?我们谁能大胆地决定什么是诗呢?不能!有多少人是曾对于诗发表过意见,但那意见不一定是合理的,不一定是真理;那是一种个人的偏见,因为是偏见,所以不一定是对的。但是,我们怎样决定诗是什么呢?我以为,来测度诗的不是偏见,应该是批评。

对于"什么是诗"的问题,有两种对立的主张:

有一种人以为:"诗是不负责的宣传。"

另一种人以为:"诗是美的语言。"

我们念了一篇诗,一定不会是白念的,只要是好诗,我们念过之后就受了他的影响:诗人在作品中对于人生的看法影响我们,对于人生的态度影响我们,我们就是接受了他的宣传。诗人用了文字的魔力来征服他的读者,先用了这种文字的魅力使读者自然地沉醉,自然地受了催眠,然后便自自然然的接受了诗人的意见,接受了他的宣传。这个宣传是有如何的效果呢?诗人不问这个,因为他的宣传是不负责的宣传。诗人在作品里所表示的意见是可靠的吗？这是不一定的，诗人有他自己的偏见，偏见是不一定对的，好些人把诗人比作疯子，疯子的意见怎么能是真理呢？实在，好些诗人写下了他的诗篇，他并不想到有什么效果，他并不为了效果而写诗，他并不为了宣传而写诗，他是为写诗而写诗的；因之，他的诗就是一种不负责的东西了，不负责的东西是好的吗？这是一个很重要的问题，所以，第一种主张就侧重在这种宣传的效果方面，我想，这是一种对于诗的价值论者。

好些人念一篇诗时是不理会它的价值的，他只吟味于词句的安排，惊喜于韵律的美妙：完全折服于文字与技巧中。这种人往往以为他的态度仅止于欣赏，仅止于享受而已，他是为念诗而念诗。其实这是不可能的事，在文字与技巧的魅力上，你并不只享受于那份艺术的功力，你会被征服于不知不觉中，你会不知不觉的为诗人所影响，所迷惑。对于这种不顾价值，而只求感受舒适的人，我想他们是对于诗的效率论者。

这两种态度都不是对的。因为单独的价值论或是效率论都不是真理。我以为，从批评诗的正确的态度上说，是应该二者兼顾的。

柏拉图在他的《理想国》中赶走了诗人，因为他不满意诗人。他是一个极端的价值论者，他不满意于诗人的不负责的宣传。一篇诗作是以如何残忍的方式去征服一个读者。诗篇先以美的颜面去迷惑了一个读者，叫他沉迷于字面、音韵、旋律，叫他为了这些而奉献了自己，然而又以诗人的偏见深深烙印在读者的灵魂与感情上，然而这是一个如何残酷的烙印。——不负责的宣传已是诗的顶大的罪名了，我们很难有法子让诗人对于他的宣传负责（诗人是否能负责又是一个问题）。这样一来，为了防范这种不负责的宣传，我们是不是可以不要诗了呢？不行，我们觉得诗是非要不可，诗非存在不可的。既然这样，所以我们要求诗是"负责的宣传"。我们要求诗人对他的作品负责，但这也许是不容易的事，因之，我们想得用一点外力，我们以社会使诗人负责。

负责的问题成为最重要的了，我们为了诗的光荣存在而辩护，所以不能不要求诗的宣传作用是负责的，是有利益于社会的。我们想，若是要知道这宣传是否负责而用新闻检查的方式，实在是可笑的，我们不能用检查去了解，我们要用批评去了解；目前的诗著作是可用检查的方式限制的，但这限制至少对于古人是无用的；而且事实上有谁会想出这种类似焚书坑儒的事来折磨我们的诗人呢？我想应该不会，在苏联和也许别的些个什么国家用一种方法叫诗人负责，方法很简单，就是，拉着诗人的鼻子走，如同牵牛一样，政府派诗人作负责的诗，一个纪念，叫诗人作诗，一个建筑落成，叫诗人作诗，这样，好些"诗"是给写出来了，但结果，在这种方式下产生出来的作品，只是宣传品而不是诗了，既不是诗，宣传的力量也就小了或甚至没有了。最后，这些东西既不是诗又不是宣传品，则什么都不是了。我们知道马也可夫斯基写过诗，也写过宣传品，后来他自杀了，谁知道他为什么自杀呢？所以我想，拉着诗人的鼻子走的方式并不是好的方式。

政府是可以指导思想的。但叫诗人负责，这不是政府做得到的；上边我说，我们需要一点外力，这外力不是发自政府，而是发自社会。我觉得去测度诗的是否为负责的宣传的任务不是检查所的先生完成得了的，这个任务，应该交给批评家。

每个诗人都有他独特的性格、作风、意见与态度，这些东西会表现在作品里。一个读者要只单选上一位诗人的东西读，也许不是有益而是有害的，因为，我们无法担保这个诗人是完全对的，我们一定要受他的影响，若他的东西有了毒，是则我们就中毒了。鸡蛋是一种良好的食品，既滋补而又可口，但据说吃多了是有毒的，所以我们不能天天只吃鸡蛋，我们要吃别的东西。读诗也一样，我觉得无妨多读，从庞乱中，可以提取养料来补自己，我们可以读李白、杜甫、陶潜、李商隐、莎士比亚、但丁、雪莱，甚至其他的一切诗人的东西，好些作品混在一起，有毒的部分抵消了，留下滋养的成分；不负责的部分没有了，留下负责的成分。因为，我们知道凡是能够永远流传下去的东西，差不多可以说是好的，时间和读者会无情地淘汰坏的作品。我以为我们可以有一个可靠的选本，让批评家精密地为各种不同的人选出适于他们的选本，这位批评家是应该懂得人生、懂得诗、懂得什么是效率、懂得什么是价值的这样一个人。

我以为诗是应该自由发展的。什么形式什么内容的诗我们都要。我们设想我们的选本是一个治病的药方，那末，里面可以有李白、有杜甫、有陶渊明、有苏东坡、有歌德、有济慈、有莎士比亚；我们可以假想李白是一味大黄吧，陶渊明是一味甘草吧，他们都有用，我们只要适当的配合起来，这个药方是对以治病的。所以，我们与其去管诗人，叫他负责，我们不如好好的找到一个批评家，批评家不单可以给我们以好诗，而且可以给社会以好诗。

历史是循环的，所以我现在想提到历史来帮助我们了解我们的时代，了解时代赋予诗的意义，了解我们批评诗的态度。封建的时代我们看得出只有社会，没有个人，《诗经》给他们一个证明。《诗经》的时代过去了，个人从社会里边站出来，于是我们发觉《古诗十九首》实在比《诗经》可爱，《楚辞》实在比《诗经》可爱。因为我们自己现在是个人主义社会里的一员，我们所以喜爱那种个人的表现，我们因之觉得《古诗十九首》比《诗经》对我们亲切。《诗经》的时代过去了之后，个人主义社会的趋势已经非常明显了。而且实实在在就果然进到了个人主义社会。这时候只有个人，没有社会。个人是耽沉于自己的享乐，忘记社会，个人是觅求"效率"以增加自己愉悦的感受，忘记自己以外的人群。陶渊明时代有多少人过极端苦难的日子，但他不管，他为他自己写下他闲逸的诗篇。谢灵运一样忘记社会，为自己的愉悦而玩弄文字——当我们想到那时别人的苦难，想着那幅流民图，我们实实在在觉得陶渊明与谢灵运之流是多么无心肝，多么该死——这是个人主义发展到极端了，到了极端，即是宣布了个人主义的崩溃，灭亡。杜甫出来了，他的笔触到广大的社会与人群，他为了这个社会与人群而同其欢乐，同其悲苦，他为社会与人群而振呼。杜甫之后有了白居易，白居易不单是把笔濡染着社会，而且他为当前的事物提出他的主张与见解。诗人从个人的圈子走出来，从小我而走向大我，《诗经》时代只有社会，没有个人，再进而只有个人没有社会，进到这时候，已经是成为了个人社会（Individual Society）了。

到这里，我应提出我是重视诗的社会的价值了。我以为不久的将来，我们的社会一定会发展成为 Society of Individual, Individual for Society（社会属于个人，个人为了社会）的。诗是与时代同其呼吸的，所以，我们时代不单要用效率论来批评诗，而更重要的是以价值论诗了，因为加在我们身上的将是一个新时代。

诗是要对社会负责了，所以我们需要批评。《诗经》时代何以没有批评呢？因为，那些作品都是负责的，那些作品没有"效率"，但有"价值"，而且全是"教育的价值"，所以不用批评了（自然，一篇实在没有价值的东西也可以

"说"得出价值来的，对这事我们可以不必论及了）。个人主义时代也不要批评，因为诗就只是给自己享受享受而已，反正大家标准一样，批评是多余的；那时候不论价值，因为效率就是价值（诗话一类的书就只在谈效率，全不能算是批评）。但今天，我们需要批评，而且需要正确而健康的批评。

春秋时代是一个相当美好的时代，那时候政治上保持一种均势。孔子删诗，孔子对于诗作过最好的，最合理的批评。在《左传》上关于诗的批评我认为是对的，孔子注重诗的社会价值。自然，正确的批评是应该兼顾到效率与价值的。

从目前的情形看，一般都只讲求效率了，而忽视了价值，所以我要大声疾呼请大家留心价值。有人以为着重价值就会忽略了效率，就会抹杀了效率，我以为不会，这种担心是多余的。我们不要以为效率会被抹杀，只要看看普遍的情形。我们不是还叫读诗叫欣赏诗吗？我们不是还很重视于字句声律这些东西吗？社会价值是重要的，我们要诗成为"负责的宣传"，就非得着重价值不可，因为价值实在是被"忽视"了。

诗是社会的产物。若不是于社会有用的工具，社会是不要它的，诗人掘发出了这原料，让批评家把它做成工具，交给社会广大的人群去消化。所以原料是不怕多的，我们什么诗人都要，什么样的诗都要，只要制造工具的人技高、技术精。

我以为诗人有等级的,我们假设说如同别的东西一样分作一等二等三等,那么杜甫应该是一等的,因为他的诗博、大。有人说黄山谷、韩昌黎、李义山等都是从杜甫来的,那么杜甫是包罗了这么多"资源",而这些资源大部是优良的美好的,你只念杜甫,你不会中毒;你只念李义山就糟了,你会中毒的,所以李义山只是二等诗人。陶渊明的诗是美的,我以为他诗里的资源是类乎珍宝一样的东西,美丽而没有用,是则陶渊明应在杜甫之下了。

所以,我们需要懂得人生,懂得诗,懂得什么是效率,懂得什么是价值的批评家为我们制造工具,编制选本,但是,谁是批评家呢?我不知道。

(原载三十三年九月一日重庆出版李一痕主编之《火之源丛刊》第二三集合刊)

第三编 西南联大唐诗专题课

郑临川记录　徐希平整理

诗的唐朝

一般人爱说唐诗,我却要讲"诗唐",诗唐者,诗的唐朝也,懂得了诗的唐朝,才能欣赏唐朝的诗。

所谓诗的唐朝,理由是:

(一)好诗多在唐朝;

(二)诗的形式和内容的变化到唐朝达到了极点;

(三)唐诗的体裁不仅是一代人的风格,实包括古今中外的各种诗体;

(四)从唐诗分支出后来新的散文和小说等文体。

最后一条需要略加说明,唐代早期某些散文,如王勃的《滕王阁序》、李白的《春夜宴桃李园序》等,原来只是作为集体写诗的说明书而存在,是附属于诗的散文,到中唐便发展成独立的一体,可说是由诗衍化出来的抒情散文,它形成了所谓八大家式的古文,显然是受了唐诗影响而别具一格。又如唐代考试有"行卷"的风气,当时举子为了显示自己能诗的本领,往往在考前有意利用故事的形式把诗杂在里面,预先向主考官们亮出一手,希望借此得到重视,取得选拔机会,这就产生了大量的传奇小说。其他如新兴的词体，不用说更是从唐诗的主流中直接分流出去的。

"诗唐"的另一含义，也可解释成唐人的生活是诗的生活，或者说他们的诗是生活化了的。

什么叫诗化的生活或生活化了的诗呢？唐人作诗之普遍可说是空前绝后，凡生活中用到文字的地方，他们一律用诗的形式来写，达到任何事物无不可以入诗的程度。至于像时光的迁流、生命的暂促，本是诗歌常写的主题，而唐代的政治中心又在北方，旧陵古墓，触目皆是，特别是在兵戈初息，或战乱未已的年代里，更容易触动诗人发思古之幽情，因而产生了中晚唐最多最好的怀古诗，这些都可说是生活诗化或诗的生活化的历史事实。但如果一个人的思想感情老是逗留在这种高远的诗境中，精神过度紧张，久了将会发狂，所以有时不免降低诗境，俯就现实，造成一些庸俗的滥调，像张打油那一类的打油诗便产生出来了。再说唐人把整个精力消耗在作诗上面，影响后代知识分子除了写诗百无一能，他们自然要负一定的责任。不过他们当时那样做，也是社会背景造成的，因为诗的教育被政府大力提倡，知识分子想要由进士及第登上仕途，必要的起码条件是能作诗，作诗几乎成了唯一的生活出路，你怎能责怪他们那样拼命写诗呢？可是，国家的政治却因此倒了大霉！

我曾经就中国文学史的分期问题，作了个尚待修正的假定，唐诗的特点和发展变化的原因可以从这里得到解释。试用一表来加以说明：

时代划分		作者成分	起讫年	历年总计
古代		封建贵族及土豪贵族	周成王时至汉建安五年（公元前1063年至公元200年）	约1300年
近代	前期	士人	汉建安五年至唐天宝十四年（公元200年至755年）	555年
	后期	士人	唐天宝十四年至民国九年（公元755年至1920年）	1165年

把建安作为文学史古代和近代的分水岭，理由是在这时期以前，文学作者多半茫然无考，打曹氏父子以后，我们才能够见作品就知道作者了；其次，普通讲文学史的人，大半以个人为中心来划分文学时代，似乎不是很恰当。我以为要划分文学史时代，应高瞻远瞩，从当时社会的情况跟作者的关系方面去研究那个时代作者的同异所在，然后求出一个共同的特点来，作为时代的标志，因为任何天才都不能不受他的社会环境的支配。

曹魏时代，在政治上有所谓九品中正制度的建立，作为选拔人才的标准，到了东晋，便发展成为严格的门阀制度，流弊所及，使贵族盲目自大，生活堕落不堪。所以当李唐王朝重新统一天下之后，重修氏族谱，有意贬低固有门阀贵族的地位，他们的气焰才逐渐削弱，到了天宝之乱以前，已著相当成效，回顾这段时期（建安五年至天宝十四载）的诗，从作者的身份来说，几乎全属于门阀贵族，他们的诗，具有一种特殊的风格，被人们常称道的中国诗歌黄金时代的所谓"盛唐之音",就是他们的最高成就。

东晋是门阀开始的时期,也是清谈极盛的时期,《世说新语》里所记的人物故事,可代表这时期诗的理想境界,也可以代表这时期诗人的品性,大小谢(谢灵运、谢朓)便是这时期诗人的具体代表。杜甫提到鲍明远(照)时说"俊逸鲍参军",所谓"俊逸",就是一种如不羁之马的奔放风格,跟魏武帝(曹操)的乐府诗风格很相近,却与这时期一般诗人的风格大不相同,所以锺嵘在《诗品》中用"嗟其才秀人微"的断语把他列入中品,这里用的正是门阀诗人的尺度,在同一尺度下,被后人盛称的陶渊明诗也不能取得较高的评价,因为他那朴素无华的田园诗正是当时贵族们所不屑于写的。到了盛唐,这一时期诗的理想与风格乃完全成熟,我们可拿王维和他的同辈诗人做代表。当时殷璠编了一部《河岳英灵集》,算是采集了这一派作品的大成,他们的风格跟六朝是一脉相承的。在这段时期内,便是六朝第二流作家如颜延之之流,他们的作品内容也是十足反映出当时贵族的华贵生活。就在那种生活里,诗律、骈文、文艺批评、书、画等,才有可能相继或并时产生出来,要没有那时养尊处优的贵族生活条件,谁有那么多时间精力创造出那些丰富多彩的文艺作品!

天宝大乱以后,门阀贵族几乎消灭干净,杜甫所代表的另一时代的新诗风就从此开始。宋人杨亿曾讥笑杜甫是"村夫子",恰好是把他的士人身份跟以前那些贵族作者形成了鲜明的对比。和杜甫同时而调子完全一致的元结编选过一部《箧中集》，里面的作品全带乡村气味，跟过去那些在月光下、梦境中写成的贵族作品风格完全两样。从这个系统发展下去，便是孟郊、韩愈、白居易、元稹等人的继起。他们的作风是以刻画清楚为主，不同于前人标举的什么"味外之味""一字千金"那一套玄妙的文学风格。这一派在宋代还在继续发展。要问这一批人为什么在作品中专爱谈正义、道德和惯于愤怒不平呢？原因是他们跟上一时期贵族作者的身份不同，他们都是平民出身，平民容易受人欺负，因此牢骚也多，这样，诗人的成分很自然地由贵族转变为士人了。其实，他们这种态度跟古代早期的贵族倒很接近，这是因为他们在性质上有着某些共同点。就是说早期的贵族，他们原是以武功起家，他们的地位是用自己的汗马功劳换来的，跟后来门阀时期的贵族子孙全靠祖宗牌子过活，一心追求享受不同。所以，他们多能慷慨悲歌，直到魏武帝（曹操）还保留着那一派余气，而唐代士人也同样，必须靠自己的文才去争取一官半职，他们同早期贵族一样本由平民出身，跟人民生活比较接近，因此他们能从自己的生活遭遇联想到整个民生疾苦。从这点来说，也可以解释杜甫的"三吏""三别"诸诗为什么会跟汉乐府近似，表现出一种清新质朴的健康风格。

在宋代诗人中，东坡（苏轼）的作风是和天宝之乱以前那一段时期相近，到了陆放翁便满纸村夫子气了。所以如果要学旧诗,学宋诗还有可能发挥的余地,学唐诗(天宝以前的那种所谓"盛唐之音")显然是自走绝路,因为社会环境和生活方式已经完全改变,没有那种环境和生活条件,怎能写得出那种诗来呢?从这种新作风的时代开始以后,平民跟文学的关系一天比一天密切,小说就跟着发达起来。但过去那种豪华浪漫的贵族生活方式始终还被少数人所留恋,尽管平民文学的新风格已经出现,并且在日益壮大,可是部分诗人总不免要对它唱出情不自已的挽歌,像刘禹锡的"旧时王谢堂前燕,飞入寻常百姓家",杜牧的"大抵南朝皆旷达,可怜东晋最风流"如此之类,真可说是无限低回,一往情深的了。然而黄金时代毕竟已成过去,像人死不能复生一样,于是温(庭筠)李(商隐)便把诗的理想与风格换过,逐渐走上填词的道路,希望在内容和风格方面保存一点旧日贵族的风流余韵;但就成绩来看,只能算是偏安而已,何况词的产生还不是基本上从平民阶级那儿萌芽的么?

总的说来,唐诗在天宝前后完全是两种迥然不同的风格面目,这是因为作者的身份和生活前后有了很大改变的缘故,从整个文学史来看,唐诗的确包括了六朝诗和宋诗,荟萃了几个时代的格调,兼收并蓄,发挥尽致,古今诗体,至此大备。根据上述这些情况,我们今后提到"诗的唐朝"或"唐诗是中国诗歌黄金时代的诗",将不会再有空洞或浮夸的感觉了吧。

王绩

王绩的诗可说是渊源于陶渊明的。

陶渊明何以在文学史上有如此大的势力，值得仔细研究。凡是大作家必然有他特殊的风格，这风格正如杨炯所说"不须目击，亦不谬也"。文学风格的形成，在于反映时代和作家个人的生活态度。大家的风格，看似独创，其实是表现了前人未有的生活态度，这并不是创新，而是从遗产中选择合于个性的接受过来，再加入个人的生活经验，便形成所谓特殊风格。陶渊明是门阀中衰时代的诗人，所以他把诗的题材内容由歌舞声色改换为自然景色的歌咏。当时门阀贵族并未全倒，他们的生活态度和艺术趣味还支配着那个时代，因之陶诗便不被时人所看重，他走的路跳过了同时代人几百年，非等到白香山（居易）、苏东坡（轼）出来，不足以看出他的价值。也就是说，只有等到门阀贵族全部倒掉，一般人的生活态度改变，反映这种生活态度的诗的风格也有了改变，然后才看出陶渊明是诗坛的先知先觉者。这正如中唐以后，士风大变，大部分读书人为了生活出家为僧，便产生了歌颂僧侣生活的诗歌，贾岛应运而生,不是很自然的事吗?

陶渊明死后,他那种诗的风格几乎断绝,到王绩才算有了适当的继承人。在王绩那个时代(隋末唐初),流行的诗风一面是病态的唯美主义,如陈子良、上官仪等人的作品;一面是有些人为功名而作诗,如虞世南、李百药等人作诗的态度。当时只有王绩一个人是退居局外,两条路都不走,独树一帜,这似乎是出于傲世。王绩兄即文中子王通,也是独行其志的学者,专心学孔夫子,在龙门讲学,唐初功臣房玄龄、杜如晦都是他门下的高足。王绩的另一兄弟王度,曾作《古镜记》,内容在当时也算是影射李唐的"反动"作品。可见王氏兄弟是一股劲儿以遗民自居,这也是六朝士大夫的生活态度,因此他们都终于贫贱,默默无闻,后来的《唐书》甚至没有为王通立传,这就是王绩的家庭情况。他的思想似乎和这个家庭环境有关,王绩自己的那首《野望》诗,尽管也具有和李唐对立的思想,不过就整个时代来看,仍不愧是初唐的第一首好诗。

> 东皋薄暮望,徙倚欲何依。
> 树树皆秋色,山山唯落晖。
> 牧童驱犊返,猎马带禽归。
> 相顾无相识,长歌怀采薇。

此诗得陶诗之神,而摆脱了它的古风形式,应该说是唐代五律的开新之作,自然处渊明亦当让步。王绩的侄孙王勃曾写过一首五绝《山中》,有两句是"况属高风晚,山山黄叶飞",炼句取意,都可看出是受了叔祖《野望》诗的影响。

在陶渊明以前,疏野的诗很少见,《诗经》、"汉乐府"之美,在粗野质朴,而不是疏野。

陶渊明是以士大夫身份乔扮作农夫,对农民生活作趣味的欣赏,拿审美的态度来看它,正如城里人下乡,见乡村生活有趣,于是模仿起来,比原来实际的乡村生活更显得新奇可爱。这种审美观念是纯粹的主观成分,把一切实用观点摆开,而陶渊明能够长期保持这种欣赏的生活态度,因而难得。陶诗的特点在于诗人对大自然长久作有趣的看法,天真的看法,表现出一种小孩儿似的思想感情。王绩就是继承了陶诗这一嫡系真传。

从现有记载来看,王绩被当代人所称道,只有韩昌黎(愈)在《送王含秀才序》中曾提到他的《醉乡记》(仿陶渊明《五柳先生传》又别有《五斗先生传》,因绩曾官五斗学士,都是仿陶作品,由此可看出陶渊明对王绩的影响),此外,白香山在《九日醉吟》中有两句:

> 无过学王绩,惟以醉为乡。

据此推断,王绩被人重视,当从中唐开始。真的,要没有中唐人那种深邃的生活经验,是不容易了解和欣赏王绩的。事实上,在初唐那些后于王绩的年轻诗人中,也不是完全没有人模仿过他,不过由于时代潮流所趋,还没有人明目张胆地赞扬他而已。如刘希夷的《故园置酒》:

> 旧里多青草,新知尽白头。
> 风前灯易灭,川上月难留。
> 卒卒周姬旦,栖栖鲁孔丘。
> 平生能几日,不及此遨游。

这首诗的主题和字面显然都是从王绩的《赠程处士》一诗蜕化而来,那首原诗是:

> 百年长扰扰,万事悉悠悠。
> 日光随意落,河水任情流。
> 礼乐囚姬旦,诗书缚孔丘。
> 不知高枕上,时取醉消愁。

把两首诗对照来看,说当时绝对无人受王绩的影响,倒也是不尽然的。

初唐诗

中国诗歌发展的趋势,自建安到晋宋是自下向上的发展(按:指诗歌成长的上升时期),齐梁到唐高宗一段是由上而下(按:指贵族诗风堕落的时期),高宗以后,才又上升,臻于极盛。

六朝和初唐人一般的写作态度,是肉欲的(Sensual)而非肉感的(Sensuous),他们的理论根据是《列子》的纵欲主义。《列子》本是六朝人所伪托的先秦子书,肉感和肉欲都包括在纵欲主义中。肉感主义者多重声律与辞藻,肉欲主义者便发展成为宫体诗。从谢朓之死到陈子昂之生这一时期,没有第一流诗人产生,这时代的人们都把精力用在文学批评(如《文心雕龙》和《诗品》等专著)、声律(如《四声谱》之类)和辞藻典故搜集诸方面,他们是用理智对诗文做客观的分析研究,这些都是属于感官部分的(诗的形式),而诗的内容则专谈女人了。把这两部分合起来考察,当肉感的兴趣既行消灭,肉欲也随即中止,这是受门阀衰落现实影响的缘故。自武后当政,四杰出场,诗的作风,才见好转。当时代表肉感主义者有陈子昂,极富理智；代表肉欲主义者有张若虚，以灵感为主，描写纯粹的爱情。

钟嵘《诗品序》中有这么一段话：

> 观古今胜语，多非补假，皆由直寻。颜延、谢庄，尤为繁密，于时化之，故大明、泰始中，文章殆同书抄。近任昉、王元长等，词不贵奇，竞须新事，尔来作者，寖以成俗。遂乃句无虚语，语无虚字，拘挛补衲，蠹文已甚。

这是叙述六朝人那种制造事类的风气，一种机械的、堆砌的文学偏向。唐初诗人一面继承了六朝的声律传统，把诗的形式更求工整，因而导致沈（佺期）宋（之问）律诗的完成；一面又继承了六朝那种学术材料的搜集工作，拿学术观点研究文学成为这时期的特色，最明显的表现便是类书的编辑；造成一时期内若干毫无性灵的类书式的诗。

综上所说，初唐诗就内容说可归纳成两个大类：一是宫体诗，一是类书式的诗。以作家论，又可分为三派，先列一表，后加说明。

派别	代表作家	嗣响作家	作品特点			
第一派	王绩 薛稷 魏徵 陈子昂	包融 薛奇童 张九龄 贺朝……	五古	内容文 外形诗	风骨	理智
第二派	卢照邻 骆宾王 刘希夷 张若虚	常理 蒋洌 张旭 王翰……	七古（七律 七绝）	内容歌 外形文	性灵	肉感
第三派	王勃 杨炯 沈佺期 杜审言 崔融 宋之问	韦承庆 郭元振 苏味道 李峤 贺知章 张说 韦述 王无竞	五律（七律 五排）	折中	格律	官觉

表中第一派并不承认宫体诗或类书式的诗，目空一切，尤以陈子昂的境界最高，古今当推第一，李杜对他也不能不心服。第二派是针对宫体诗的缺点而发的改良派。第三派则是以类书式的诗作攻击的目标了。若以真美善的观点来划分，则第一派代表真，第二派代表美，第三派代表善。特别是善，是中国文学的特点（按即思想性和艺术性高度的统一）。这三派奠定了盛唐诗的始基，从文学史发展来说极为重要。

关于第一、二派的诗人及第三派的王、杨两家，有已发表的《宫体诗的自赎》《四杰》等论文可以参考，或将另立专章讨论他们承上启下的作风与功绩，这里不赘。只有沈、杜、崔、宋几家因袭渐少，创新才多，他们跟盛唐诗接壤，在唐诗发展上具有关键性的影响，特分别提出，加以说明。

明陆时雍《诗镜总论》云:

> 杜审言浑厚有余,宋之问精工不足,沈佺期吞吐含芳,安详合度,亭亭整整,喁喁叮叮,觉其句自能言,字自能语,品质所以为美,苏李法有余闲,材之不逮远矣。

他对沈佺期的诗推崇备至,颇有见识。我们也可以借他这几句话来作为第三派整个风格的最高评语。沈佺期主要活动是在武后秉政时期,自武后直到开元年间,国势极盛,所以诗多盛世之音。他的《游少林寺》诗云:

> 长歌游宝地,徙倚对珠林。
> 雁塔霜风古,龙池岁月深。
> 绀园澄夕霁,碧殿下秋阴。
> 归路烟霞晚,山蝉处处吟。

可说是标准的唐诗,诗人在其中表现了雍容和谐的气象,形成一种和平中正的境界,使人读了产生温柔敦厚的感觉,这也可以说是标准的中国诗。

沈佺期的七律"卢家少妇郁金香"一首云:

> 卢家少妇郁金香,海燕双栖玳瑁梁。
> 九月寒砧催木叶,十年征戍忆辽阳。

> 白狼河北音书断，丹凤城南秋夜长。
> 谁为含愁独不见，更教明月照流黄。

此诗曾被推为唐诗七律之冠，分析这个衡量的标准，当在于它的气体高古，一气呵成。或有推崔颢的《黄鹤楼》为七律压卷之作，道理也是一样。这是值得注意的现象。自六朝以来，作诗的人多炼散句，整篇匀称的作品很少见，所以大家都重视一气呵成的作品。孟浩然的诗大多是这种风格，如《听郑五愔弹琴》《过故人庄》等诗，都属于气体高古，一气呵成这一类。原因是诗到六朝句子已离口语渐远，可以任意切断，句与句、字与字之间似无甚必然关系，这是一种进步。像谢灵运的两句诗：

> 池塘生春草，园柳变鸣禽。（《登池上楼》）

这种文字已非语言符号，而直接是思想的符号，这种境界往往不容易达到。但文字本是语言的符号，违反这一事实便不合文字的天然性质，所以到盛唐时期，诗和语言的关系又恢复了常态，前后必相连贯，使多数人可用诗的形式表情达意，自然像李长吉（贺）的那些作品当属极少的例外。宋人所谓的"流水对"，盛唐诗中最多，也就是诗与语言恢复了正常关系的重要表现。沈佺期这首七律正是开启时代新风的创首作品，因此特受重视，颇负声誉。

杜审言是大诗人杜甫的祖父,当时诗名极盛,年长于王勃,诗大抵是晚年所作。我们读王绩的作品,还可看出他自六朝蜕化的痕迹,读杜审言的诗虽然发现他晚年受过王绩的影响,却已进一步把它变为纯粹的唐代诗风。他的诗现存30多首,造诣已达盛唐境界,故有些诗往往掺入盛唐作家的诗集里,如《和晋陵陆丞早春游望》一首即见于《韦苏州诗集》。陆时雍评他"浑厚有余",可巧那正是一个缺乏浑厚之气的时代。他的孙子杜甫比他更浑厚,卓然成为盛唐大作家,跟他的影响不无关系,如果从诗的对仗工稳和通体匀称来说,杜固然远不如沈宋,但他好诗的数量却驾乎沈宋而上,所以这批诗人中,除去王、杨,杜审言还隐然有领袖群伦之概,无怪他临死前还要跟宋之问、武平一开了极端自负的玩笑,说自己死得正好,免得压住朋友们老是出不了头。在生前,他还自夸所写的判词足以气死苏味道,这种性格自然容易遭人嫉视,以致一次被人诬陷,将下狱处死,多亏他的一个十六岁的儿子杜并在宴会间把仇人吉州司马周季重刺死,自己也当场丧命,此事惊动朝廷,杜审言才因这个孝童得到特赦,武后并诏复了他的原官。从这件事可见杜氏一家的性格。杜甫后来能够雄踞盛唐诗坛,他的诗风和个性,可说是有着极其深厚的家庭渊源的。杜审言《蓬莱三殿侍宴奉敕咏终南山应制》诗,正表现出他的浑厚之气,诗云:

> 北斗挂城边，南山倚殿前。
> 云标金阙迥，树杪玉堂悬。
> 半岭通佳气，中峰绕瑞烟。
> 小臣持献寿，长此戴尧天。

当时诗风，沈、宋为台阁体，王、杨多属歌谣体，杜审言的一首七律《春日京中有怀》，跟他孙子杜甫早年以曲江为题材的七律诸作正是一脉相传，此又近乎歌谣，可见他又不独以浑厚见长了。这首七律是：

> 今年游寓独游秦，愁思看春不当春。
> 上林苑里花徒发，细柳营前叶漫新。
> 公子南桥应尽兴，将军西第几留宾。
> 寄语洛城风日道，明年春色倍还人！

杜甫《曲江》诗中两句：

> 传语风光共流转，暂时相赏莫相违。

有极曲折的含意，较其他有境界的同类作品更有味道，他早年的作品多属于这一类，跟他晚年巧思刻画的作风大有分别，正是受了家学的影响。上面所举两句，分明就是从祖父那首七律的尾联化出来的，可是两联也都并传，成为唐诗中有名的佳句。

崔融是杜审言最佩服的人,据说融死,杜审言曾为他披麻戴孝,以杜的狂傲性格,折节如此,可算怪事,这种倾服简直到了"一人之下,万人之上"的程度。相传崔融为写武后挽词,绝笔而死,当时被人看作武氏死党,大受士林贬斥,不过就不以人废言而论,融的某些作品,亦有可传价值,如五律《吴中好风景》:

> 洛渚问吴潮,吴门想洛桥。
> 夕烟杨柳岸,春水木兰桡。
> 城邑高楼近,星辰北斗遥。
> 无因生羽翼,高举托还飙。

竟不像一首律诗,简直是从《西洲曲》化出,极为生动,颇带歌谣风味,是从古诗到律诗过渡期间的绝妙佳作。五古《关山月》一首尤见浑厚:

> 月生西海上,气逐边风壮。
> 万里度关山,苍茫非一状。
> 汉兵开郡国,胡马窥亭障。
> 夜夜闻悲笳,征人起南望。

无怪要令杜审言那么倾倒了。杜甫《同诸公登慈恩寺塔》那首五古亦具此风格;但其中"俯视但一气,焉能辨皇州"两句,和崔融《关山月》"万里度关山,苍茫非一状"一联相比，崔作似乎更显得简练遒劲。

宋之问在当时极有盛名，也是古今文人无行的重要代表。他曾先后投靠权门，跟着政潮进退，朝秦暮楚，恬不知耻，《朝野佥载》甚至记叙他替武三思捧过溺器，事实虽不一定可靠，但他人格的卑污下流却是臭名昭著的，因而成为史官疵议的对象。可是他的诗的确高明，正如明代巨奸严嵩和阮大铖一样，诗风和人品太不相称了。通常但知他的近体诗有名，其实古体诗也有好的，像五古《雨从箕山来》一首：

> 雨从箕山来，倏与飘风度。
> 晴明西峰日，绿缛南溪树。
> 此时客精庐，幸蒙真僧顾。
> 深入清净理，妙断往来趣。
> 意得两契如，言尽共忘喻。
> 观花寂不动，闻鸟悬可悟。
> 向夕闻天香，淹留不能去。

可说是开了王右丞的先声。他祭杜审言的文中有这样几句："言必得俊，意常通理。其含润也，若和风吹曙，摇露气于春林；其秉艳也，似凉雨半晴，悬日光于秋水。"这些文句都是汇集杜审言诗"云霞出海曙""晴光转绿蘋""日气含残雨""江声连骤雨，日气抱残虹"等诗句意境凝练而成，即此也可看出他的巧思熔裁功夫了。

总结起来看，我们可以打破传统的看法，重新把崔、宋两家归成一类，因为他们同以五古擅长，而把沈、杜归成另一类，因为他们又同工七律的缘故。

最后，还得提一下跟第二、三派有关的上官仪和他的孙女上官婉儿（昭容），从这个关联中，可看出他们对初唐诗发展的影响。

上官仪是典型的初唐诗人。他是有名的门阀贵族，也是大官僚，虽未编过什么类书，但以他的博学和身份，要做这种工作也不是难事。他早年曾剃度为僧，精于佛典，其他书籍亦无不浏览，因此他的诗正合于钟嵘所说"句无虚语，语无虚字"的标准，可说是一个最典型的类书式的诗人，只有《入朝洛堤步月》还接近当时的一般风格，比较传诵人口：

　　脉脉广川流，驱马历长洲。
　　鹊飞山月曙，蝉噪野风秋。

玄宗时，张说就模仿过它，有"雁飞江月冷，猿啸野风秋"之句，虽出因袭，尚有可观。但仔细玩味，上官仪那首原作，恐怕不是全章，颇有佚句的嫌疑。

上官婉儿有五律《彩书怨》一首云：

> 叶下洞庭初，思君万里余。
> 露浓香被冷，月落锦屏虚。
> 欲奏江南曲，贪封冀北书。
> 书中无别意，惟怅久离居。

这是初唐一首难得的好诗，一气呵成，颇具风骨，不似女子手笔，我疑心是伪作。

上官仪因谏武后一事触怒高宗，被抄了家，子庭芝、媳郑氏配入宫廷，婉儿是遗腹女。后来婉儿又因事得罪武后，受黥面刑，竟流为时妆，她的社会影响不难想见。中宗朝掌制诰，拜为昭容，史书记她和武三思、崔湜有暧昧关系。她居官时曾劝中宗建昭文馆收养文人学士，分为大学士、学士、直学士三级，都可有政治地位。大学士有李峤等人，学士有苏颋、沈佺期等人，直学士有宋之问、杜审言、薛稷等人。昭文馆颇有点像西洋的法国沙龙，中宗常到馆中宴会诸学士，并令他们即席赋诗，婉儿一面代皇帝做枪手，一面评定诸学士作品的甲乙，俨然是诗坛盟主。后来中宗竟在她的私邸设厅招宴，可见她提倡文学有功，而又被众学士所推服，故《新唐书·上官昭容传》称：

> 当时属辞者，大抵虽浮靡，然所得皆有可观者，婉儿力也。

当非虚誉。上面提到的沈、杜、崔、宋四家，正是由婉儿的诱掖褒扬而著名当时的。

四杰的作风是以反上官体而卓然成家，沈、杜等人也是承受了王、杨的风气，却又受着婉儿的支配，所以说唐诗初期的发展，简直是被上官氏一家左右了。婉儿的文学态度，倒也是跟她祖父迥然不同。按宫体诗的发展趋势，卢骆已使它出宫，而宫内的宫体诗仅存形式。上官仪的宫体诗是男人说女人话，而婉儿的宫体诗竟是女人说男人话了，这是时代不同的缘故。因为宫体诗既已出宫，仅存形式，便不再牵涉男女的事，婉儿正是这个时代的骄子。就个性和遗传说，婉儿应该提倡宫体诗回到她祖父的时代，可是她竟不肯逆转时代风气，可算得诗坛难得的功臣。我们只要不忘记上官婉儿，也就可以知道沈、杜、崔、宋仍不过是宫体诗的青出于蓝而已。

陈子昂

子昂的诗古今独步,几乎众口一词,无人否认,这道理值得研究。

子昂的诗可分为三类:

(一)《感遇》三十八首及其同类的诗;

(二)"同晖上人"诸作;

(三)近体诗。

史称子昂诗"变雅正",究嫌笼统。"同晖上人"诸作无一首不佳,甚为可怪。当时写古体诗的名手有魏徵、薛稷、贺朝、薛奇童、包融等,可见当时写古体诗是一般风气,并非子昂一人特出。他重要的贡献在写了像《感遇》这一类的诗,虽然在前有王绩,在后有张九龄,但所写都不及他,即使是太白也难和他相比。我曾说过,中国的伟大诗人可举三位代表,一是庄子,一是阮籍,一是陈子昂,因为他们的诗都含有深邃的哲理的缘故,子昂的好友卢藏用曾有诗句赞他说"陈生富清理",给他集子作序时也曾说:"至于感激顿挫,显微阐幽,庶几见变化之朕,以接乎天人之际者,则《感遇》之篇存焉。"都指出了这一特点。

他的《感遇》诗第六首说:

> 玄感非象识,谁能测沉冥?
> 世人拘目见,酣酒笑丹经……

他认为"玄感"是直觉,无形象可见,而世人妄加讥笑,这才可笑。所以他的《感遇》诗的重心,就在这个"玄感"。那首有名的《登幽州台歌》:

> 前不见古人,后不见来者。
> 念天地之悠悠,独怆然而涕下。

更是显著的例子。在人生万象中,谁都有感慨,子昂的感慨独高人一层,原因是他人的感慨都是由个人出发而联想到时空大无穷极,而子昂能忘记小我,所见为纯粹的真理,但又不是纯客观的。像寒山子、王梵志之流变成危言耸听的预言家,唱的是幸灾乐祸的讽刺调子。寒山子唱的是:

> 城中蛾眉女,珠佩何珊珊。
> 鹦鹉花前弄,琵琶月下弹。
> 长歌三月响,短舞万人看。
> 未必长如此,芙蓉不耐寒!

王梵志也唱着:

> 世无百岁人,强作千年调。
> 打铁作门槛,鬼见拍手笑。
> 城外土馒头,馅子在城里。
> 一人吃一个,莫嫌没滋味。

这种态度多么冷酷!他们的作品是对人生彻悟以后的境界,是纯客观的表现;至于太白则已经是全部解脱,更显出超然世外的旁观态度;只有陈子昂的诗取得中和,既有关切的凝思,又能作严肃的正视。

关于时间的境界,子昂近于庄子;空间的境界,从他的"邹子何寥廓,漫说九瀛重"两句诗推测,当近于邹衍。孔子对时间的观念,见于《论语》所记"子在川上曰:逝者如斯夫,不舍昼夜"的慨叹。对空间的观念则从《孟子》"登东山而小鲁,登泰山而小天下"的记载可以看出。子昂融合了先秦诸子这些有关时空的境界,遂产生寂寞之感,在他诗里屡次提到"孤寂"的情绪,非常动人。看来他的诗里除了宇宙意识之外,还具有社会意识,因而饱含着悲天悯人的深意。这一特点,在《感遇》诗中表现不少,像第二十二首的"云海方荡潏,孤鳞安得宁",第二十五首的"群物从大化,孤英将奈何",第三十八首的"溟海皆震荡,孤凤其如何"。原来诗人心中,他的悲愁寂寞是来自整个世界,这种意识和感慨是多么伟大呵!所以说,"孤独"该是诗人最高的特性,这种孤独境界有时是自来的,如《感遇》

诗第二十首所写的"一绳将何系,忧醉不能持"。

有时诗人又故意去找孤独境界,如他另一首诗所写的:"松竹生虚白,阶庭怀古今。"诗人在这里似乎又感到孤独的乐趣,因而每当孤独的时候,也竟是最宜于作诗的良好机会。他的《渡荆门望楚》诗中"今日狂歌客,谁知入楚来"。两句仍然由孤独境界产生,不过把孤独之意放在言外罢了,表现了一种孤怀情境,这孤怀,也是由玄感而来。可见子昂是把庄子、邹衍的时空境界诗化了,遂自成一家风格。卢照邻的《赠李荣道士》"风摇十洲影,日乱九江文",想象亦高。李长吉的《梦天》:"黄尘清水三山下,更变千年如走马。遥望齐州九点烟,一泓海水杯中泻。"前两句写的是时间感慨,而后两句写的又是空间,境界虽高,缺点是太画面的,久之将变成幻想的游戏。反之,阮嗣宗的诗又太不够画面的,唯有子昂得乎其中,能具有玄感,并能把由玄感所生的孤怀化成诗句,因此能跟庄子、阮籍成为三座并立的诗坛高峰。但在高空待得太久,岂不产生"高处不胜寒"之感?所以比较来说,太白是高而不宽,杜甫是宽而不高,唯有子昂兼有两家之长,因此能成为一个既有寥廓宇宙意识,又有人生情调的大诗人。因为站得高,所以悲天;因为看得远,所以悯人。拿这个眼光去读子昂的《感遇》诗,一定能领略其中三昧。总之,子昂的诗,是超乎形象之美,通过精神之变,深与人生契合,境界所以高绝。

要问陈子昂诗的境界与风格是怎样产生的，就得向中国历史和他本人的家世去找原因，进行分析。

自从孔子在河边说出"逝者如斯夫，不舍昼夜"两句哲言以后，中国后代诗歌在感慨时序方面便有了发展的基础。上面讲过，中国诗在感兴和玄感的水准上，以庄子、阮籍、陈子昂三人最高，但他们都是其来有自，并非凭空出现，子昂比起庄子、阮籍来是诗趣胜于哲理，这是历史背景不同的缘故。《世说新语》记述桓温在琅琊对早年所种柳树发抒感慨，曾说过"木犹如此，人何以堪"的话，便成了唐初诗人感叹节物改换诗境的共同来源；而子昂独从"玄感"下笔，摆脱陈套，所以独高，这正是历史背景作成他的。何以到他手里会有这个转变呢？从性格和生活态度来看，子昂和太白极近，用先秦学派思想来衡量他，可说是属于纵横家兼道家，太白平生景仰的不是那位战国的鲁仲连吗？

> 亦有倜傥生，鲁连特高妙……
> 余亦澹荡人，拂衣可同调。（《古风》）

因而他常想能用超人的力量为人排难解纷，进而至于求仙超世，既重功名，又尚清远。子昂和太白同出生在西蜀，受了当地风气的影响，所以形成与众不同的诗风。

子昂家庭是梓州射洪的豪族，他的四世祖兄弟二人在那儿开辟土地，兴创了家业，地位有点像后来的土司，原不是朝廷任命，到梁武帝时才"改土归流"，拜为太守，这就是他的家世。他后来自撰族谱，跟东汉的陈寔相接，不一定可靠。由此可见子昂是长于夷族的汉裔，他父亲曾为乡里判讼，所以他本人也带有几分山区穷乡的土气。他到长安去见武后，最初颇受轻视，武后用"柔野"这个词儿讥笑他，交谈后发现他的长处，才授了官职。他在家乡，十八岁还未读书，天天跟一批赌徒混着，有一次闯进乡校，受到刺激，便回家闭门发愤，以后就入京参加考试。相传他初到长安，为了制造自我表现的机会，故意在闹市用高价购买胡琴引人注意，并约集众人到客舍看他表演，到时候却突然把胡琴击碎，把自己才学抱负表述一番，然后拿所作分赠观众，从此声名大噪。故事虽不一定可信，但由他过去的性格推测，也不是毫无可能，这正是纵横家的本色。武后虽然一度赏识过他，终于不能重用，大概是因为他直言敢谏的这个倔强性格。赵儋在《陈公旌德碑》中说他："封章屡抗，矢陈刑辟。匪君伊顺，惟鳞是逆。"便是明证。从他存诗的材料考查，他曾两次从军，一次是讨突厥，另一次是从武攸宜讨契丹，后一次曾见史书。子昂在出征中见武连败，便上书自请将一万人出击，不许，再度申请，话说得比较戆直，攸宜生气把他降为掌记室，由是深感抑郁，写下了有名的《登幽州台歌》。次年即退职还乡，父死不久，他也被人诬陷，冤死狱中。

从他自请将兵这件事来看，可见出他早年的赌徒性格，喜欢冒险，是十足的纵横家面目。在诗中，他也常表现功成身退的幻想，这和太白是一致的。有一次住在洛阳，客店主人轻慢了他，他愤而作诗表现自己的怀抱，曾以蔺相如完璧归赵的故事自许。《感遇》诗第十一首也提到"吾爱鬼谷子"的话，其中有：

> 囊括经世道，遗身在白云。
> ……
> 浮荣不足贵，导养晦时文。
> 舒可弥宇宙，揽之不盈分。

这样几句，充分表现出他那种纵横家的事业雄心和隐者功成身退的避世幻想。他又在《赠赵六贞固》第二首的诗中写道：

> 道心固微密，神用无留连。
> 舒可弥宇宙，揽之不盈拳。

最后两句连同前作两次用到，可见这是他自抒胸臆的得意之笔，由此显出子昂性格之一般。还有他在《赠别冀侍御崔司议》诗序中写过"嗟乎！子昂岂敢负古人哉"的话，个性之强，不难想见，土气也表现得十足了。又如：

> 少学纵横术，游楚复游燕。(《赠严仓曹乞推命录》)
> 纵横策已弃，寂寞道为家。(《卧疾家园》)
> 雨雪颜容改，纵横才位孤。(《答韩使同在边》)
> 纵横未得意，寂寞寡相迎。(《还至张掖古城闻东军告捷赠韦五虚己》)

这些诗句，更是作为纵横家坦率的自我表白。

说到道家气质，可说是他的家风。子昂在他父亲的墓志铭——《我府君有周居士文林郎陈公墓志文》中，曾提到六世祖方庆得墨子五行秘书白虎七变法，遂隐于郡武东山。卢藏用《陈氏别传》说他父亲"饵地骨，炼云膏四十余年"，他自己在《观荆玉篇》序文中也谈到"余家世好服食，昔尝饵之"。所以他在随乔知之北征突厥，见张掖河有仙人杖，以为是益寿珍品，喜而食之，并向人宣传吹嘘，有懂得药物知识的告诉他，说这只是一种普遍植物，并非什么仙药灵丹，使他大为扫兴，遂写《观荆玉篇》作为解嘲。可见他的好道实受家风影响。他的家庭的确是一个充满道教气味的家庭，便是读书环境也同样影响着他。陈子昂的家乡射洪在涪江边岸，诗人杜甫曾去探访过，作有《冬到金华山观因得故拾遗陈公学堂遗迹》一诗，前四句云：

> 涪右众山内，金华紫崔嵬。

> 上有蔚蓝天，重光抱琼台。

此处本一道观，是梁武帝为陈勋修建的，观后有空屋，即子昂读书处。杜甫来游时，那间屋已破坏，因作诗相吊，故末四句云：

> 陈公读书堂，石柱灰青苔。
> 悲风为我起，激烈伤雄才。

后来鲜于叔明（赐姓李）来做东川节度使，在观后立碑，那便是上面提到的《陈公旌德碑》。由此可知子昂的家庭和读书环境，都使他终身笼罩着道家思想，在生活作风和诗境方面显得那么光怪陆离。

太白身世的前半跟子昂无异，陈寅恪先生曾作考证，说他具有胡人血统，所以生命力强，富于想象，既想成大事业，又想做神仙。但太白的毛病在极端浪漫，为了发泄他的生命力，有时往往不择手段，以致晚年发生从璘的附逆事件，想成为乱世英雄，而做了一些毫无意义的反动错事。他的诗固然写得好，而社会却受了他的大害。

前人对陈子昂的评论，主要有两说：一是宋祁《新唐书·陈子昂传》的考语："荐圭璧于房闼，以脂泽汙漫之。"一是王渔洋（士禛）《香祖笔记》说："子昂五言诗力变齐梁不须言，其表序碑记等作，沿袭颓波，无可观者。上

《大周受命颂表》一篇，《大周受命颂》四章，其辞诡诞不经……此与杨雄《剧秦》《美新》无异，殆又过之，其下笔时不知世有节义廉耻事矣，子昂真无忌惮之小人哉！诗虽美，吾不欲观之矣。"但在他的《古诗选》的凡例中，仍做了公正评价云："夺魏晋之风骨，变梁陈之俳优，陈伯玉之力最大。"这两家评论都重在论其人，因人而轻其诗。《四库提要》甚至评他"如艳女花姬，色艺冠时，要不可以礼法拘之"，虽做了一点让步，也不算什么好评。只有后来陈沆作《诗比兴笺》，用独到眼光评解名家的诗，论到陈子昂《感遇》诗时，才特别写文替他辩解，极有见识。文云：

诚知仕吕、仕周，不同新室、安史，则随例进贺之表，应制颂美之什，诸公亦岂能无？特一则功名掩文章，偶乏流传之什；一则文章掩忠义，翻遗玷颣(lèi)之端。然则石淙山侍宴之诗，狄姚与二张并列；张燕公铭檄之作，孝明与天册金轮间称，此则今日尚存，亦不闻熏莸同器、燕许殊科也。仲尼见楚越之君，亦必称之为王，惟《春秋》乃可书子，彼宋狄诸公，当时语言文字，其敢直斥武士彟乎？今既不能议诸公之仕周，乃犹谓仕周而不当从其称谓，其亦舍本而齐末，许浴而禁裸已。且夫同仕而异品，同迹而异心者，一辩诸忠佞之从违，二辩诸进退之廉躁。历考武后一朝，惟子昂谏疏屡见：武后欲淫刑，而子昂极谏酷吏

266

之害；武后欲黩兵，而子昂极谏丧败之祸；武后欲歼灭唐宗，而子昂请抚慰宗室。甚至初仕而争山陵之西葬，冒死而讼宗人之冤狱，皆言所难言，如枘入凿。是以杜甫《过陈拾遗故宅》诗云："千古立忠义，《感遇》有遗篇。"其为党附不党附可不言决矣。武后以官爵笼天下士，或片言取卿相，或四时历青紫。至于文学材艺，更所牢笼：沈宋杜薛，阎苏二李，或参控鹤奉宸之职，或预三教珠英之修，其后并坐二张之党，子昂曾有一于此乎？释褐十载，不过拾遗；自托多病，不乐居职。笺牍则屡遭报罢，参军则累忤诸武。未及壮年，遽乞归养，父丧庐墓，哀动路人，以至侍从之臣，竟死县令之手。故杜甫诗又云："位下何足伤，所贵者圣贤……同游英俊人，皆秉辅佐权。"其躁进不躁进又可不言决矣。

陈沆这一辩解真算是为陈子昂雪了诬，可谓千古卓见。

子昂早年是赌徒，又奉道教，两者其实是合一的，因为道教所持颇有一种游戏人间的态度。不过拿他和太白比较，子昂还算稳重，这是由于一部分儒家思想使他的生活态度有所限制，所以在他的诗里，我们还可见到他某些悲伤沉恸的地方。拿哭来作比喻，太白之哭像婴儿，并没有什么真正的人生痛苦；子昂倒像是成年人的哭声，他诚然是有所激而发的，也就容易感人。

唐人作诗大半是为了社交应酬，常常是集体聚会赋诗写完抄录在一起，前面必写一篇序文加以说明。有时这序文写得比诗还好，因为他们作诗有点像后代的行酒令，动机纯粹是游戏，所以佳作有限；而序文却没有形式的限制，可以自由发挥，便容易比诗写得精彩，韩愈最擅长作赠序一类文章，这就是他的历史背景。陈子昂是韩文的先驱者，也长于写这类序文，他常在散文中发抒悲凉感慨，这是他性格中的一种表现，和太白作风又有所不同。

从现在看到的龙门刻石，说明佛教在唐代也很盛行。陈子昂一部分消极诗篇可反映出这方面的思潮，似乎跟他本人多病有关系；而且纵横家易触霉头，自然更促进了他的消极思想。他跟晖上人的赠答诗，就属于这一类。晖上人当时住在附近的独坐山，跟子昂很接近。子昂的禅诗境界，在前近于谢灵运，在后近于韦苏州（应物），由此可看出晖上人对他的影响。

综合上面所说陈子昂的复杂思想，可以说纵横家给了他飞翔之力，道家给了他飞翔之术，儒家给了他顾尘之累，佛家给了他终归人世而又能妙赏自然之趣。

陈子昂《寄东方虬书》（按：即《修竹篇》序言）曾说起他的复古之志："文章道弊五百年矣！汉魏风骨，晋宋莫传，然而文献有可征者，仆尝暇时观齐梁间诗，采丽竞繁，而兴寄都绝，每以永叹。思古人常恐逶迤颓靡，风雅不作，以耿耿也。"这也是他对文学所持的态度。他颇有志把诗的风格回复到建安、正始时代,《感遇》诗便是他这一复古志愿的具体实践和伟大成绩。正始作家阮籍、嵇康的诗是理过其辞,是逃避现实的伤感主义者,而建安诸子则社会色彩较著,子昂把两个时代的文学作风融合起来,成就所以独高。我们试加分析,发现他诗中的宇宙意识是来自正始,社会意识是来自建安,而与晖上人酬答诸诗,则达到向往自然的太康境界了。就诗的成就说,凡在他以前的文学遗产,几乎被他网罗殆尽,虽以齐梁文学之腐朽,到他手里也都化为神奇,他的近体诗正表现了这个特点,如《月夜有怀》一诗:

> 美人挟赵瑟,微月在西轩。
> 寂寞夜何久,殷勤玉指繁。
> 清光委衾枕,遥思属湘沅。
> 空帘隔星汉,犹梦感精魂。

用宫体诗而别具神韵,真有点铁成金之妙,可见他胸襟的宽广和技巧的高明。张九龄模仿他,面目非常相似,如《杂诗》:

> 我有异乡忆,宛在云溶溶。
> 凭此目不睹,要之心所钟。
> 但欲附高鸟,安敢攀飞龙。

> 至精无感遇，悲惋填心胸。
> 归来扣寂寞，人愿天岂从？

也可算是独具只眼，自成一家的豪杰。

总之，陈子昂改造建安以来的文学遗产，作为盛唐的启门钥匙，这是他的伟大处。

王船山（夫之）对陈子昂的古风贬抑最厉害，说是"似诵狱词，五古自此而亡"。我却认为他这种非古又非诗的古诗作风，正是他独到而难得的创造。

拿王（维）孟（浩然）和李（白）杜（甫）比较，王孟作风可算是齐梁的余音，在他们本身虽不大明显，传到大历十才子，那齐梁的面目就完全显露出来了。司空图替这一派制造理论，承他衣钵的在宋有严沧浪（羽），在清有王渔洋（士禛）。子昂是反齐梁作风最有力的人，所以渔洋很讨厌他，说了他许多坏话。渔洋编选的《唐贤三昧集》，不但不选子昂的诗，连李杜也无只字，因为李杜跟子昂正是一脉相承的缘故。

陈子昂的《登幽州台歌》不仅有宇宙意识，而且有历史意识。卢藏用在《陈氏别传》中曾说到他有作《后史记》的愿望："尝恨国史芜杂，乃至孝武之后以迄于唐，为《后史记》，纲纪初立，笔削未终，钟文林府君忧，其书中废。"书虽未成，由此可想见他的修养和气魄。我们如果拿研究文人太史公的眼光读子昂的诗，一定可以得到他的精华要义。

盛唐诗

盛唐的年限可划为自玄宗先天元年（712），迄天宝十四载（755）止，前后共四十四年，约为半个世纪。

先天元年即杜甫生、宋之问死的这一年。这一年，孟浩然二十四岁，李颀二十三岁，王之涣十八岁，王昌龄十五岁，王维、李白十二岁，高适十一岁，崔颢九岁，岑参未生。天宝十四载是安禄山反叛的那一年，孟浩然、李颀已死，王之涣不可考，王昌龄五十八岁，王维、李白五十五岁，高适五十四岁，崔颢已死，岑参四十岁，杜甫四十四岁。这时期独立的理由除上述原因（玄宗在位年间）外，还与唐人选当代诗的选集《河岳英灵集》的选诗范围有关。此集所收作品上起开元二年，止于天宝十二载，共四十年，跟我上面定的年代大致相近。这部诗选编定于天宝十二载，似乎预感到这个黄金时代即将中止。下面讨论盛唐诗即以此书作根据，所以在未讲正题之先，不妨附带谈谈唐人选唐诗这个副题。

唐人选唐诗的选本，计有《搜玉小集》《国秀集》《河岳英灵集》《箧中集》《玉台后集》《丹阳集》《中兴间气集》《元和御览诗》《极玄集》《又玄集》《才调集》《文萃》等十二种。除《玉台后集》和《丹阳集》遗失（由后人补编）外，王渔洋根据这些材料选定了《唐人十种诗》。

从有关材料知道，《丹阳集》的编选人与《河岳英灵集》的编者殷璠是同乡，是个地方性的选集。清人宗月楚重新加以编辑，原本作者十八人，今本只存十五人。后人补选纯粹是抄诗性质，可因此知道当时诗的流传情况，跟唐人选诗自有主张者不同。一些没有专集的小作家，他们的作品多靠这个选本流传下来。

《国秀集》上卷选初唐诗，中下卷选盛唐诗，间或也涉及大历以后的诗。

《玉台后集》可说是继徐陵《玉台新咏》而编选的，选诗上自陈后主、隋炀帝，一直选到选诗人自己的时代，内容全是宫体诗，很少价值。

《中兴间气集》选的都是中唐诗。

我们谈盛唐诗，只取《国秀集》《河岳英灵集》《玉台后集》《丹阳集》《箧中集》五种就够了。《箧中集》的编者元结曾作《贫妇词》，是一篇社会描写，也是《箧中集》作者们共同的倾向和作风。奇怪的是盛唐诗的几种选本里没有一本选过杜甫的诗，可见他的作风在当时就跟《箧中集》相近，只因那还是太平时代，这种社会描写不太被人重视，如果杜甫不长于其他各种诗体的话，他的诗很有可能因此被埋没。所以要看当时诗坛的盛况，《箧中集》以外的四种选本是有代表性的。

《河岳英灵集》所选都是盛唐大家，除杜甫外各家都有。《丹阳集》中的大家以储光羲为最著。《国秀集》跟《河岳英灵集》相同。《箧中集》的作者姓名在当时是生疏的，只有王季友一人被《河岳英灵集》选入，可见这是一批新的诗境拓荒者，他们的名字是：于逖、沈千运、张彪、孟云卿等人。《玉台后集》代表宫体诗余支的势力。宫体诗自从经过卢照邻、刘希夷、张若虚等人的改造，把内容由闺房转到山野，使人联想到六朝时代的《襄阳歌》《西曲歌》《吴声子夜歌》等歌谣的意境与风格，但已有了进步。所以从《玉台后集》到《丹阳集》，可说是唐诗由齐梁回到晋宋的作风，是进一层复古（回升）。另外，北朝是异族政权，以胡人骑射为主，他们的文艺作风配合着他们的生活方式，盛唐的李白、高适、岑参、崔颢诸人就承受了这一派的作风，这是向来所没有的，盛唐以后也不再有继响。这派风格的诗，《河岳英灵集》和《国秀集》都有搜集。其余作家的兴趣多集中在山水寺观，这批人可以《世说新语》代表他们的人生观，是晋宋诗风的嗣音。到《箧中集》诸作者，便上升到汉魏诗的境界了。

据此，我们现将盛唐诗分为三个复古阶段：（一）齐梁陈时期，（二）晋宋齐时期，（三）汉魏晋时期。这里所谓"复古"，实指盛唐诗从摆脱齐梁诗的影响逐步回升到汉魏健康风格的发展过程。自东汉末年到六朝时代，我国作家的人生观如在梦境，即使干戈扰攘，他们还能够那么风流潇洒，悠然自得。到了隋唐时代，才走出梦境面对人生，正视生活。懂得这一点，才能了解我国中古时代的诗。

下面把三个复古时期的作家略做分析。

（一）齐梁陈时期（齐梁风格）

这一派风格的作家可分为三类：

第一类：常理，代表作为《古别离》：

> 君御狐白裘，妾居缃绮楼。
> 粟钿金夹膝，花错玉搔头。
> 离别生庭草，征衣断戍楼。
> 蟏蛸网清曙，菡萏落红秋。
> 小胆空房怯，长眉满镜愁。
> 为传儿女意，不用远封侯。

（见《玉台后集》）

蒋洌，有《古意》：

> 冉冉红罗帐，开君玉楼上。
> 画作同心鸟，衔花两相向。
> 春风正可怜，吹映绿窗前。

妾意空相感,君心何处边?

（见《国秀集》中）

梁锽,有《美人春卧》:

妾家巫山阳,罗幌寝兰堂。
晓日临窗久,春风引梦长。
落钗犹罥鬓,微汗欲销黄。
纵使朦胧觉,魂犹逐楚王。

（见《国秀集》下）

三人作品可算是全唐诗中宫体诗的白眉。

第二类:刘方平,代表作为《乌栖曲》:

画舫双艚锦为缆,芙蓉花发莲叶暗。
门前月色映横塘,感郎中夜渡潇湘。

（见《乐府诗集》四八）

张万顷,有《东溪待苏户曹不至》:

洛阳城东伊水西,千花万竹使人迷。
台上柳枝临岸低,门前荷叶与桥齐。
日暮待君君不见,长风吹雨过清溪。

（见《国秀集》下）

李康成,即《玉台后集》的编者,代表作为《采莲曲》：

采莲去,月没春江曙。
翠钿红袖水中央,青荷莲子杂衣香。
云起风生归路长。归路长,那得久。
各回船,两摇手。

（见《玉台后集》）

这派虽亦能作宫体诗,但已由房内移到室外,故风格较高。

第三类：有张说、贺知章、张旭、王湾、韦述、孙逖、张均、殷遥、蒋涣、颜真卿、杨谏诸人。现举各家重要作品略加说明。贺知章,《送人之军》："岭云晴亦雨,边草夏先秋。"两句开盛唐诗描写边塞景物的先例。

张旭,名作有《桃花溪》：

隐隐飞桥隔野烟,石矶西畔问渔船。
桃花尽日随流水,洞在清溪何处边?

及《山行留客》：

山光物态弄春晖,莫为轻阴便拟归。
纵使晴明无雨色,入云深处亦沾衣。

二诗代表婉约风格,仍存齐梁格调。敦煌唐诗抄本中有王梵志诗,句云:

> 恶人相远离,善者近相知。
> 纵使天无雨,阴云自润衣。

此与《山行留客》后两句相同,疑是当时成语的引用,所以两人的诗意字句如此近似。《全唐诗》另存旭诗若干首,但多中唐气味,似可存疑,如《山行留客》一诗近巧,不像盛唐浑朴作风,可能是后人学张旭草书题他人句而误编入张集的。

王湾是学者,名句有:"海日生残夜,江春入旧年。"(《次北固山下》)相传张说曾把它写于政事堂,作为后生楷模,故晚唐诗人郑谷有句云:"何如海日生残夜,一句能令万古传。"可见它在当时的影响,和盛唐所提倡的标准诗风。

韦述也是学者,与王湾都曾为集贤殿撰写过书目提要。名句有:"晚晴摇水态,迟景荡山光。"(《春日山庄》)与王湾诗同为盛唐山水田园诗的代表风格。

孙逖名句有:"悬灯千嶂夕,卷幔五湖秋。"(《宿云门寺阁》)格调和王湾、韦述相同。

张均,张说子,随父至岳阳谪居,于山水景物别有会心,如:"长沙卑湿地,九月未裁衣。"(《岳阳晚景》)"湖风摇成柳，江雨暗山楼。"(《九日巴丘登高》)句极凄婉，亦盛唐山水诗的一格。

殷遥有句云："野花成子落，江燕引雏飞。"(《春晚山行》)蒋涣有句云："晚帆低荻叶，寒日下枫林。"(《途次维扬望京口寄白下诸公》)此二人句都工于刻画物态，即景寓情。

颜真卿，一般说来，诗不如字，但亦有好句，如："际海兼霞色，终朝凫雁声。"(《登平望桥下作》)语极清旷。杨谏，所作《长孙十一东山春夜见赠》句云："溪月照隐处，松风生兴时……甘与子同梦，请君同所思。"写得缠绵之极。

这一派所代表的，恰是盛唐、中唐的一般风格（李、杜、韩、白诸大家除外）。他们都是拿诗来作消遣的，又是当时在社会上活动的士大夫，所以形成了流行的风格，势力很大。就文学史来说，的确不可漠视，因为他们所形成的风气，常常足以影响大家。自六朝以来，凡诗家名句，多是关于山水、花鸟、风月之类的，下迄唐宋，这种风气笼罩整个诗坛，无怪唐末郑棨要向人说"诗思在灞桥风雪中，驴子上"了。这些诗都是人在心境平和闲暇时所作，读了可使人精神清新舒畅，这也是中国对诗的传统看法。因此，在中国便没有作诗的职业专家。就整个文化来说，诗人对诗的贡献是次要问题，重要的是使人精神有所寄托。人们认为一般大诗人是向大自然追求真理，以出汗的态度、积极的精神作诗；而一般诗人则是享受自然，随意欣赏，写成诗句，娱己娱人。陶和谢写作态度之不同，就在这一点分别。这一派的张说和其他诗人不同也在于此，所以提出别论。

张说的诗比同派其他诗人写得深刻。如："闲居草木侍，虚室鬼神怜。"（《闻雨》）竟有泛生主义看法。又："云霞交暮色，草木喜春容。"（《侍宴浐水赋得浓字》）态度更为积极，认为自然是神秘而有灵性者。

常建："山光悦鸟性，潭影空人心。"（《题破山寺后禅院》）即同此境界。张说："雁飞江月冷，猿啸野风秋。"是模仿上官仪《入朝洛堤步月》中的两句，而他的身份官职，正好证明他是直接承继了初唐的风格。"年来人更老，花发意先衰。"（《寄许八》）多么像刘希夷！其他名句如："寄目云中鸟，留欢酒上歌。"（《幽州别阴长河行先》）这种特出的炼句跟全诗不称的作风也是继承六朝的，大谢便是最明显的代表。陶诗却没有这个特点，所以谢一两句诗够人享受，正如陶诗的整首一样。张说的《还至端州驿前与高六别处》五律一首：

> 旧馆分江口，凄然望落晖。
> 相逢传旅食，临别换征衣。
> 昔记山川是，今伤人代非。
> 往来皆此路，生死不同归。

整篇匀称，无句可摘，才是盛唐新调。孟浩然当时能享盛名，也该是这个缘故。张说的诗能高于这一派的小家诗人，这是重要的原因。他又以自己的地位把这种作风加以提倡，当时除了孟浩然、李白、杜甫等大家之外，一般想由科举出身的举子们谁不竞先响应。因此，我们有理由把张说说成是试帖诗典型的建立者，也就是他对唐诗所起的重大影响，而试帖诗的影响唐代诗坛，也就是张说影响的普遍化了。

（二）晋宋齐时期（晋宋风格）

这一派复古的风格又可分为两支。一支以王维为首领，下面包括三个小派：

1. 孟浩然、包融、贺朝、李巅、崔曙、萧颖士、张翚等，一般多写自然。
2. 储光羲、丘为、祖咏、卢象等，专写田园。
3. 綦毋潜、刘眘虚、常建等，专写寺观。

另一支以李白为首领，包括两个小派：

1. 崔国辅、丁仙芝、余延寿、张潮等，此派专写江南，多写爱情，甚为大胆，诗中又有故事，有点像西洋诗，它的来源是民间乐府。此外，还可添入顾况（善画，诗境亦如画）。但这类言情小诗，如果近于戏剧当更美妙。中唐于鹄善写小女孩，便是此派嫡系。

2. 王翰、李颀、王之涣、陶翰、高适、岑参等，此派专写边塞，只有王昌龄、崔颢无法分别安插在两派内，因为他们兼有两派之长。

（三）汉魏晋时期（汉魏风格）

杜甫是这一派的集大成者，下面也包括三个小派：

1. 郭元振、薛奇童、薛据、阎防、郑玄德等，专写自然。

2. 张九龄、毕曜、李华、独孤及、苏涣、窦参等，专写天道。

3. 于逖、沈千运、张彪、王季友、赵微明、元结、元融、孟云卿等，专写人事。

屈原以后，下迄东汉，有人说这是中国文学的暗淡时期，其实，从另一方面看，这时期的人真能实干，都在努力从事解决国计民生的实际问题，精神绝不麻木。自王莽酿成大的政治失败，以至魏晋时代，诗文大盛，而人的良心便不可问了。直到唐初，才渐有起色，诗歌由写自然进为写天道，再进为写人事，这就形成了杜甫这一派。我们总括这大段时期文学发展的情况，是否可以这样说：两汉时期文人有良心而没有文学，魏晋六朝时期则有文学而没有良心，盛唐时期则文学与良心二者兼备，杜甫便是代表，他的伟大就在这里。这派作家最初也写自然，实际上已比前些作家要态度严肃；第二派写天道，趋向于悲天；第三派写人事就完全进入悯人了。

第二派中的苏涣曾作《变律》八十余首，现仅存三首，其一云：

  养蚕为素丝，叶尽蚕不老，
  倾筐对空林，此意向谁道？
  一女不得织，万夫受其寒；
  一夫不得意，四海行路难。
  祸亦不在大，福亦不在先。
  世路险孟门，吾徒当勉旃！

高仲武编的《中兴间气集》说他"得陈拾遗之鳞爪"，无怪要大为杜甫所赞赏。

第三派诗人可以《箧中集》的编者和作者为代表。他们都爱作愁苦之言，令人读了难受，杜甫的诗风可能受过他们的影响。这批诗人中，大约以于逖年纪较长（太白曾称他于十一兄），而足以领袖群伦的人物当推沈千运。他们首先调整了文学与人生的关系，认定了诗人的责任，这种精神在中国诗坛是空前绝后的。其次的孟云卿、王季友、张彪诸人，都是杜甫的朋友。中唐承继这派作风的有孟郊和白居易两人。但白居易仅喊喊口号而已，除《新乐府》之外，其他作品跟人生无多大联系，他的成功是感伤诗

(如《长恨歌》和《琵琶行》等)和闲适诗,而不是社会诗。只有孟郊是始终走着文学与人生合一的大路。

元结和杜甫两人同是新乐府的前驱,他们的区别在元是有意的创作,如《贫妇词》《舂陵行》《贼退示官吏》等诗,都是发于理智而不是由感情发出的,带着政治宣传的性质;杜甫的作品完全是出于自然感情的流露,不是有计划做出来的。这一点,白居易无疑地是跟元结有着继承关系,他对杜甫的社会诗感到不足,原因就在这里。

孟浩然

在李杜之前的一批作家里面，作品中具有鲜明个性的，除陈子昂、张若虚外，当推孟浩然。他在当时的影响也比陈、张要大，李、杜先后都有诗相赠或提到他，莫不宗仰备至。旧来王孟合称，实不甚恰当。孟年长于王，他的诗格绝不是因为受王维的影响而形成的。苏东坡评他："韵高而才短，如造内法酒手，而无材料。"倒是扼要的评语。

从历史发展来看，初唐的宫体诗在盛唐还保留着它的影响，如前面提到张说所领导的一派便是证明。到孟浩然手里，对初唐的宫体诗产生了思想和文字两重净化作用，所以我们读孟的诗觉得文字干净极了。他在思想净化方面所起的作用，当与陈子昂平分秋色，而文字的净化，尤推盛唐第一人。由初唐荒淫的宫体诗跳到杜甫严肃的人生描写，这中间必然有一段净化的过程，这就是孟浩然所代表的风格。

孟诗净化的痕迹，从宫体诗发展史来看，他对女人的观感犹如西洋人所谓"柏拉图式"的态度（精神恋爱），从他集里的宫体诗到他造诣最高的诗可看出这一思想净化的

程序。《春中喜王九见寻》句云:

> 当杯已入手,歌伎莫停声。

这里他欣赏的只是女人的歌声,而无色欲之念,比初唐算是进了一层。《早发渔浦潭》句云:

> 美人常晏起,照影弄流沫。
> 饮水畏惊猿,祭鱼时见獭。
> 舟行自无闷,况值晴景豁。

他把美人作为山水中的点缀,把她看成风景的一部分,此是六朝以来未有的新境界,也是孟氏的新创作。《万山潭作》句云:

> 游女昔解佩,传闻于此山。
> 求之不可得,沿月棹歌还。

诗中表现对女性的闲淡态度,比王无竞具有引诱性的《巫山高》不同:

> 神女向高唐,巫山下夕阳。
> 徘徊行作雨,婉娈逐荆王。
> 电影江前落,雷声峡外长。
> 朝云无处所,台馆晓苍苍。

王诗使人想象渺茫的神女，如世俗女性可狎而近，而孟作则还她渺茫的本来面目，绝不缩短与她的距离。不只对神女，对一般女性也是如此，像《耶溪泛舟》所写：

  白发垂钓翁，新装浣纱女。
  相看不相识，默默不得语。

老翁与少女相对，落落大方，全无脏气。一般人论孟诗，往往只注意它的高雅古澹，而忽略它的媚处，媚而不及纤巧，正是他高于王维的地方。摩诘诗虽无脂粉气息，可是跟孟氏比较起来，倒有点像宋人程明道（颢）和程伊川（颐）哥俩对待妓女不同的态度：孟如明道目中有妓，心中无妓；王如伊川是目中无妓，心中有妓。孟在《题大禹寺义公禅房》诗中有两句：

  看取莲花净，方知不染心。

正好借来形容他对女性的态度和心境。

孟浩然的感情比较平衡，如一泓秋水，平静无波，故少感伤作品。感伤是诗的最大敌人，盛唐大家只有孟氏是例外。他的《岁暮归南山》一诗，所谓"不才明主弃，多病故人疏"略带感伤气味，大为一般人所称赏，甚至造出一段"大内诵诗被黜"莫须有的故事来加以渲染。就孟诗整个造诣来说，实为下品，它同王维《秋夜独坐》所写

"白发终难变,黄金不可成"格调相似,不能代表孟的本色。那首五绝《春晓》:

> 春眠不觉晓,处处闻啼鸟。
> 夜来风雨声,花落知多少?

比起刘希夷《代悲白头翁》:

> 古人无复洛城东,今人还对落花风。
> 年年岁岁花相似,岁岁年年人不同。

不知高出若干倍。自王维以下,对女性简直抹杀不谈,只孟氏做到不沾不弃,所以难得。譬如清油点灯,有光而无烟,这正表现了孟浩然对思想和诗境净化的成就。

在文字净化方面,只有摩诘、太白、香山可以敌他,但论纯任自然而不事雕琢这一点,那只有在他以前的陶渊明到此境界了。跟孟氏相比,摩诘文字似乎较弱,太白、香山显得较滑、较俗,孟诗全无这些缺点,像他的《听郑五愔弹琴》:

> 阮籍推名饮,清风满竹林。
> 半酣下衫袖,拂拭龙唇琴。
> 一杯弹一曲,不觉夕阳沉。
> 予意在山水,闻之谐凤心。

《游精思观回白云在后》：

> 山谷未停午，到家日已曛。
> 回瞻下山路，但见牛羊群。
> 樵子暗相失，草虫寒不闻。
> 衡门犹未掩，伫立望夫君。

诸作简直像没有诗，像一杯白开水，唯其如此，乃有醇味。古今大家达到这个造诣水准的也不甚多。自梁沈约以来，提倡诗歌声律化，至初唐沈、宋而进于大功告成阶段。孟氏一出，偏又废而不用，所以他的近体诗多是"以古变律"，这是他矫出于各家的秘诀。孟诗中的对仗多用十字格，这种句式别家多用在三四两句，很少用在五六两句上，而孟的《万山潭作》却是用在五六句，结合最后两句即成了二十字格，真是古趣盎然，也加强了诗句的散文化，在当时这是绝大的创造。唐诗人中文字干净的作家，在孟以前有王无功（绩），但只是消极地本人不用陋词而已，并未形成格调，而孟的诗在文字本身就表现了积极的、正面的新境界，使人根本忘记辞藻。所以孟浩然的诗是整体的，全篇字句是不可分割的，不像盛唐好些作品有佳句可摘，使一篇的其他字句反而变成空白。因此，我们可以把孟浩然同陈子昂、张若虚三位诗人看成盛唐初期诗坛的清道者。

浩然写得平淡的诗可举四篇代表作品，其一是《岘潭作》：

> 石潭傍隈隩，沙岸晓夤缘。
> 试垂竹竿钓，果得查头鳊。
> 美人骋金错，纤手脍红鲜。
> 因谢陆内史，莼羹何足传。

其二是《晚泊浔阳望香炉峰》：

> 挂席几千里，名山都未逢。
> 泊舟浔阳郭，始见香炉峰。
> 尝读远公传，永怀尘外踪。
> 东林精舍近，日暮空闻钟。

其三是《万山潭作》：

> 垂钓坐磐石，水清心益闲。
> 鱼行潭树下，猿挂岛藤间。
> 游女昔解佩，传闻于此山。
> 求之不可得，沿月棹歌还。

其四是《伤岘山云表上人》：

> 少小学书剑，秦吴多岁年。
> 归来一登眺，陵谷尚依然。

岂意餐霞客,忽随朝露先。
因之问闾里,把臂几人全?

这四首诗写得平淡极了,几乎淡到没有诗的地步,可是这的确是最孟浩然式的诗。别人的诗都是他本人的精华结晶,故诗写成而人成了糟粕,独孟浩然人是诗的灵魂,有了人没有诗亦无不可,他的诗不联系他本人不见其可贵,这是跟西洋人对诗的观念不同处。西洋人不大计较诗人的人格,如果他有好诗,对诗有大贡献,反足以掩护作者的弊病,使他获得社会的原谅。他们又有职业作家,认为一篇文学创作可与科学发明相等。西洋人作诗往往借故事或艺术技巧来表现作者个性,而中国诗人则重在直抒写作者的胸襟,故以人格修养为重要,因为有何等胸襟然后才能创造出何等作品。这样说来,孟浩然的心境恰如一泓清水,澹然存在,但只要有此心境和生活态度也就够了,别人绞尽脑汁造作佳句,跟他比起来反觉多余,这也是中国一般人对于诗的态度和看法。

自从先秦士大夫发表了他们修养超人境界的议论以后,在我国人思想中便逐渐形成了理想完美人格的概念与标准,并且认为只要照着圣贤所指示的理想去做人,即令无诗,也算有诗了。汉末以来,下迄东晋,理想人格的标准虽然稍有改变,可是求理想人格实现这个目标还是前后一致的,《世说新语》记述的好些故事便是突出的代表。那般人对于生活中的思想言行都非常考究，他们所表现的是儒家人格的观念加上道家人格美的理想，这种意识形态正是由先秦时代导源的。

自魏晋时代开始，就有人以人格来造诗境，要求谈吐必合于诗，然后以人格渗透笔底，如王右军的字即足以表现其为人，他的人格存在于他的字迹中，一点一画莫非其人格的表现。这时期固然也有人写好诗，但诗人的生活却不甚可考，而如《世说新语》所记的诸名士，人格虽美又无作品可传。所以说，魏晋人只做到把人格表现在字中，至于把它表现在复杂的诗中则不十分成功。陶渊明在这方面的成就算是突出的，但又超出时代风气太远，不能引起当代人的重视和发生广泛影响。六朝人忽视人格之美，世风因以堕落，直到唐初，诗的艺术一直很少进步。盛唐时代社会环境变了，人们复活了追求人格美的风气，于是这时期诗人的作品都能活现其人格，他们的人格是否赶得上魏晋人那样美固然难说，但以诗表现人格的作风却比魏晋人进步得多。这中间，孟浩然可以说是能在生活与诗两方面足以与魏晋人抗衡的唯一的人。他的成分是《世说新语》式的人格加上盛唐诗人的风度，故他的生活与诗品的总成绩远在盛唐诸公之上，无怪太白写诗赠他不道其诗而单道其人了。诗云：

吾爱孟夫子，风流天下闻。

红颜弃轩冕,白首卧松云。
醉月频中圣,迷花不事君。
高山安可仰,徒此挹清芬。

王维无诗赞他,宋人怀疑是有妒忌之意,这是不正确的,因为王是用画赞他,皮日休的《郑州孟亭记》便提到王维画像见于孟亭的事。《韵语阳秋》记孙润夫家藏有孟浩然的画像,虽然作者葛立方说那画和题字是假的,但他却是由真迹摹制而来,不过真迹已经失传罢了。据说当年王维是因读了浩然《晚泊浔阳望香炉峰》一诗,美其风度而作此画,可见孟浩然的诗和他的人格是如何密切联系而统一着的。

后世谈襄阳必然联想到孟浩然。襄阳是当时南方的文化、经济中心之一,自来就产生神秘的风流人物,最早有汉皋游女,后来有庞德公,再下便数到孟浩然了。这儿的风俗对少年孟浩然当有极大影响,他三十七岁以前一向在这里隐居,故其诗的乡土气味很重。他家本来殷富,长期娇生惯养,形成了后来的文弱气质。盛唐诗人在作风上大抵可分成两派:一派是以高、岑、李、杜、王为代表的豪壮派,多慷慨悲歌之作,高适可为领袖;另一派为孟浩然领导的文弱派,重要作家有刘眘虚、綦毋潜、邱为、阎防、崔曙等人,尤以刘眘虚和綦毋潜两人的作风最纯,纯得发亮,他们都是孟浩然的好友。刘眘虚的名句有:

时有落花至,远随流水香。(《阙题》)

深路入古寺,乱花随暮春……
松色空照水,经声时有人。(《寄阎防》)

綦毋潜比这写得更玄秘,句有:

松覆山殿冷,花藏溪路遥。(《题鹤林寺》)
塔影挂清汉,钟声扣白云。(《题灵隐寺山顶禅院》)

写境界极为静寂。他又有《若耶溪逢孔九》句云:

潭影竹间动,崖阴檐外斜。
人言上皇代,犬吠武陵家。

诗境较孟浩然更细微,也同样是静景的写照。前者专写动景,源出道家;后者专写静景,则源出于佛家,一动一静,恰成对照。

浩然在盛唐可与贺知章相匹,两人家乡的地理环境亦颇相当。襄阳有岘潭,会稽有七里滩;襄阳有鹿门,会稽有山阴;襄阳有庞德公,会稽有严子陵;襄阳有汉皋游女,会稽有西施,可说是有趣的对照。

唐代的士子都有登第狂,独浩然超然物外,而中晚唐的士子因为政治不明,更多落第机会,往往爱拿孟浩然来遮羞，于是编造浩然"大内诵诗遭黜"的谣言，竟把这位心怀淡泊的风流雅士变成了东方名利场中的堂吉诃德，这是自有诗人以来少有受到的侮辱和诬蔑。

通常又以《临洞庭上张丞相》诗为浩然的代表作，诗云：

> 八月湖水平，涵虚混太清。
> 气蒸云梦泽，波撼岳阳城。
> 欲济无舟楫，端居耻圣明。
> 坐观垂钓者，徒有羡鱼情。

其实诗中前四句不足以代表其诗，而后四句则不足以代表其为人。

王昌龄

从文学技巧说,王昌龄和孟浩然可以对举;从思想内容说,陈子昂和杜甫可以并提。昌龄、浩然虽无王摩诘、李太白之高,然个性最为显著。至于文字色彩的浓淡,则浩然走的是清淡之路,昌龄走的是浓密之路。

盛唐诗风的发展,乃做螺旋式的上升,由齐梁陈逐步回升到魏晋宋的古风时代。魏晋宋风格的代表可举陶渊明、谢灵运两大家,盛唐诗人中属于这类风格的代表作家当推孟浩然与王昌龄。这四个人,浩然可匹渊明——储光羲人多以为近陶,实则是新创境界,较摩诘去陶为远——昌龄则近大谢。大谢炼字功夫极深,但尚不能堆成七宝楼台,完成这一任务的只有王昌龄了。我们说浩然可匹渊明,只是说他近陶而已,而昌龄在汉字锻炼功夫上别开天地,比大谢成就更大。

诗之有社会意识,在内容方面开新天地者当推杜甫,后来的人想把社会意识和内容题材合铸而为一,做此尝试者有孟郊,然效果是失败的,可见诗境汇合之难。

昌龄的《长信秋词》云:

> 奉帚平明金殿开，且将团扇共徘徊。
> 玉颜不及寒鸦色，犹带昭阳日影来。

首句如工笔画，金碧辉煌，极为秾丽。次句用班婕妤故事，"团扇"二字括尽一首《怨歌行》意境，全首诗眼也就在"团扇"二字，整首诗因之而活。第三句中"玉颜""寒鸦"对举，黑白分明，白不如黑，幽怨自知。第四句中"日影"形象有暖意，更反映出冷宫的寂寞凄清。这种写法比起浩然的清淡，又是一种风格。昌龄诗给人的印象是点的，而浩然诗则是线的。此处"不及寒鸦色"虽是点的写法，尚有线索可寻，至李长吉（贺）则变得全无线索，那是另一新的境界。

中国诗是艺术的最高造诣，为西洋人所不及。法国有一名画家，曾发明用点作画，利用人远看的眼光把点连成线条，并由此产生颤动的感觉，使画景显得格外生动。在中国诗里同样有点的表现手法，不过像大谢的诗只有点而不能颤动，昌龄的诗则简直是有点而又能颤动了，至于李长吉的诗又似有脱节的毛病。我们读这类诗时也应掌握这个特点，分析要着重在点的部分，使人读起来自然地引起颤动的感觉。杜诗亦偶有此种做法，然而效果到底差些。像《长信秋词》这首诗，可说是王昌龄的独创风格，功绩不可磨灭。他本人诗中像这类作品也不多，略相似的有《听流人水调子》一诗：

> 孤舟微月对枫林,分付鸣筝与客心。
> 岭色千重万重雨,断弦收与泪痕深。

首句中"枫林"二字将《楚辞·招魂》意境全盘托出,次句是用乐音写流人的心境,三四两句是写将千重万重山雨收来眼底,化作泪泉,客心的酸楚便可在弦外领略了。诗中的几个名词,如"孤舟""微月""枫林""鸣筝""客心""岭色""万重雨""断弦""泪痕"等已够富于诗意,经过作者匠心加以连串,于是恰到好处,表现出一幅极为生动的诗境。长吉的诗往往忽略做这种连串的安排,因而产生脱节的毛病。

《芙蓉楼送辛渐》一诗也同具此妙:

> 寒雨连江夜入吴,平明送客楚山孤。
> 洛阳亲友如相问,一片冰心在玉壶。

前面三句是用线的写法,依层次串联下来,从夜晚写到天明,由眼前写到别后,末句用的又是点的表现手法了。"冰心在玉壶"本是从鲍明远(照)"清如玉壶冰"的句意化出,而能青出于蓝,连那个"如"字都给省掉,所以转胜原作。"冰心"是说心灰意冷,"玉壶"是说处身之洁,这七字写尽诗人的身世感慨。以壶比人,是昌龄新创的意境。凡用物比人,须取其不甚相似中的某一点相似,这样就会给人以更新更深的印象。曾有一则以壶比人的笑话，说是几个朋友约会饮酒，各人自道酒量，一人说他饮十杯才醉，一人说他只要三杯足够，另一人说他见酒壶就醉，问起原因才知道他每次饮酒回家，常挨老婆臭骂，骂时她一手叉腰，一手指定老公鼻子，样子活像一把酒壶，他怎能不见了酒壶就醉呢！这笑话拿酒壶比作恶妇骂人的形象，是取其骂人的姿势相似，因而显得奇谲可笑。任何观念都是相对的然后才能存在，骈文对仗，其妙在此。故用比喻当从反面下手，像抽水似的，要它上升，必向下压。

王昌龄的诗，在文学史上值得大书特书。唐代诗人的作品被当时人推为诗格者，只有王昌龄和贾岛二人。所以他别有绰号叫"诗家天子王江宁"，"天子"有的记载作"夫子"，实误。被人尊为"天子"或"夫子"，可见他作诗技巧的神奇高妙。

所谓抒情诗，不只是说言情之作而已，我以为正确的含义应该是诗中之诗，如张若虚的《春江花月夜》就是抒情诗最好的标本，而绝句又是抒情诗的最好形式。宋人解释绝句，以绝为截，是取截律诗的一半而成的新形式，但依诗歌发展的过程考证实不相符。唐人作诗因入乐关系，多用四句为一节奏，故虽是长篇古风亦可截用四句，如李峤七古《汾阴行》的末四句：

> 山川满目泪沾衣，富贵荣华能几时。
> 不见只今汾水上，惟有年年秋雁飞！

即被截入乐，当筵歌唱，说明绝句的产生是和律诗毫无关系。诗有佳句当自曹子建（植）开始，至唐而有"诗眼"之说，往往使用一字而全篇皆活，有人说这是诗的退化，倒也不尽然。唐代大家为求纯诗味的保存，特别重视形式精简而音乐性强的绝句体。就艺术言，唐诗造诣最高的作品，当推王昌龄、王之涣、李白诸人的七绝，杜甫远不能及，他的伟大处本不在此。从诗的整个发展来看，七绝当从七古发源，便是七律也是从七古蜕变而来，因而最高造诣的七律也以像七古的风格为佳，这也是崔颢《黄鹤楼》被人推为全唐七律压卷之作的原因。所以说，七绝当是诗的精华，诗中之诗，是唐诗发展的最高也是最后的形式。被人们欣赏的诗味更浓的词，也就是在绝句这个基础上结合其他的因素发展变化创新出来的。传统看法认为五律是唐诗的重要成就，我觉得还欠考虑。

王维　李白　杜甫

王维替中国诗定下了地道的中国诗的传统,后代中国人对诗的观念大半以此为标准,即调理性情,静赏自然,他的长处短处都在这里。

旧来论诗,曾以仙圣佛称李、杜、王三家,或称为魏蜀吴,或称为天地人,也有称为真善美的。我的看法是以三人最重要的生活年代做比较来评论他们诗的特点,一个作家的遭遇跟他诗文的风格大有关系。李、杜、王三位诗人都同时经历了安史之乱,他们处乱的态度正足以代表各人的诗境。杜甫诗如:"麻鞋见天子,衣袖露两肘。"(《述怀》)"影静千官里,心苏七校前。"(《喜达行在所》之三)表现他爱君的热忱,如流亡孩子回家见了娘,有说不出的委屈和高兴。太白在乱中的行动却有做汉奸的嫌疑,或者说比汉奸行为更坏,试想当时安禄山造反,政府用哥舒翰和封常清去抵御他,遭了大败,国家危机非常严重,所倚靠只有江南的财富和军队,而永王李璘却按兵不动,妄想乘机自立,太白被迫接受伪署,还作诗歌颂他,岂不糊涂透顶!他无形中起了汉奸所不能起到的破坏作用。王维此时的处境却有点像他三十多年前在宁王（玄宗兄）府里歌咏的息夫人。息夫人本是春秋息国国君的夫人，国亡后被掳做了楚国的王妃，虽在楚生了两个孩子，但始终不和楚王说一句话。王维早年写诗的背景是这样的：玄宗的哥哥宁王李宪，仗势霸占了邻近卖饼人的妻子，并设宴会饮，故意把饼师召来和妻子见面，观察他们的表情。当时王维在座，只见那女子对自己的丈夫无声凝注，垂泪相对，于是满怀同情，借用历史题材加以讽喻，写下了这首《息夫人》诗：

> 莫以今时宠，难忘旧日恩。
> 看花满眼泪，不共楚王言。

谁想到三十多年之后诗人自己也落到息夫人这样的命运，在困难中做了俘虏，尽管心怀旧恩，却又求死不得，仅能抱着矛盾悲苦的心情苟活下来，这种态度可不像一个无力反抗而被迫受辱的弱女子么？因此，他在洛阳沦陷时期，曾服药装哑，不肯参加敌人的宴会演奏，被拘禁在菩提寺里，裴迪前去看他，他才把自己写的那首《私成口号诵示裴迪》的诗告诉裴迪，表示他在危难中的故国之思。诗云：

> 万户伤心生野烟，百僚何日更朝天？
> 秋槐叶落深宫里，凝碧池头奏管弦。

后来竟因此减罪免死。故明人敖英在《辋川谒王右丞祠》诗中说他：

蜀栈青骡不可攀，孤臣无计出秦关。
华清风雨萧萧夜，愁杀江南庾子山。

可谓写尽安史之乱中王维的遭际和心事。总之，我的结论是这样：李、杜、王三位诗人的人格和诗境，都可以从他们在安史之乱考验中的表现作为判定高下的标准。

杜甫一生的思想，是存在于儒家所提出的对社会的义务关系之中，这关系是安定社会的基本因素。太白却不承认这种义务关系，只重自我权利之享受，尽量发展个性，像不受管束的野孩子一样。王维则取中和态度，他的理想生活是不知生活而享受生活，他的生活态度极其自然，只求在平淡闲适生活中安然度此一生，这是庄子的一个方面。《渭川田家》所表现的内容情趣即可为代表：

斜阳照墟落，穷巷牛羊归。
野老念牧童，倚杖候荆扉。
雉雊麦苗秀，蚕眠桑叶稀。
田夫荷锄至，相见语依依。
即此羡闲逸，怅然吟式微。

但他跟王绩的避世态度又有不同。王维还有爱树的癖好，对树非常欣赏，故有"时倚檐前树，远看原上村"（《辋川闲居》）之句，五绝《漆园》一首也提到"偶寄一微官，婆娑数株树"。全诗表面是咏庄子，实际是夫子自道式的自我写照，并体现了他独特的爱树精神。

王维独创的风格是《辋川集》，最富于个性，不是心境极静是写不出来的，后人所谓诗中有画的作品，当是指这一类，这类诗境界到了极静无思的程度，与别家的多牢骚语不同，在静中，诗人便觉得一切东西都有了生命，这类作品多半是晚年写的。清人刘熙载《艺概·诗概》云："王维诗一种似李东川（颀），一种似孟浩然。"是空前的笃论。似东川的作品当是早年所作，也是兴之所至而写成的，不是本色，如《陇头吟》《送李颀》之类；似孟浩然的作品则是中晚年所作，尤其是晚年的《辋川集》，它达到了浩然那种生活即诗、淡极无诗的境界。所以说，王孟究竟是谁影响谁，就无需词费了。

大历十才子

　　大历十才子是唐代最享盛名的一批诗人,这是当时社会一般人的看法。他们的诗是齐梁风格而经张说所提倡改进过的,虽时髦而无俗气,境界趣味完全继承了张说这一派。张说本人地位虽高,而诗境较低,他只是替盛唐诗奠了基,盛唐诗坛便建筑在这层上面,论功绩和贡献自然是不可磨灭的。从时间来说,盛唐中唐之相接也依此为联系,并远承谢康乐的传统不断,十才子的地位和价值也由此可见。

　　就纯粹诗的立场说,这批人最可敬,贡献也最大。如将中国诗划分阶段,《古诗十九首》以前是原始期,建安迄盛唐为第二期,晚唐以下为第三期。人们读词胜于读诗,读晚唐诗又胜于读盛唐诗,因为晚唐诗一面来自迷人的齐梁,一面又近承十才子风气的缘故。诗的发展趋势,往往是质朴走向绮靡,这也是人性的自然流露。我们既须承认事实,又须求其平衡,唯有大作家才能达到这一境界。所以读古人诗态度必须公平,不能有任何狭隘的偏见,更不能用有颜色的眼镜去妄断是非、标新立异。

十才子的诗有两大特点：

（一）写得逼真，如画工之用工笔，描写细致；

（二）写得伤感，使人读了真要下同情之泪，像读后来李后主的词一样。用字的细腻雅致，杜甫比起他们都嫌太浑厚了。如刘长卿就是这派诗风的开创人，现举他的两首诗为例：《逢郴州使因寄郑协律》诗云：

> 相思楚天外，梦寐楚猿吟。
> 更落淮南叶，难为江上心。
> 衡阳问人远，湘水向君深。
> 欲逐孤帆去，茫茫何处寻？

又《将赴岭外留题萧寺远公院》（寺即南朝萧内史创）诗云：

> 竹房遥闭上方幽，苔径苍苍访旧游。
> 内史旧山空日暮，南朝古木向人秋。
> 天香月色同僧室，叶落猿啼傍客舟。
> 此去播迁明主意，白云何事欲相留？

两首诗中像五律的颔联和七律的后半诸句，写得情深意厚，得温柔敦厚之旨，正是标准的中国诗，十才子的风格即由此发端。这种风格的产生，是由于经过天宝一场大乱，人人心灵都受了创伤，所以诗人对时节的改换、人事的变迁都有特殊的敏感,写入诗中便那么一致地寄以无穷的深慨。因此可以这样说,十才子乃是分担时代忧患的一群诗人。

刘长卿之外,还有李嘉祐也是一位感伤诗人,他的《自苏台至望驿亭人家尽空春物增思怅然有作因寄从弟纾》颔联云:

野棠花发空流水,江燕初归不见人。

写乱后农村惨象,极为凄切动人,也是为十才子感伤作风开路。这些人由于乱离的遭遇,大抵儿女情多,故长于描写家人父子和亲友离合的主题。李嘉祐的五律《送王牧往吉州谒王使君》就是这类作品的代表。诗中第三联描写旅途风光句云:

野渡花争发,春塘水乱流。

真是一幅画景。而尾联云:

使君怜小阮,应念倚门愁。

两句连用阮咸、王孙贾故事,暗示人物的叔侄关系和姓氏,用典贴切,不是泛泛之笔,并表现了多么深厚的人情味,这是绝妙的写法。又有《春日淇上作》,第二联云:

清明桑叶小,谷雨杏花稀。

以节令作对仗,点出季节的特殊气氛和画面,不显生硬纤巧,写法亦妙。后半四句是:

> 卫女红妆薄,王孙白马肥。
> 相将踏青去,不解惜罗衣。

已是十足的齐梁风格,至大历十才子出场,便完全回到齐梁风格方面来了。

所谓大历十才子具体的人名,众说纷纭,我的看法是应该着重于活动在大历年间诗坛上的一群作风相似而又表现了这个时代特点的诗人(逼真的写作技巧和感伤的题材内容),拈出他们创作的特殊成就和在诗歌发展上的影响,不必受"十才子"这个传统数目字的拘限。这样,对评价他们的得失,也比较容易公平、合理。根据这个看法,现将大历各家诗人,就其名篇佳句在下面做简要分析。

包氏兄弟 (包融子包何、包佶) 包何有七律《和程员外春日东郊即事》一首云:

> 郎官休浣怜迟日,野老欢娱为有年。
> 几处折花惊蝶梦,数家留叶待蚕眠。
> 藤垂委地萦珠履,泉迸侵阶浸绿钱。
> 直到闭门朝谒去,莺声不散柳如烟。

美景好句,相得益彰,写尽主人风流逸致,状热闹场景,

堪称妙笔。包佶有《秋日过徐氏园林》五律一首,第三联云:

> 鸟窥新罅栗,龟上半攲莲。

亦新奇可诵,开中唐贾岛一派风气。

张谓 是写真主义。如五律《过从弟制疑官舍竹斋》次联云:

> 野猿偷纸笔,山鸟污图书。

虽太白《赠崔秋甫》颈联"山鸟下听事,檐花落酒中"亦无此细致。此种写法容易流于琐碎,但有新的发展。

钱起 他以《湘灵鼓瑟》诗著名,尾联:

> 曲终人不见,江上数峰青。

当时传为名句,并造作神话加以渲染,钱亦因此颇有盛名。于此可见出张说派的直接影响,代表典型试帖诗的作风。他的赠别怀人诸作,才显出这个时代的共同格调。如《送夏侯审校书东归》诗云:

> 楚乡飞鸟没,独与碧云还。
> 破镜催归客,残阳见旧山。
> 诗成流水上,梦尽落花间。

倘寄相思字，愁人定解颜。

又《裴迪南门秋夜对月》：

夜来诗酒兴，月满谢公楼。
影闭重门静，寒生独树秋。
鹊惊随叶散，萤远入烟流。
今夕遥天末，清光几处愁？

皇甫兄弟（皇甫冉、皇甫曾） 皇甫冉有五律《西陵寄灵一上人朱放》诗，句云：

终日空江上，云山若待人。
……
回望山阴路，心中有所亲。

皇甫曾有《乌程水楼留别》五律一首，前半云：

悠悠千里去，惜此一尊同。
客散高楼上，帆飞细雨中。

皆写友情，极为深刻真挚，代表大历诗风的一个特色。

张继 他的名篇是一首七绝诗《枫桥夜泊》：

月落乌啼霜满天，江枫渔火对愁眠。

姑苏城外寒山寺，夜半钟声到客船。

妙在以景传情，写景不但有精细的画面，而且有浓厚的气氛渲染；所传之情，也是当时一般的旅客愁思，带有典型意义。

于良史 《江上送友人》五律诗云：

看尔动行棹，未收离别筵。
千帆忽见及，乱却故人船。
纷泊雁群起，逶迤沙溆连。
长亭十里外，应是少人烟。

写惜别的浓厚友情和皇甫兄弟是一致的。其他各家这类名篇亦自不少，可见出这个时代共同诗风的一个方面。

郎士元 大历十才子中，以钱、郎较有气魄，故颇为时人所重，然而他们那些有气魄的作品并非这个时代的特色，这一点必须明确。郎诗具有时代特色的有《留卢秦卿》：

知有前期在，难分此夜中。
无将故人酒，不及石尤风。

又《盩厔县郑礒宅送钱大》五律后半首云：

荒城背流水，远雁入寒云。

> 陶令门前菊，余花可赠君。

末联似嫌做题。郎诗又有尚雕琢、色泽极浓的特点，如《送张南史》五律前半首云：

> 雨余深巷静，独钓送残春。
> 车马虽嫌僻，莺花不厌贫。

意巧，开晚唐北宋风格。又七绝《听邻家吹笙》诗云：

> 风吹声如隔彩霞，不知墙外是谁家。
> 重门深锁无寻处，疑有碧桃千树花。

此象征派的诗，用视觉的形象写听觉的感受，把五官的感觉错综使用，使诗的写作技巧又进了一层。他开了贾岛、李贺两派的苦吟之路。

戴叔伦 长于写客愁旅思和送行之作。前者如《除夜宿石头驿》：

> 旅馆谁相问，寒灯独可亲。
> 一年将尽夜，万里未归人。
> 寥落悲前事，支离笑此身。
> 愁颜与衰鬓，明日又逢春。

和《客中言怀》：

> 白发照乌纱，逢人只自嗟。
> 官闲如致仕，客久似无家。
> 夜雨孤灯梦，春风几度花。
> 故园归有日，诗酒了生涯。

后者如《送李明府之任》：

> 身为百里长，家宠五诸侯。
> 含笑听猿狖，摇鞭望斗牛。
> 梅花堪比雪，芳草不知秋。
> 别后南风起，相思梦岭头。

又长于写风土诗和抒情小诗。前者如七绝《兰溪棹歌》：

> 凉月如眉挂柳湾，越中山色镜中看。
> 兰溪三月桃花雨，半夜鲤鱼来上滩。

末二句有鲜明的民歌色彩。写景如画家之画花鸟一般，生动而又集中，东坡题《惠崇春江晚景》绝句无此妙趣。后者如七绝《苏溪亭》：

> 苏溪亭上草漫漫，谁倚东风十二栏。
> 燕子不归春事晚，一汀烟雨杏花寒。

取材小而刻画精，含意深而情味永，此词境也。

耿沣 写贫病身世之感极为凄楚动人，在大历诸诗人中最有代表性，也善写登临伤怀之作。前者如五律《华州客舍奉和崔端公春城晓望》诗，前三联云：

> 不语看芳径，悲春懒独行。
> 向人微月在，报雨早霞生。
> 贫病催年齿，风尘掩姓名。

又《春日即事》诗云：

> 数亩东皋宅，青春欲屏居。
> 家贫僮仆慢，官罢友朋疏。
> 强饮沽来酒，羞看读了书。
> 闲花更满地，惆怅复何如！

又《邠州留别》诗云：

> 终岁山川路，生涯竟若何？
> 艰难为客惯，贫贱受恩多。
> 暮角寒山色，秋风远水波。
> 无人见惆怅，垂鞚入烟萝。

尾联想见顾影自怜之致，使人为下同情之泪。后者如

五律《登沃州山》后半首云:

> 月如芳草远,山比夕阳高。
> 羊祜伤风景,谁云异我曹!

写景虽秀,其情仍悲。诗人伤感情绪的表现,到此已达极点。但伤感是人类感情中最低劣的情绪,如果长期以此自我陶醉欣赏,则将陷入浅薄无聊的境地,所以跟着韩(愈)、孟(郊)、元(稹)、白(居易)接上来了,一从文字意境上进行调整,反对俗滥;一从题材内容加以开拓,反对狭隘,开出中唐另一片新天地。顺着韩孟的路走下去,便产生贾岛、李贺、李商隐、温庭筠等人的诗风;顺着元白的路走下去,便有晚唐的聂夷中、杜荀鹤、皮日休、罗隐等人的出现。

张南史 代表大历诗风中另一种写个人闲适生活的格调,它不似盛唐的华贵,也不似晚唐的靡丽,而是追求生活中短暂的自我满足,以求在时代风雨中取得顷刻休息的心情。如五律《富阳南楼望浙江风起》诗次联云:

> 稍见征帆上,萧萧暮雨多。

又如七律《陆胜宅暮雨中探韵同作》诗次联云:

> 已被秋风教忆鲙,更闻寒雨劝飞觞。

晚唐韩偓学这联的第二句，写成：

> 更看槛外霏霏雨，似劝须教醉玉霜。

化一句成两句，味便索然，但可证明晚唐诗是出于十才子派，亦可看出偏安的词境那种留恋胜代情趣的渊源所自。而诗的后半首云：

> 归心莫问三江水，旅服重沾九月霜。
> 醉里欲寻骑马路，萧条是处有垂杨。

这里正表现了诗人在苦境中以艺术自我陶醉的自得情趣。

郑锡 五律《送客之江西》诗第三联云：

> 草深莺断续，花落水东西。

表现诗人正是以艺术眼光欣赏自然景物，聊慰落寞的时代感情。

窦叔向 《春日早朝应制》诗云：

> 紫殿俯千官，春松应合欢。
> 御炉香焰暖，驰道玉声寒。
> 乳燕翻珠缀，祥乌集露盘。
> 宫花一万树，不敢举头看。

写早朝景象极佳,但已非盛唐可比;只在文字中故作渲染,聊以自慰而已。唯其今非昔比,在文字功夫上较前人就更加显得用力。

柳中庸　五律《寒食戏赠》诗中两联云:

> 杏花香麦粥,柳絮半秋千。
> 酒似芳菲节,人当桃李年。

七律《听筝》诗次联云:

> 似逐春风知柳态,如随啼鸟识花情。

都能把寻常小事加以诗化,从艺术的创作中求得失望生活的满足。

韩翃　他以帝城《寒食》七绝诗著名:

> 春城无处不飞花,寒食东风御柳斜。
> 日暮汉宫传蜡烛,轻烟散入王侯家。

次联既写了宫廷的富贵景象,也暗寓讽喻之情,这是大历诗境的又一共同特色。

司空曙　多凄淡之句!既写感伤情绪,又以诗境自慰,如五律诗中不少这种联句:

> 孤灯寒照雨,湿竹暗浮烟。(《云阳馆与韩绅宿别》)

>雨中黄叶树,灯下白头人。(《喜外弟卢纶见宿》)
>
>人息时闻磬,灯摇乍有风。(《同苗员外宿荐福常师房》)

这些诗句都表现出在大的战乱年代以后诗人心情的悲哀沉恸,却又从诗的创作中得到一种暂时止痛的麻醉剂,以维持在彷徨时代中继续生活下去的勇气。

十才子中,李端、卢纶、李益三人不能同以上诸家并列,因为他们出生年代较晚,离天宝之乱的时间渐远,诗中感伤气氛渐少,成为中唐孟郊诗风的先导。

李端 古诗在这段时间早已绝响,李端又重整旗鼓创出新的境界。如五古《芜城》后半首云:

>风吹城上树,草蔓城边路。
>城里月明时,精灵自来去。

真鬼诗也!李长吉便由此脱胎。李端也有和十才子风格相近的诗,如五律《茂陵春行赠何兆》诗云:

>春天黄鸟啭,野径白云闲。
>解带依芳草,支颐想故山。
>人行九州路,树老五陵间。
>谁道临邛远,相如自忆还。

又七律《宿淮浦忆司空文明》诗次联云：

秦地故人成远梦，楚天凉雨在孤舟。

写他乡旅愁和深厚友情，可以和戴叔伦、皇甫兄弟相匹敌。

卢纶 卢纶诗风较李端更为沉酣，感伤情调可以和耿沣并驾。五律的联句有：

两行灯下泪，一纸岭南书。(《夜中得循州赵司马侍郎书因寄回使》)
少孤为客早，多难识君迟。(《送李端》)
尘泥来自晚，猿鹤到何先。(《同薛存诚栖岩寺》)
离人将落叶，俱在一船中。(《与畅当夜泛秋潭》)

七律联句有：

家在梦中何日到，春来江上几人还。……
谁料为儒逢世乱，独将衰鬓客秦关。(《长安春望》)
三湘愁鬓逢秋色，万里归心对月明。
旧业已随征战尽，更堪江上鼓鼙声。(《晚次鄂州》)
路绕寒山人独去，月临秋水雁空惊。
衰颜重喜归乡国，身贱多惭问姓名。(《至德中途中书事却寄李僴》)

这些叹老嗟卑的诗句，给中晚唐留下了不少的坏影响。他的最出色的创作当推《和张仆射塞下曲》六章。试举三章为例：

> 鹫翎金仆姑，燕尾绣蝥弧。
> 独立扬新令，千营共一呼。

> 林暗草惊风，将军夜引弓。
> 平明寻白羽，没在石棱中。

> 月黑雁飞高，单于夜遁逃。
> 欲将轻骑逐，大雪满弓刀。

以五绝短章，写边塞壮景，比盛唐太白、龙标的七绝又别开生面，在全唐诗中也是独造境界，诚为千古绝唱。

李益 李益的诗比卢纶更慷慨。和大历诗风一致的作品是写人生离合这一部分，代表作品如《喜见外弟又言别》：

> 十年离乱后，长大一相逢。
> 问姓惊初见，称名忆旧容。
> 别来沧海事，语罢暮天钟。
> 明日巴陵道，秋山又几重。

但他的特出成就并不在于此,而是那些歌咏从军的边塞诗,如七律《盐州过胡儿饮马泉》诗:

> 绿杨著水草如烟,旧是胡儿饮马泉。
> 几处吹笳明月夜,何人倚剑白云天。
> 从来冻合关山路,今日分流汉使前。
> 莫使行人照容鬓,恐惊憔悴入新年。

尤其是他的绝句为中唐之冠,五绝名篇如《江南曲》:

> 嫁得瞿塘贾,朝朝误妾期。
> 早知潮有信,嫁与弄潮儿。

不减盛唐崔颢、崔国辅;七绝可抗太白、龙标。唐人绝句特点在富于音乐性,感人在直接方面,节奏必须重叠。李益七绝名篇不少,名句如:

> 不知何处吹芦管,一夜征人尽望乡。(《夜上受降城闻笛》)
> 碛里征人三十万,一时回首月中看。(《从军北征》)
> 无限征鸿飞不度,秋风吹入小单于。(《听晓角》)
> 洞庭一夜无穷雁,不待天明尽北飞。(《春夜闻笛》)

意境都是一致的。又有《边思》七绝一首，诗云：

> 腰悬锦带佩吴钩，走马曾防玉塞秋。
> 莫笑关西将家子，只将诗思入凉州。

这是诗人的自叙，简直可题在他诗集的前面，概括他诗的主要风格。像卢纶、李益这样的边塞诗，既可说是盛唐边塞诗的发展，又可作为唐人边塞诗的尾声。边塞诗在中唐以后何以竟成了绝响，这也是一个值得好好研究的问题。

总括来说，大历诗人在数量方面为唐代第一，水准也高，但无大家和大的变化。形式多是五言、七言近体诗，五律尤多，内容只限于个人的身世遭遇和一般生活感受，情绪偏于感伤，而艺术则着重于景物的细致刻画，这种倾向为词的诞生做了准备。故所谓大历十才子实际上可看成一个人，只韦苏州是例外，气势稍弱，在弱处更表现出他的个性。读这时代的诗，往往使人引起像怜悯幼儿的心情。

孟郊

孟郊一变前人温柔敦厚的作风,以破口大骂为工,句多凄苦,使人读了不快;但他的快意处也在这里,颇有点像现代人读俄国杜斯妥也夫斯基(今译"陀思妥耶夫斯基"——编者)小说的那种味道。

孟郊又长于小学,故用字多生僻,可是他的作风却是多方面的。奇句如:"唯开文字窗,时写日月容。"(《寻言上人》)长吉即专学这种笔法。他的《赠郑夫子鲂》诗云:

> 天地入胸臆,吁嗟生风雷。
> 文章得其微,物象由我裁。
> 宋玉逞大句,李白飞狂才。
> 苟非圣贤心,孰与造化该?
> 勉矣郑夫子,骊珠今始胎!

是写作的最高见解,太白亦不可及,又《听蓝溪僧为元居士说维摩经》诗云:

> 古树少枝叶，真僧亦相依。
> 山木自曲直，道人无是非。
> 手持维摩偈，心向居士归。
> 空景忽开霁，雪花犹在衣。
> 洗然水溪昼，寒物生光辉。

此写雪景，亦反映孟郊的心境，东坡等喜学此格。《访嵩阳道士不遇》句云：

> 日下鹤过时，人间空落影。

是双关语，宋诗格调发源于此。古今中外诗境当不脱唐宋人所造的两种境界，前者是浪漫的，后者是写实的；唐人贵镕情而宋人重炼意，所谓炼意，即诗人多谈哲理的作风。

孟郊又有《桐庐山中赠李明府》句云："千山不隐响，一叶动亦闻。"写极静境界妙极。又《怀南岳隐士》颔联云："藏千寻瀑水，出十八高僧。"在句法上创上下四格，打破前例，使晚唐和宋人享用无穷。黄山谷（庭坚）赞东坡诗有句云："公如大国楚，吞五湖三江。"即用此格。同诗第二首颈联句云："枫榧楮酒瓮，鹤虱落琴床。"这又是向丑中求美的表现，后来成为宋诗的一种重要特色。

以上所说，只是孟郊在写作见解和诗歌艺术方面的一些创格，他主要的成就还在于对当时人情世态的大胆揭露

和激烈攻击。因为孟郊一生穷困潦倒,历尽酸辛,故造语每多凄苦,如:

> 愁与发相形,一愁白数茎。
> 有发能几多,禁愁日日生!(《自叹》)
> 无子抄文字,老吟多飘零。
> 有时吐向床,枕席不解听。(《老恨》)

唯其生计艰难,故入世最深,深情迸发,形成他愤世骂俗的突出风格,他是这样的怨天尤人:

> 古若不置兵,天下无战争。
> 古若不置名,道路无欹倾。
> 太行耸巍峨,是天产不平。
> 黄河奔浊浪,是天生不清。(《自叹》)

又是那样的怒今斥古:

> 詈言不见血,杀人何纷纷。
> 声如穷家犬,吠窦何狺狺。
> 詈痛幽鬼哭,詈侵黄金贫。
> 言词岂用多,憔悴在一闻。
> 古詈舌不死,至今书云云。
> 今人咏古书,善恶宜自分。

> 秦火不爇舌，秦火空爇文。
> 所以詈更生，至今横绸缊。(《秋怀》之一)

韩昌黎称他这种骂风叫"不平则鸣"，可见他在继承杜甫的写实精神之外，还加上了敢骂的特色，它不仅显示了时代的阴影，更加强了写实艺术的批判力量。这和后来苏轼鼓吹的"每饭不忘君父"的杜甫精神显然是对立的，无怪东坡对他要颇有微词了。拿白居易的《秦中吟》《新乐府》诸作和孟诗相比，那无非是士人在朝居官任内写的一些宣扬政教的政治文献而已，一朝去职外迁，便又写他的"感伤诗""闲适诗"去了。因此，他的最大成就只能是《长恨歌》《琵琶行》而不是其他。不像孟郊是以毕生精力和亲身的感受用诗向封建社会提出血泪的控诉，它动人的力量当然要远超过那些代人哭丧式的纯客观描写，它是那么紧紧扣人心弦，即使让人读了感到不快，但谁也不能否认它展开的是一个充满不平而又是活生生的有血有肉的真实世界，使人读了想到自己该怎么办。所以，从中国诗的整个发展过程来看，我认为最能结合自己生活实践继承发扬杜甫写实精神，为写实诗歌继续向前发展开出一条新路的，似乎应该是终生苦吟的孟东野，而不是知足保和的白乐天。